ELLE CRIAIT AU LOUP

Données de catalogage avant publication (Canada)

Bergeron, Marlène, 1949

    Elle criait au loup

    ISBN: 2-921493-40-3

    I Titre

PS8553.E678E44 1999   C843'.54   C99-940015-0
PS9553.E678E44 1999
PQ3919.2.B47E44 1999

Éditeurs:
ARION Enr.

Conception graphique: Karl Rowley
Illustration: aquarelle de Richard Doyon

Dépôt légal;
Bibliothèque nationale du Canada
Bibliothèque nationale du Québec

1e trimestre 1999
ISBN: 2-921493-40-3

Nous remercions le ministère de la Culture du Québec pour l'aide apportée à la réalisation de cet ouvrage.

MARLÈNE BERGERON

ELLE CRIAIT AU LOUP

ARION

À tous ceux qui crient dans la nuit
gardez espoir, on entendra bientôt
votre voix.

1

L'inquiétude grandit

Un triste et sombre après-midi d'automne comme on en voit au mois de novembre à Québec, tire maintenant à sa fin. La pluie tombe et frappe violemment à la fenêtre, le vent souffle, et les quelques feuilles qui restaient accrochées aux arbres voltigent dans tous les sens. Dans son appartement, que la lumière du jour semble vouloir déserter, Maureen sirote tranquillement son café, accoudée au bord de la table. Une larme coule sur ses joues pâles. Immobile depuis des heures, complètement désemparée, elle se demande quoi faire du reste de sa vie.

Des bruits de pas sur la galerie attirent son attention. On frappe à la porte. Espoir fou, battements de coeur, si par bonheur Paul avait changé d'idée et revenait. Espoir déçu, ce n'est qu'un colporteur. Maureen retourne à sa chaise et reprend dans sa main la tasse vide. Combien de temps s'est-il passé depuis la venue du vendeur? La jeune femme ne saurait le dire. La noirceur envahit lentement les lieux, et le téléphone sonne sans arrêt.

— Allo!

— Bonjour Maureen, c'est Kathy. Je viens d'apprendre que Paul et toi êtes séparés depuis quinze jours. Si j'avais su ce qui t'arrivait, je serais revenue beaucoup plus tôt. Je n'aurais pas dû prolonger mes vacances. Que s'est-il passé?

— Kathy, je suis fatiguée et je n'ai pas envie d'en parler maintenant.

— Comme tu veux, Maureen, mais je t'attends à mon appartement demain matin sans faute, tu me raconteras tout.

— Je n'ai pas le temps, Kathy. Il faut que je me cherche un emploi.

— Si tu veux vraiment retourner sur le marché du travail, je peux peut-être t'aider. Je connais beaucoup de monde avec mon métier.

Maureen écourte la conversation téléphonique. Les questions posées par son amie l'indisposent. Elle n'est pas d'humeur à raconter sa vie; du moins, pas tout de suite.

Le lendemain matin en sortant du lit, Maureen se regarde dans le miroir. Les yeux cernés par le manque de sommeil et le chagrin, amaigrie et pâle, on lui donnerait presque dix ans de plus que son âge. Jetant un regard autour d'elle, elle réalise soudain à quel point le désordre règne dans son logement. La vaisselle sale traîne sur la table, le linge froissé s'amoncelle sur le sofa, des disques sont éparpillés sur le tapis et des souliers sont abandonnés, là, où les pieds n'en voulaient plus.

Je dois me reprendre en main, se dit-elle, je ne peux pas rester ainsi, il faut que je fasse quelque chose. Je vais m'habiller et me rendre à l'appartement de Kathy. Après, j'irai chercher un journal et je regarderai les offres d'emploi.

D'un pas décidé, Maureen sort de son appartement. Ses yeux sont toujours cernés, mais son regard est différent, elle reprend vie, elle essaie de foncer. Les gens qui la rencontrent dans la rue voient une belle femme dans la quarantaine, grande, brune, bien habillée, sûre d'elle. Un homme passant près d'elle, lui sourit. Jamais il n'avait vu une femme aussi ravissante. Les yeux bleus presque violets, un petit nez retroussé mais pas trop, des lèvres sensuelles, une taille de mannequin; il voudrait lui parler, mais elle continue son chemin sans lui rendre son sourire. Peut-être ne l'a-t-elle même pas remarqué.

L'immeuble où demeure Kathy apparaît enfin. L'état pitoyable de ce bâtiment rebute plusieurs passants. La puanteur qui règne dans les corridors soulève le coeur, il s'y dégage une forte odeur de sueur, d'urine et de misère humaine. Chaque fois que Maureen y vient, elle se demande pourquoi son amie tient absolument à vivre dans un endroit pareil. Les couloirs sont mal éclairés et la jeune femme avance d'un pas incertain vers l'ascenseur, craignant une agression. Un bruit de ferraille, des claquements métalliques et une vibration de presque tout l'étage annoncent l'arrivée de cet ascenseur.

Maureen y pénètre avec une certaine angoisse et le pressentiment que quelque chose d'horrible va lui arriver. Elle essaie de se raisonner, se disant qu'elle se confine depuis trop longtemps dans son appartement, doucement enveloppée dans son cocon de tristesse. Elle relève la tête, prend une grande respiration, regarde autour d'elle et presse sur le bouton numéro cinq. La porte se referme lentement. Elle est presque complètement close lorsque, d'un coup brusque, une main velue et potelée la fait ouvrir de nouveau. Un homme de petite taille vient se joindre à Maureen. Ses gestes précipités et secs démontrent une grande nervosité, et sa main rondelette tremble légèrement lorsqu'il appuie sur le bouton numéro six. Il transpire abondamment, passe sans arrêt sa main grassouillette sur son crâne dégarni, ouvre la bouche comme s'il allait dire quelque chose, la referme, essaie de faire un sourire qui se transforme en grimace. Cet homme a peur, pense Maureen. Il ressemble à une bête traquée, prise au piège.

Ces quelques minutes passées en présence de cet inconnu semblent des heures à Maureen. Enfin le cinquième étage! Encore une fois, l'ouverture de la porte est accompagnée de tintements métalliques, de soubresauts et de vibrations de tout un étage.

Maureen respire enfin. Son amie Kathy l'attend devant la porte de son appartement.

— Salut toi!

— Bonjour Kathy!

— Tu es bien pâle.

— Si tu savais comme j'ai eu peur.

— De l'ascenseur?

— Non, d'un homme bizarre qui s'y trouvait.

Maureen raconte alors à son amie comment elle avait été effrayée par cet individu. Kathy la rassure en lui disant qu'elle le connaît de vue. L'homme en question demeure au sixième étage depuis plus de deux ans. Il ne fait jamais de bruit, il se montre toujours poli et gentil. Il n'est pas du tout dangereux, il serait plutôt du genre peureux comme Maureen avait pu le remarquer.

L'appartement de Kathy abonde en couleurs. Des fleurs placées avec goût à différents endroits, des plantes accrochées à toutes les fenêtres, un aquarium plein de poissons tropicaux, des bibelots et des décorations de toutes sortes s'harmonisent avec les murs recouverts de tapisserie et les meubles de la jeune femme. Le chat et les deux oiseaux ont aussi leur place dans le décor. De la cuisine arrive une bonne odeur de café et de croissants chauds. Chez Kathy, on se sent comme chez soi.

Maureen sourit en regardant son amie servir le café, elle dégage une telle joie de vivre. Ses cheveux roux, longs et bouclés ainsi que ses grands yeux verts sont mis en valeur par un sourire moqueur. Elle se déplace avec agilité, parle sans arrêt, rit pour un rien, aime tout le monde et sait profiter de la vie. Un jean et une chemise à carreaux n'enlèvent rien à sa féminité, au contraire!

13

— Tu sais Maureen, j'ai souvent pensé à toi pendant mes vacances. J'avais comme le pressentiment qu'il se passait quelque chose dans ta vie. J'aurais aimé te donner un coup de fil, mais je n'ai pas encore le téléphone au chalet. Raconte-moi tout ce qui est arrivé.

Attristée par les souvenirs pénibles qui lui reviennent subitement à la mémoire, et bouleversée par l'irruption du petit-gros dans l'ascenseur quelques instants plus tôt, Maureen, qui en partant de chez elle était toute motivée, retombe soudainement dans sa léthargie.

— Kathy, Paul était toute ma vie, c'est encore trop difficile pour moi d'en parler.

— Justement, nous allons t'en organiser une.

— Organiser une quoi?

— Une vie. Il faut que tu apprennes à subsister sans lui.

— C'est très simple, en effet! C'est bien facile d'organiser une belle petite vie! ironise Maureen.

— Ne sois pas si négative, Maureen, fais-moi confiance. Tu parlais de te trouver du travail, j'ai deux propositions à te faire.

— Es-tu sérieuse?

— Plus que sérieuse. Mais d'abord, il faut te refaire un peu le moral.

— Impossible!

— Ne dis pas ça, Maureen. Avec moi, tu n'auras presque plus le temps de penser. Cet après-midi nous irons dans les magasins et ce soir, j'aurai une surprise pour toi.

— Je me méfie de tes coups de théâtre, Kathy. Si c'est un homme, tu peux le garder pour toi!

— Si nous voulons magasiner un peu, il faudrait peut-être y aller tout de suite. Maureen, il faut que tu sois très belle ce soir...

— Ta recommandation saugrenue, tu te la mets, là où je pense!

— Maureen! Ne sois pas si méchante, attends, fais-moi confiance.

Les deux femmes quittent l'appartement de Kathy en riant. Elles se dirigent vers l'ascenseur. Maureen retrouve enfin un peu d'espoir. Avec le soutien de sa meilleure amie, elle arrivera peut-être à s'en sortir. Si Kathy avait réussi à la faire rire en de pareilles circonstances, tout était possible.

— Ah! non! s'exclame Kathy. J'ai oublié de donner du lait au chat.

— Vas-y, moi je descends tout de suite, je veux arrêter au dépanneur acheter un journal pour regarder les petites annonces.

— Tu n'as pas besoin de te chercher un emploi, Maureen. Je te l'ai dit tantôt, j'ai deux propositions à te faire, concernant ce sujet.

— Mais tu ne veux pas me dire ce que c'est, n'est-ce pas?

— Pas tout de suite, Maureen, ce soir peut-être!

— Je descends chercher mon journal; je me méfiais déjà de ta surprise, maintenant, je me méfie de tes emplois.

— On verra! Allez, va au dépanneur!

À peine entrée dans l'ascenseur, Maureen regrette déjà de ne pas être retournée sur ses pas avec Kathy. Le petit homme du sixième étage est là, adossé au mur du fond. Il la regarde, sans dire un mot, et semble contrarié par sa présence.

Il aurait sans doute préféré être seul, pense Maureen.

La porte s'ouvre enfin. Maureen a l'impression de manquer d'air, elle s'empresse de sortir de cet immeuble. Dehors, elle se sent rassurée et se dirige lentement vers le dépanneur. Ce petit homme l'intrigue, il l'effraie malgré son air inoffensif. Kathy a pourtant dit qu'il était poli et gentil, alors pourquoi lui fait-il si peur? Pourquoi, chaque fois qu'elle le voit, devient-elle oppressée comme si un grand malheur allait lui arriver?

Elle se prépare à ouvrir la porte du dépanneur, lorsqu'un homme, arrivant derrière elle, lui prend le bras.

— Madame!

— Oui!

Maureen se retourne pour voir son interlocuteur et se retrouve face à face avec le type de l'ascenseur.

— Madame, il faut que je vous parle, vous êtes en danger.

— Comment ça, en danger?

— Oui, c'est à cause de moi, je vais tout vous expliquer, mais pas ici, c'est trop dangereux. Venez avec moi.

Il prend Maureen par le bras et essaie de l'entraîner avec lui.

— Lâchez-moi tout de suite ou je crie! se défend Maureen.

— Ne faites pas ça, madame! Vous êtes vraiment en danger.

— Foutez-moi la paix! s'emporte Maureen. Si je vous revois près de moi, j'appelle la police.

— Ah! Ils sont là! Trop tard, je dois vous quitter. Méfiez-vous du loup! Méfiez-vous du loup!

Le petit homme s'enfuit en courant aussi vite que ses courtes jambes le lui permettent. Maureen regarde autour d'elle et ne voit rien ni personne qui aurait pu justifier la peur de cet hurluberlu. Elle est complètement abasourdie, ne sachant pas si elle doit rire ou pleurer. Elle sursaute quand une autre main se pose sur son épaule. Cette fois, Maureen est affolée. Elle se met à crier et à pleurer.

— Lâchez-moi! Au secours!

— Maureen! Maureen! C'est moi, Kathy.

— Ah! Kathy! J'ai eu si peur! Le petit-gros de l'ascenseur voulait que je le suive, il tirait sur mon bras, il me disait d'avoir peur du loup.

Kathy raccompagne son amie chez elle. Plus question de magasinage. Maureen n'arrête pas de pleurer et de trembler, ses nerfs sont durement éprouvés depuis que Paul l'a quittée et elle a besoin de repos. Pendant que Kathy prépare un repas léger, Maureen essaie de se calmer et d'oublier les événements de la journée.

— Maureen, écoute! Il faut que tu viennes chez moi ce soir, j'ai quelqu'un à te présenter.

— Je savais que c'était un homme! Non merci!

— Attends, Maureen, laisse-moi t'expliquer!

— Non!

— Maureen, c'est un homme de quatre-vingt-quatre ans, il est journaliste, ou plutôt était journaliste. Il écrit un livre sur des aventures qu'il a vécues tout au long de sa carrière. Je dis il écrit un livre, je devrais plutôt dire il dicte un livre, parce que ses yeux ne lui permettent pas d'écrire, c'est pourquoi il se sert d'une enregistreuse. Je lui ai parlé de toi cette nuit, il est prêt à t'engager comme secrétaire. Tu peux même travailler à ton domicile, si tu préfères. Il te donne les cassettes, tu les dactylographies. La paye n'est peut-être pas énorme, mais je te dis que c'est un homme très intelligent, tu t'en feras un ami, j'en suis certaine. Il vient chez moi ce soir et il aimerait te rencontrer.

— Tu parlais de deux emplois ce matin, l'autre c'est quoi?

— C'est toujours pour le même homme. Il s'appelle Jean-Pierre. J'aime beaucoup ce prénom, et toi?

— Tu ne réponds pas à ma question, Kathy. En quoi consiste le deuxième travail, un autre livre?

— Non, je t'ai dit tantôt que Jean-Pierre a de la misère à lire et à écrire, à cause de ses yeux. Je t'ai dit aussi qu'il était journaliste. Tous les matins de sa vie, la première chose qu'il faisait en sortant du lit, c'était de vérifier ce que ses confrères et les journaux concurrents avaient écrit. Il feuilletait toujours les revues les plus importantes. Il aimerait qu'à tous les jours, à l'heure du déjeuner, tu te rendes chez lui pour lui faire la lecture des quotidiens. Il pourrait le faire lui-même, il n'est pas aveugle, d'ailleurs sa vision de loin est très bonne. Le problème, c'est qu'il est vieux et que ses yeux se fatiguent vite. Jean-Pierre est un homme intéressant, tu verras. Tu peux lui parler de politique, de finance, de mode, de musique, il est au courant de tout et il a une mémoire phénoménale.

— Pas de sexe hein! J'espère que ce n'est pas un vieux vicieux!

Kathy pouffe de rire.

— Pour ça, tu n'as pas à t'en faire, je le garde pour moi. Tu ne penses tout de même pas que je te refilerais mon meilleur client.

— À quelle heure dois-je aller chez toi, Kathy?

— Vers neuf heures, ça te va?

— Et si le petit homme est dans l'ascenseur?

— Il n'y sera pas.

— Comment le sais-tu?

— Question de probabilité, répond Kathy. Les chances pour que tu le rencontres à nouveau sont très minces.

— Tu appelles ça une chance, toi?

— C'est une façon de parler.

— Kathy, je vais t'appeler avant de partir d'ici, j'aimerais que tu m'attendes à l'entrée.

— Non, il faut que tu reprennes confiance en toi.

— Ce n'est pas un manque de confiance en moi mais une réalité. Ce n'est pas de ma faute s'il y a un fou qui veut m'enlever.

— Il n'y sera pas, il a eu plus peur que toi. Je t'attends à neuf heures, fais-toi belle.

* * *

Kathy a raison. Le petit-gros n'est pas dans l'ascenseur. Maureen ne rencontre personne dans l'immeuble. Le silence qui y règne est si angoissant, qu'elle a l'impression d'entendre les battements de son coeur et le bruit de ses pas sur le vieux tapis usé. La porte de Kathy s'ouvre enfin! Chaleur, musique, lumière, on se croirait dans un autre environnement tellement le contraste est grand.

— Salut Maureen! Comment vas-tu?

— Bien. Mais je ne comprendrai jamais pourquoi tu tiens tant à demeurer dans un endroit pareil.

— Moi, je trouve que cet endroit est parfait. Entre, je vais te présenter mon journaliste préféré.

— Bonsoir madame. Quel plaisir de vous rencontrer! Kathy m'a beaucoup parlé de vous, et je vois qu'elle ne m'a pas menti. Vous êtes vraiment très jolie.

— Bonsoir monsieur, je...

Voyant l'embarras de son amie, Kathy intervient.

— Maureen, Jean-Pierre, ne restez pas debout près de la porte comme ça, venez vous joindre à moi, nous allons déguster cette magnifique bouteille de champagne que j'ai achetée pour l'occasion. J'ai toujours pensé et je penserai toujours, que les rencontres et les séparations devraient être fêtées.

Jean-Pierre les regarde en souriant. Quel homme magnifique! La douceur de son regard et la chaleur de son sourire impressionnent Maureen. Des cheveux gris, un teint basané, de beaux yeux bleus et deux petites rides reliées entre elles par une moustache accentuent son charme. Âgé de quatre-vingt-quatre ans, on lui en donnerait à peine soixante, tellement il est costaud. Il mesure au moins six pieds, ses épaules sont très larges, il se tient très droit, marche avec la souplesse d'un sportif et parle avec une grosse voix forte et assurée. Kathy avait raison, Jean-Pierre est un homme merveilleux.

— Jean-Pierre! Maureen! Buvons à notre amitié!

— À notre amitié!

En buvant, en riant, en parlant de choses et d'autres, il fut décidé que Maureen travaillerait pour Jean-Pierre.

Tous les matins, Maureen se rend chez Jean-Pierre. Elle arrive chez lui à sept heures trente minutes. Il aime que Maureen lui lise le journal pendant son déjeuner. Une grande amitié se développe entre eux comme l'a prédit Kathy. Ils discutent des heures et des heures, Jean-Pierre demandant toujours l'opinion de Maureen sur tel ou tel sujet, mais n'étant pas toujours d'accord avec elle, cela amène des discussions qui n'en finissent plus. Puis ils travaillent à la rédaction du livre de Jean-Pierre, lui, dictant; elle, écrivant.

* * *

Le réveille-matin sonne, déjà six heures trente minutes. Maureen s'étire dans son lit. Elle se retourne espérant dormir encore quelques minutes, lorsqu'un bruit bizarre attire son attention vers la fenêtre. Intriguée, elle se lève, la curiosité étant plus forte que le sommeil.

— Qu'est-ce que c'est? On dirait un chat qui gratte!

Maureen regarde à la fenêtre, mais elle ne voit rien. Elle prend une douche et se prépare tranquillement. Jamais elle n'aurait pensé avoir un travail si intéressant. Elle retrouve toujours Jean-Pierre avec le même plaisir.

Je suis enfin prête!

En sortant de chez elle, Maureen reste saisie d'effroi. Un loup se tient sur la galerie, lui faisant face et la fixant de ses yeux féroces. Les crocs sortis, grondant, il semble prêt à lui sauter à la figure. Elle fige sur place, incapable de bouger, toisant cet animal effrayant; paralysée par la peur, elle ne peut même pas retourner à l'intérieur. Un homme au visage cruel sort d'une voiture stationnée devant la maison. Il siffle et le loup va le retrouver. L'homme regarde Maureen d'un air qui en dit long, pointe son index vers elle en signe de menace, et, remontant en voiture avec le loup, quitte les lieux.

D'une petite voix tremblante, Maureen raconte au vieux journaliste ce qui vient de lui arriver chez elle.

— Maureen, voyons, ce que tu as vu sur ta galerie, ce n'est sûrement pas un loup. C'est probablement un chien que son maître a laissé sortir de la voiture pour faire ses petits besoins.

— L'homme avait son index pointé sur moi.

— Probablement un salut.

— Non, Jean-Pierre. Il faut que je te raconte ce qui s'est passé dans l'ascenseur chez Kathy.

— Kathy m'en a parlé, elle m'a affirmé que le type qui t'avait fait si peur, était en réalité aussi inoffensif qu'un bébé.

— Ce n'est pas vrai, Jean-Pierre, et elle n'était pas avec moi quand il m'a tirée par le bras dans la rue pour me dire que j'étais en danger et de me méfier du loup.

— Maureen, calme-toi.

— Pourquoi personne ne veut me croire? J'ai vu les yeux de cet homme au loup et je sais qu'il me menaçait, mais je ne sais pas pourquoi.

— Tu viens de le dire, tu ne sais pas pourquoi. Il n'y a rien qui justifie ta peur. Oublie cette histoire.

— Comment veux-tu que j'oublie ça? Un homme essaie de m'enlever, un autre homme essaie de me faire dévorer par son loup, si ça continue je ne pourrai plus sortir de chez moi, et tu me demandes de faire comme si de rien n'était!

Maureen se contrôle avec difficulté. Sa colère est telle, qu'elle préfère se taire plutôt que de dire des bêtises au vieil homme. Elle se défoule en tripotant nerveusement des fleurs artificielles que Jean-Pierre avait placées sur la table. Pourquoi est-il sceptique à ce point?

Le journaliste devine aisément les sentiments de sa jeune amie, il comprend sa frustration, mais il ne peut tout de même pas encourager ces fabulations déraisonnables.

— Viens travailler, mon petit coeur, ça change les idées.

— Tu ne me prends vraiment pas au sérieux, n'est-ce pas?

— Maureen, tu es un peu dépressive parce que tu as perdu ton amoureux, tu te sens vulnérable parce qu'il n'est plus là pour te protéger, lui qui était toujours à tes côtés, mais je t'assure qu'il n'y a rien ni personne qui te menace, sauf ton imagination.

— J'espère que le reste de ta vie sera empoisonné par les remords quand tu verras dans le journal que j'ai été assassinée par un fou ou dévorée par un loup.

— Ne dramatise pas, mon petit coeur. J'en ai vu de toutes les couleurs dans ma vie. Des guerres, des famines, des révolutions, des attentats à la bombe, mais je n'ai jamais entendu parler d'une femme dévorée par un loup en pleine ville.

Maureen se lève précipitamment et se dirige vers la porte.

— Je ne suis pas venue ici pour faire rire de moi.

— Maureen, je ne ris pas de toi, loin de moi cette idée. Je m'excuse si c'est l'impression que je t'ai donnée. Je trouve dommage que tu brises ainsi ta vie. Je voudrais te remettre les pieds sur terre, je voudrais t'aider, mais je ne sais pas comment.

— J'ai peur, Jean-Pierre. J'ai tellement peur!

— Je sais, Maureen. Mais je t'en prie, essaie de penser à autre chose.

Cette journée, si mal commencée pour Maureen, se transforme peu à peu. Jean-Pierre fait tout son possible pour détendre l'atmosphère. Après le déjeuner, ils travaillent comme ils le font tous les matins, lui, dictant; elle, écrivant. Kathy avait raison, il a une mémoire phénoménale, il se rappelle tout; les dates, les noms, les événements. Maureen vérifie quelquefois dans les vieux journaux qui sont au grenier, mais il ne fait jamais d'erreurs.

— Maureen, nous écrivons depuis plus de trois heures, c'est assez pour aujourd'hui! Après tout, c'est ton anniversaire et nous prenons congé. Bonne fête, mon petit coeur!

— Merci Jean-Pierre, tu es vraiment gentil.

— J'ai une surprise pour toi. Attends-moi ici, je vais la chercher, je l'avais cachée dans le grenier.

Maureen n'a pas besoin d'attendre longtemps. Trois ou quatre minutes plus tard, Jean-Pierre revient avec une énorme boîte.

— Il faut que tu devines ce que c'est.

— Si je me fie à la grosseur de l'emballage, on dirait un tigre.

— Tu n'es pas loin de la vérité, mon petit coeur.

Jean-Pierre dépose alors la boîte sur une chaise pour permettre à Maureen de voir ce qu'il y a à l'intérieur. Elle aperçoit alors un beau petit chaton gris qui s'amuse à mordiller le bout de la couverture sur laquelle il est couché.

— Ah! Il est superbe! C'est pour moi?

— Pour qui veux-tu que ce soit?

— Oh! Jean-Pierre, merci! Je peux le prendre?

— Bien sûr.

Maureen prend le petit chat dans ses bras. Il se colle sur elle en ronronnant.

— Quel ravissant spectacle! s'écrie le vieux. Comme c'est touchant de vous voir tous les deux! Il est dommage que mon appareil photo soit brisé.

— Tu ne pouvais pas me faire un plus beau cadeau, Jean-Pierre. Je suis vraiment contente, je ne sais pas comment te remercier.

— Quel nom vas-tu lui donner?

— Je ne sais pas, qu'est-ce que tu penses de Minou?

— Ce n'est pas très original.

— Non, mais je trouve que le nom lui va comme un gant, déclare Maureen. Minou! Minou! Tu vois, il me regarde quand je dis son nom.

— Alors, ce sera Minou. J'ai une autre surprise pour toi, Maureen. Nous allons dîner au restaurant avec Kathy.

* * *

Le repas en compagnie de Kathy et Jean-Pierre se déroule dans une ambiance de joie et de fête. Les blagues se succèdent sans arrêt, Kathy raconte des histoires plus drôles les unes que les autres, et Jean-Pierre la relance avec des anecdotes encore plus cocasses. Les trois amis aimeraient prolonger cette agréable rencontre, mais Kathy a un rendez-vous chez le dentiste, et Jean-Pierre veut aller voir son garagiste, car son automobile faisait un bruit bizarre en partant de chez lui.

Maureen, qui n'a rien de bien spécial à faire, décide de rester encore un peu au restaurant et de reprendre un café. Elle vient à peine de commencer à le siroter, lorsque son regard croise celui de l'homme assis à la table voisine. Ses mains se mettent à trembler si violemment qu'elle en échappe presque la tasse qu'elle tient, se brûlant les mains avec le liquide chaud qui en déborde. Ses jambes sont si molles qu'il lui est impossible de se lever pour fuir. Il lui semble même que l'air ne se rend plus à ses poumons, car elle étouffe. Des gouttes de sueur perlent à son front malgré le froid qu'elle ressent. L'homme au visage cruel, celui qui était devant chez elle ce matin, est là. Il la fixe avec ses yeux de prédateur, il ressemble à son loup. Encore une fois il pointe son index d'un air menaçant, se lève, s'approche d'elle, il est si près qu'il pourrait la toucher. Il la regarde d'un air féroce chargé de menaces et quitte le restaurant.

Maureen est complètement paniquée en arrivant chez elle. Elle inspecte les pièces de son appartement, les garde-robes et tous les endroits où l'homme aurait pu se cacher s'il était entré. Elle essaie de téléphoner chez Kathy et chez Jean-Pierre, mais ils ne sont pas encore arrivés, elle leur laisse donc un message sur le répondeur. Elle ouvre la radio et la télévision espérant faire assez de bruit pour enterrer sa peur, mais les referme aussitôt, se disant qu'elle doit être attentive à tous les petits bruits qui pourraient indiquer la présence de l'homme. Elle prend Minou dans ses bras, s'enferme dans sa chambre et se blottit au milieu du lit. Minou se lèche les pattes, se roule en boule et s'endort tout de suite.

Deux heures plus tard, Maureen entend la sonnerie du téléphone. Dans sa panique, elle a oublié de l'apporter avec elle; il est resté dans la cuisine. Elle se dirige vers la porte de la chambre, met la main sur la poignée, mais n'ose pas l'ouvrir. Cet appel l'avait réveillée, donc elle avait dormi; et si l'homme était entré dans l'appartement pendant son sommeil... il est peut-être de l'autre côté de la porte avec son loup. La sonnerie s'arrête enfin! Maureen sent les larmes couler sur ses joues, qu'est-ce qui se passe? Qui est cet homme? Que lui veut-il? Et le petit-gros qui lui avait dit de se méfier du loup, qui est-il?

Il y a sûrement quelque chose qui m'échappe, pense Maureen. Quelque chose a dû se passer dans l'ascenseur, c'est la seule explication.

Le petit-gros lui avait dit: «Vous êtes vraiment en danger, c'est à cause de moi, je vais tout vous expliquer», mais il s'était enfui avant d'expliquer quoi que ce soit.«C'est à cause de moi», avait-il ajouté.

Donc les seules fois que Maureen a été en contact avec lui, c'est dans l'ascenseur et en sortant de l'immeuble de Kathy. Peut-être que quelqu'un, qui en voulait au petit-gros, les a vus sortir ensemble d'un de ces endroits et pense qu'ils sont amis. Le fait qu'il lui ait parlé en face du dépanneur n'arrange rien.

Maureen réfléchit ainsi depuis des heures et n'ose toujours pas sortir de la chambre. Elle n'a pas répondu au téléphone qui a sonné au moins quatre ou cinq fois. Minou commence à s'impatienter. Il miaule sans arrêt, il doit sûrement avoir faim, pauvre lui.

Je dois faire quelque chose, songe Maureen. Je ne peux pas rester barricadée toute ma vie.

Encore une fois, elle se rend jusqu'à la porte sans faire de bruit. Elle y appuie son oreille pour mieux entendre ce qui se passe de l'autre côté, attend quelques minutes, rien. Elle ouvre tout doucement. Il fait très sombre dans l'appartement. Elle avance de quelques pas, étire le bras vers la lampe pour éclairer la pièce et chasser son angoisse. Une main se pose alors sur son épaule et un homme lui dit: «N'allume pas cette lampe, Maureen».

Les nerfs de Maureen ne pouvant en supporter davantage, elle perd conscience.

— Maureen! Maureen!

Maureen ouvre enfin les yeux et voit son amie Kathy qui lui sourit.

— Kathy! C'est toi!

— Calme-toi, Maureen, c'est fini, calme-toi. J'ai essayé de t'appeler plusieurs fois, mais tu ne répondais pas. Jean-Pierre a, de son côté, essayé de communiquer avec toi, mais n'y parvenant pas, il m'a demandé de venir voir ce qui se passait. En arrivant, j'ai vu Paul qui essayait de te réanimer, tu étais inconsciente.

— Paul! Quel Paul?

— Paul, ton mari, tu te souviens de lui, j'espère!

— Je ne comprends pas. Qu'est-ce qu'il faisait ici?

— Il n'avait pas eu de tes nouvelles depuis votre séparation. Il voulait s'assurer que tout allait bien pour toi. Il a frappé, mais personne n'a répondu et puisqu'il n'y avait pas de lumière, il a pensé que tu étais partie. Il avait encore ses clés et il a décidé d'entrer pour t'attendre. Il s'est assis dans son fauteuil préféré près de la fenêtre. Il t'a entendue marcher dans la chambre, s'est levé pour te rejoindre et comme il a vu que tu voulais allumer cette lampe qu'il déteste, il a dit: «N'allume pas cette lampe, Maureen». Il ne voulait pas t'effrayer, tu comprends? Il pensait que tu l'avais vu, puisque lui te voyait très bien.

— Où est-il?

— Il est parti. Je lui ai dit de revenir une autre fois, qu'il serait sûrement préférable pour vous deux, de vous rencontrer dans de meilleures circonstances.

— Kathy! Oh! Kathy! Tu ne peux pas savoir ce qui s'est passé cet après-midi. J'ai eu si peur. Si ça continue, je vais devenir complètement dingue.

— J'ai vu que tu étais complètement affolée en écoutant ton message sur le répondeur.

Maureen raconte alors à son amie ce qui était arrivé au restaurant et elle lui parle de l'angoisse qu'elle avait ressentie en entrant dans son appartement.

— Maureen, avant de venir ici, j'ai longuement discuté avec Jean-Pierre. Il m'a dit que ce matin tu as cru voir un loup sur ta galerie et un homme qui te menaçait. Maintenant, tu me dis que tu as revu cet homme au restaurant. Il y a quelques jours à peine, c'était le petit-gros qui voulait t'enlever. Tu ne crois pas que tu en mets un peu trop?

— Mais c'est la vérité, Kathy. Personne ne veut me croire.

— Ce que je crois, c'est que tu es en pleine dépression; dès que tu te retrouves seule à quelque part, tu paniques. Paul était toujours avec toi, tu te sentais protégée, mais depuis qu'il est parti, tu te sens menacée partout. À chaque fois que tu t'es retrouvée seule, que ce soit dans l'ascenseur, dans la rue, dans ton appartement, au restaurant ou ailleurs, tu as paniqué. Tu as même eu peur de Paul au point d'en perdre conscience et si je ne l'avais pas vu à côté de toi, je suis certaine que tu me dirais que c'est l'homme au loup qui était entré chez toi.

— Kathy, je t'assure, je l'ai vu, c'était...

— Assez, Maureen! Assez, je t'en prie! Je pense que tu devrais aller voir un médecin et lui demander des tranquillisants. Tu fais une dépression, et il faut que tu reprennes le dessus.

— Je pensais que tu étais mon amie, mais tu ne veux même pas m'écouter, tu ne me crois même pas.

— Maureen, aujourd'hui tu as eu peur de Paul, l'homme que tu aimes. Ne me dis pas que c'est normal.

— Je ne savais pas que c'était lui.

— C'est exactement ce que je te dis, ton imagination est trop grande, tu vois des menaces où il n'y en a pas.

La bonne humeur de Kathy, son caractère positif et sa joie de vivre, finissent par influencer Maureen. Les deux amies discutent de choses et d'autres pendant des heures, tous les sujets y passent, cinéma, sexe, cuisine, mode. À la fin de la soirée, Maureen semble complètement remise de ses émotions. Kathy est un peu inquiète de la laisser seule à l'appartement, mais elle n'a pas le choix, elle doit aller travailler.

Le lendemain matin, en buvant son café, Maureen repense à tous les événements qui sont arrivés depuis que Paul l'a quittée. Elle en vient finalement à la conclusion que Kathy a raison. Il est impossible que deux inconnus puissent lui en vouloir à ce point. La preuve que Kathy a raison est le fait qu'elle ait eu si peur de Paul. Il est également vrai que si Kathy n'avait pas vu Paul auprès d'elle, elle aurait pensé que c'était l'homme au loup qui était entré dans son appartement hier soir.

Pauvre Paul, il faut que je l'appelle pour m'excuser, songe Maureen. Il doit me croire complètement folle. Il n'a peut-être pas tort après tout.

Maureen se rend chez Jean-Pierre sans problèmes, elle n'a rencontré personne et elle n'a pas vu de loup. Elle est soulagée et heureuse, en voyant son vieil ami qui l'attend sur le balcon en souriant.

— Bonjour mon petit coeur!

— Bonjour Jean-Pierre. Comment vas-tu ce matin?

— Moi ça va. C'est plutôt à toi qu'il faut le demander.

— Pourquoi? Est-ce que j'ai l'air bizarre ou malade à ce point?

— Non, mais Kathy m'a tout raconté.

— Oublie ce qu'elle t'a dit, Jean-Pierre, c'est de la vieille histoire. J'ai bien réfléchi et j'en suis venue à la conclusion que Kathy et toi aviez raison, c'est sûrement mon imagination qui me joue des tours. Je vais essayer de me distraire un peu.

— Quel bonheur d'entendre ces mots-là! Ça mérite un bon café. Tu viens déjeuner mon petit coeur?

— J'ai déjeuné chez moi avant de partir, mais je prendrai le café avec plaisir.

Maureen fait la lecture du journal, pendant que Jean-Pierre bouffe ses rôties avec un appétit de jeune adolescent. Elle commence toujours par la section des sports pour faire plaisir à son ami, ensuite viennent les faits divers. Une petite photo dans le coin droit d'une page attire son attention. Elle la regarde plus attentivement et avec une petite voix qu'elle ne reconnaît même pas, elle dit:

— Jean-Pierre, regarde c'est lui! C'est le petit-gros de l'ascenseur.

— Pourquoi sa photo est-elle dans le journal?

— Je ne sais pas, laisse-moi le temps de lire.

Jean-Pierre se lève de table et s'approche de Maureen avec une grosse loupe dans la main pour mieux voir la photographie de cet homme dont il entend si souvent parler.

— Il est mort, bafouille Maureen. Ils l'ont tué.

— Quoi?

— Je te dis qu'il est mort! Es-tu sourd?

— J'ai compris, ne crie pas comme ça, je ne suis pas sourd. De quoi est-il mort?

— Assassiné, et ils vont me tuer à mon tour.

— Ah! non! Ça recommence!

— Il m'avait dit: «Méfiez-vous, vous êtes en danger à cause de moi». Il avait très peur, ça se voyait. Il se savait en danger, il m'avait répété:«Méfiez-vous du loup». Jean-Pierre! L'assassin est sûrement l'homme au loup.

— Nous voilà plongés en plein drame, un vrai roman policier! Tu devrais écrire un livre à ma place, Maureen. Tu ne manques vraiment pas d'imagination.

— Jean-Pierre, c'est écrit noir sur blanc dans le journal, ce n'est pas mon imagination, il a été ASSASSINÉ.

— Mon petit coeur, j'apprécierais grandement que tu me lises cet article, mot à mot, tel qu'il est écrit, sans en ajouter, sans commentaire et sans interprétation, afin que je me fasse une idée personnelle.

— Une idée personnelle! C'est la meilleure ça! ASSASSINÉ veut dire ASSASSINÉ, TUÉ, MORT!

— Maureen, vas-tu me lire cet article, oui ou non?

— Attends un peu.

Maureen reprend le journal, regarde encore une fois la photographie et lit enfin d'une petite voix tremblante: *Un homme dans la cinquantaine a été retrouvé sans vie dans sa voiture. La police ne sait toujours pas s'il s'agit d'un suicide ou d'un meurtre, mais tout laisse supposer qu'il s'agit d'un suicide, car aucune trace de violence n'a été remarquée. Une enquête est présentement en cours. Toute personne susceptible de fournir des renseignements sur cet homme, peut communiquer avec la police.*

— C'est tout? s'informe Jean-Pierre qui aurait aimé en apprendre davantage.

— C'est assez, tu ne trouves pas?

— Non.

— Comment, non?

— Maureen, un homme angoissé t'approche dans l'ascenseur; il est complètement affolé, paniqué. Il vit un drame, c'est certain. Tu le sens, car il te transmet son stress tellement il est tendu. Cet homme était dépressif et certainement paranoïaque. Il était perturbé à tel point qu'il s'est suicidé, c'est écrit dans le journal. Il s'agit d'un SUICIDE. C'est vraiment dommage que cet énergumène ait réussi à te communiquer sa peur.

— Il n'a pas inventé l'homme au loup, je l'ai vu.

— Je démissionne, il n'y a rien à faire. J'espère que Kathy saura quoi te dire, moi je ne sais pas. Il fallait que ce fou-là se suicide! Il ne manquait plus que ça!

— Jean-Pierre, est-ce que je peux coucher chez toi ce soir?

— Et demain, et après-demain, et la semaine prochaine, qu'est-ce que tu vas faire? As-tu l'intention de te cacher pour le reste de ta vie? Et devenir dépressive comme ce petit-gros? Puis te suicider pour en finir, toi aussi?

— Je ne sais pas, Jean-Pierre. Toi et Kathy, vous ne me croyez pas, mais je dis la vérité.

— Dans ce cas, va parler à la police.

— Ils ne me croiront pas plus que toi et Kathy.

— Parce qu'il n'y a rien à croire, Maureen. Ton petit-gros s'est suicidé parce qu'il était en pleine dépression, ne fais pas comme lui, je t'en prie. Viens, je vais te reconduire à ton appartement, tu as besoin de repos.

— Non, je ne veux pas m'en aller, je préfère rester avec toi. Je partirai après le souper si tu n'acceptes pas que je couche ici, mais je n'ai surtout pas envie de me retrouver seule chez moi.

— D'accord, mais ne parlons plus jamais de cette histoire-là.

— C'est promis.

Les deux amis travaillent toute la journée à la rédaction du livre de Jean-Pierre, mais le journaliste réalise que Maureen est préoccupée par le suicide du petit-gros. Elle n'en parle pas pour ne pas lui déplaire, mais cela ne l'empêche pas d'y songer sans arrêt.

— Maureen, qu'est-ce que tu penserais d'une bonne pizza pour souper?

— Super!

— Alors, je t'invite au restaurant.

— Tu es vraiment gentil.

— Maureen, si Kathy venait souper avec nous...

— Quelle bonne idée! Je vais lui téléphoner.

Les trois amis se rejoignent une fois de plus au restaurant. Kathy, qui a vu la photographie de son voisin dans le journal, évite de commenter, mais comprend, par un signe de Jean-Pierre, que Maureen l'a vue elle aussi. Les trois amis bavardent de tout et de rien dans une atmosphère tendue. Chacun pense au petit-gros et personne n'ose aborder le sujet. Après le souper, Jean-Pierre invite les deux jeunes femmes au cinéma.

Il est presque minuit lorsque Maureen rentre à la maison. Minou est vraiment content de la voir.

— Pauvre Minou, tu as été tout seul aujourd'hui. Viens, je vais te donner un peu de lait.

Minou la suit dans la cuisine. Le petit plat de nourriture est encore plein.

— Tu n'as rien mangé. Je suppose que l'ennui t'a coupé l'appétit. Demain je vais t'amener avec moi. Jean-Pierre t'aime bien, il sera content de te voir.

Le téléphone sonne. Maureen se demande qui peut l'appeler en pleine nuit.

J'espère qu'il n'est rien arrivé à Jean-Pierre ou à Kathy, se dit-elle.

— Allo!

— Maureen! Enfin! J'ai essayé de t'appeler toute la soirée et tu ne répondais pas. J'étais vraiment inquiet.

— Bonsoir Paul. Je m'excuse pour ce qui est arrivé hier soir, je ne voulais pas...

— Tu n'as pas à t'excuser, Maureen, je suis le coupable. Je n'aurais pas dû entrer chez toi sans ta permission.

— C'est chez toi aussi, Paul.

— Non, plus maintenant, Maureen. Je t'ai d'ailleurs laissé mes clés en partant hier soir.

Maureen a peur de défaillir. Elle s'appuie au mur et ferme les yeux. Ce que vient de dire Paul lui brise le coeur. Elle aurait aimé qu'il garde ses clés. Elle essaie néanmoins de cacher sa déception.

— Où les as-tu mises, je ne les ai pas vues?

— Sur la table du salon, à côté du téléphone, tu dois les voir présentement.

— Non, elles ne sont pas là.

— Peut-être Kathy les a-t-elle rangées pour ne pas te faire de peine, tu étais vraiment bouleversée.

— Ça va mieux, maintenant.

— Je l'espère... Maureen, écoute! Si tu as besoin de quoi que ce soit...

Maureen n'en peut plus. Elle met son orgueil de côté, il faut que Paul sache à quel point elle l'aime. Elle ne peut tout de même pas jouer l'indifférente alors qu'il n'en est rien.

— Paul, je t'en supplie, reviens! Je t'aime. J'ai tellement besoin de toi, j'ai si peur sans toi, j'ai l'impression de perdre la raison, je...

— Maureen, je t'en prie, ne recommence pas, nous en avons discuté avant mon départ. J'aime quelqu'un d'autre, je ne reviendrai pas vivre avec toi. J'ai beaucoup d'amitié pour toi. J'espère qu'un jour tu pourras me pardonner et que nous serons de très bons amis, mais il n'est pas question de reprendre la vie ensemble.

— Je t'aime, Paul.

— Maureen, essaie de me comprendre.

— Et toi, est-ce que tu essaies de me comprendre? Je suis prête à tout oublier, je suis prête à tout te pardonner. Reviens, je t'en supplie.

— Non Maureen, j'ai refait ma vie avec une autre femme et en plus...

— En plus quoi? Pourquoi tu t'arrêtes de parler?

— Maureen, mon amie attend un enfant, je vais être papa.

— Alors, c'est vraiment fini nous deux?

— Oui.

— Paul, je.... je t'aime...j'espère que tu seras heureux, je...

Maureen, incapable d'en dire plus, raccroche l'appareil. Elle prend Minou dans ses bras et lui caresse la tête, il ronronne. Il ne se rend pas compte du drame que vit présentement la jeune femme. Deux grosses larmes, qu'elle a chassées de ses yeux par un battement de paupières, franchissent aisément un épais barrage de cils, glissent ensuite sur ses joues fiévreuses, s'attardent un peu à la hauteur du menton et terminent leur odyssée sur la tête du petit chat. Le chaton se redresse, regarde Maureen et ne comprend pas d'où provient cette pluie qui tombe maintenant sur lui, de plus en plus rapidement. Il miaule et s'essuie avec ses pattes. Maureen le dépose doucement sur le tapis; il se couche à ses pieds, se lèche un peu et finalement, s'endort. Elle reste là, sans bouger, complètement anéantie.

Maureen se referme de plus en plus sur elle-même. Elle ne parle plus du petit-gros ou de l'homme au loup avec ses amis. Elle sait qu'ils ne la croient pas, mais elle vit toujours dans l'angoisse de voir surgir le loup devant elle. Les jours passent, la vie continue, elle se rend tous les jours chez Jean-Pierre et souvent, le soir, ils vont au cinéma en compagnie de Kathy. C'est ainsi que Maureen revoit Paul un samedi soir, en sortant du cinéma. Il s'avance vers eux en compagnie d'une jolie femme.

— Bonsoir Maureen, comment vas-tu? demande Paul en lui tendant la main.

— Bien.

Paul connaissant assez Maureen pour voir et comprendre la peine qu'elle ressent, ne prolonge pas inutilement cette rencontre. Il leur présente sa nouvelle amie et, prétextant un rendez-vous, les quitte rapidement.

— Venez finir la soirée chez moi, propose Jean-Pierre à ses deux compagnes.

— Non merci. Tu es vraiment gentil, mais je suis fatiguée et je préfère retourner à mon appartement, lui répond Maureen d'une petite voix étouffée. Toi Kathy, tu peux aller avec Jean-Pierre si tu veux.

— Non, non! Moi aussi je suis épuisée, déclare la jeune femme, je vais aller me coucher.

— Comme vous voulez, les filles! Maureen, veux-tu que j'aille te reconduire?

— Jean-Pierre, comme je passe devant chez Maureen pour aller chez moi, je vais la raccompagner moi-même, affirme Kathy.

— Alors dans ce cas, je vous quitte. Moi, je vais finir la soirée tout seul comme un vieux garçon.

— Pauvre Jean-Pierre, comme je te plains, lui répond Kathy en riant.

Le trajet entre le cinéma et la maison où demeure Maureen n'est pas long, ce qui donne très peu de temps à Kathy pour causer avec son amie.

— Écoute, Maureen, si tu veux en discuter et te vider le coeur, tu peux venir chez moi. Nous pourrions avoir une longue conversation comme nous en avions autrefois.

— Discuter de quoi? Qu'est-ce que tu veux dire?

— Ne joue pas la comédie, Maureen. Tu sais à quoi je fais allusion. Si tu penses que je n'ai pas vu comment tu les regardais ce soir.

— De quoi parles-tu?

— Tu sais de quoi je parle! De Paul, ton mari et sa petite amie.

— Ah! Ça! Non, tu te trompes, ça ne me fait rien. Je ne l'aime plus.

— Maureen, tu peux mentir à qui tu veux, mais pas à moi. Je te connais assez pour savoir que tu souffres, que tu te retiens pour ne pas pleurer et que dès que tu seras sortie de cette voiture, tes larmes vont commencer à couler.

— Non, non, tu te fais des idées, tout va bien.

— Voyons, Maureen, qu'est-ce qui se passe? Tu n'as plus confiance en moi? J'ai l'impression que depuis le soir où je t'ai trouvée évanouie chez toi, tu m'as fermé la porte de ton coeur. Avant tu me racontais tout, mais à présent tu ne me dis plus rien.

— Parce que je n'ai rien à dire.

— Vraiment?

Maureen ne peut en supporter davantage. Elle déteste cette manie qu'a Kathy, de toujours vouloir s'infiltrer dans sa vie privée. Autrefois, elle ressentait un certain réconfort à raconter ses peines à sa copine, mais plus maintenant. Le scepticisme de son amie, ses sarcasmes et ses remontrances répétées la rebutent. Comment éprouver le désir de dévoiler ses secrets à quelqu'un qui n'accorde aucune crédibilité à ce qu'on lui confie.

Soulagée d'être enfin rendue à son domicile, Maureen met un terme à cet entretien qui la dérange.

— Écoute, Kathy, je suis fatiguée et je vais me coucher. Merci de m'avoir ramenée à la maison.

— Maureen, voyons, tu sais que je suis toujours ton amie.
— Mais oui, bonsoir.

* * *

Maureen fait la lecture à Jean-Pierre depuis plus d'une heure, quand celui-ci se lève, tourne en rond autour de la table et fouille dans les armoires. Il semble chercher quelque chose qu'il ne trouve pas. Il est de mauvaise humeur.

— Mais enfin, Jean-Pierre, qu'est-ce que tu as ce matin?
— Ce que j'ai? Ce que j'ai? Demande plutôt ce que je n'ai pas!
— Il te manque quelque chose?
— Du CAFÉ! Comment veux-tu passer une bonne journée, si tu n'as même pas un petit café pour te réveiller?
— Veux-tu que j'aille en chercher au dépanneur?
— Si tu fais ça pour moi, mon petit coeur, je t'en serai reconnaissant pour le reste de mes jours.
— Je serai de retour dans quelques instants, essaie de survivre en attendant.

Maureen profite au maximum de ces quelques minutes de congé. Elle sourit en pensant à la panique de Jean-Pierre pendant qu'il cherchait son café. Pauvre Jean-Pierre, se dit-elle, je me sens presque coupable de marcher si lentement, mais il fait tellement beau ce matin. Arrivée devant la demeure de son ami, horrifiée par ce qu'elle voit, Maureen se pétrifie. Le sac de papier contenant le pot de café lui glisse des mains. Par le bruit qu'il fait en tombant, Maureen sait qu'il est cassé. Le loup est là devant l'escalier, il lui bloque le chemin. Elle recule lentement, les yeux rivés sur la bête. Un pas en arrière, deux pas, encore quelques pas et elle aura quitté l'allée qui conduit à la maison de Jean-Pierre. Le loup grogne, il la fixe. À chaque petit pas qu'elle fait pour s'éloigner de l'animal, lui, il en fait un vers elle. Si seulement elle pouvait atteindre la rue, il y a des voitures, des gens, elle serait sauvée. Elle recule encore d'un pas et se heurte contre quelqu'un, elle se retourne pleine d'espoir et se retrouve face à face avec l'homme au loup.

— Au secours! Au secours!

— Ferme ta gueule et suis-moi, sinon je te flingue ici et tout de suite.

Il la saisit par le bras et essaie de l'entraîner en direction de sa voiture. Maureen, les nerfs tendus au maximum, se dégage d'un coup brusque et ne voyant plus le loup, elle s'enfuit vers la résidence de son ami en espérant que son assaillant ne lui tire pas une balle dans le dos. Elle monte les marches de l'escalier quatre par quatre, ouvre la porte et continue sa course jusque dans les bras de Jean-Pierre qui se trouve à la cuisine.

— Maureen! Qu'est-ce qui se passe? Qu'est-ce qui t'arrive?

— Il me suit! Il a un revolver! Il veut me tuer!

— Ça y est! Ça recommence encore cette histoire-là!

Jean-Pierre se dirige vers la porte restée ouverte, regarde à l'extérieur, ne voit rien ni personne. Il se rend dans l'allée, ramasse le sac contenant les restes du pot de café et retourne lentement vers la maison.

Cette fois, je suis vraiment inquiet pour elle, pense-t-il. Je ne sais vraiment pas comment l'aider.

Il revient auprès de Maureen qui se réfugie dans ses bras en quête de réconfort.

— Maureen, il n'y a personne dehors.

— Le loup! Le loup! Il était là devant l'escalier, il m'attendait. Quand j'ai voulu m'enfuir, l'homme au loup se tenait derrière moi avec une arme à la main et il a essayé de m'entraîner dans sa voiture.

— Maureen, ça suffit! Raisonne-toi, je...

Jean-Pierre n'a pas le temps de finir sa phrase, quelqu'un appuie avec insistance sur la sonnette de la porte d'entrée.

— Je vais aller voir qui est là pendant que tu te calmes un peu, nous en reparlerons plus tard.

— Je suis certaine que c'est lui! Il est armé! Il va nous tuer tous les deux! Appelle la police!

Maureen s'accroche désespérément au bras de Jean-Pierre.

— N'ouvre pas! Je t'en supplie, Jean-Pierre, n'ouvre pas!

Jean-Pierre se sent impuissant devant l'ampleur que prend cette affaire. La tournure des événements le laisse pantois. L'irrationalité de cette jeune femme pourtant si intelligente, le déconcerte. Il essaie de la rassurer, sans grand espoir d'y parvenir.

— Assez! Maureen, je peux te prouver une fois de plus, que tu n'es pas en danger.

Jean-Pierre ouvre la porte et Maureen aperçoit un petit garçon d'environ dix ans. Il est vraiment beau avec ses cheveux blonds qui touchent les épaules. Il ne semble pas à son aise devant Jean-Pierre et se tient gauchement. Son manteau est trop grand pour lui et de grosses bottes noires lui montent jusqu'aux genoux. Il est couvert de boue.

— Bonjour monsieur.

— Bonjour Sébastien, on voit par ton costume que tu t'es bien amusé. Qu'est-ce que je peux faire pour toi?

— J'ai perdu mon chien, est-ce que vous l'avez vu?

— Non. Depuis quand l'as-tu perdu?

— Je ne sais pas, il était attaché dehors et moi j'étais chez un ami, en revenant de chez mon copain, j'ai vu que la chaîne était cassée et que mon chien était parti.

— Sébastien, peux-tu dire à la dame qui est ici, à quoi ressemble cet animal?

— Vous le savez, vous, comment il est mon chien.

— Sébastien, décris-le à la dame. Elle vient juste d'arriver, elle l'a peut-être aperçu dans les environs.

— L'enfant regarde Maureen les yeux remplis d'espoir.

— Madame, est-ce que vous l'avez vu?

Maureen ne répond pas.

— Sébastien, reprend patiemment le vieux, as-tu une photo du chien que tu pourrais montrer à la dame?

— Non, je n'ai pas de photo, mais il est facile à reconnaître, il ressemble à un loup. Est-ce que vous l'avez vu, madame?

— Non. Oui. Je ne sais pas, peut-être.

Le petit garçon regarde alors Jean-Pierre d'un air perplexe. Il ne comprend pas. Voyant la mine défaite du gamin, Jean-Pierre lui sourit amicalement.

— Oui, elle l'a vu, ton chien.

— Où?

— Ici, devant la maison, elle est entrée chez moi en pleurant, elle croyait avoir vu un loup. Elle a eu très peur, tu sais.

— Où est-il maintenant?

L'enfant ne semble vraiment pas intéressé par les émotions de Maureen, la seule chose qui l'intéresse est de savoir où est rendu son chien.

— Il ne doit pas être loin, il était dans l'allée il n'y a pas dix minutes.

— Merci monsieur. S'il revient par ici et que vous le voyez, pouvez-vous me téléphoner s'il vous plaît?

— Compte sur moi, Sébastien.

— Merci.

Jean-Pierre referme la porte et se retourne vers Maureen. Par réflexe, il lisse les poils de sa moustache. Depuis quelque temps, il a cette manie. Cette fois, Maureen ne pourra pas lui reprocher son incrédulité. La preuve est faite; le loup qu'elle venait d'affronter, n'était en réalité qu'un chien inoffensif.

— Tu vois?

— Jean-Pierre, c'est une coïncidence, le loup était vraiment là.

— Maureen!

— Et l'homme armé, alors?

— Ton imagination! En voyant un loup, tu as tout de suite pensé qu'il était accompagné par cet individu.

— L'homme était là! insiste Maureen.

— Il y avait peut-être quelqu'un, mais pas un assassin prêt à te tuer. Peut-être qu'en voyant à quel point tu avais peur du chien, un passant est venu pour essayer de t'aider.

Maureen se met alors à sangloter. Elle se blottit dans les bras de son vieil ami. Comment les convaincre, Kathy et lui? Elle a mal jusqu'au plus profond de ses entrailles, elle crève de peur. Elle ressent sa terreur jusqu'à la moelle de ses os. Elle n'arrivera pas à s'en sortir sans leur aide.

— Jean-Pierre, aide-moi, qu'est-ce que je vais faire?

— Je ne sais vraiment pas, Maureen. Écoute, mon petit coeur, j'ai grandement besoin d'un bon café. Viens avec moi, nous allons au restaurant déguster ce merveilleux stimulant.

— Je ne veux pas sortir dans cet état-là, tout le monde va me regarder.

— Laisse faire les autres, viens.

— Non!

Jean-Pierre entraîne Maureen avec lui. Elle n'a vraiment pas le choix. Si le journaliste décide quelque chose, il n'y a rien ni personne qui peut le faire changer d'idée.

— Jean-Pierre, je ne veux pas entrer dans ce restaurant.

— D'accord! Comme tu veux! Nous pouvons toujours boire le café dans l'automobile.

Assis derrière le volant, un verre de carton à la main, Jean-Pierre analyse la situation. Il ne sait pas quoi dire. Il essaie de trouver le meilleur moyen pour aider son amie, mais les sanglots de celle-ci l'empêchent de réfléchir. Il ne peut pas se concentrer et ne trouvant pas de solution, il pense alors à Kathy. Il n'y a vraiment que Kathy qui peut aider Maureen, elles sont amies depuis si longtemps et se connaissent si bien.

— Mon petit coeur, veux-tu que nous allions chez Kathy? Elle pourra peut-être nous aider, c'est ta meilleure amie.

— C'était ma meilleure amie.

— Elle l'est toujours, mon petit coeur, si tu savais comment elle s'inquiète pour toi. Préfères-tu que je te reconduise chez toi?

— Non! Non! Surtout pas!

— Donc, nous allons chez Kathy.

— Je crois que je n'ai pas le choix, répond Maureen.

En voyant le visage de Maureen, Kathy sait qu'il s'est encore passé quelque chose. Jean-Pierre lui raconte alors les dernières aventures de Maureen et lui demande si elle a une idée pour aider son amie.

— Maureen, vas-tu finir par accepter l'aide d'un docteur?

— Kathy, ce n'est pas imaginaire, l'homme et son loup existent vraiment, ils vont me tuer comme ils ont tué le petit-gros de l'ascenseur. Cet homme sait où j'habite, il sait où je travaille; où que j'aille, il me retrouve.

— Et pourquoi veut-il te tuer? demande Kathy. Donne-moi seulement une bonne raison.

— Je ne sais pas! s'emporte Maureen.

Avec rage, elle torture un coussin qui traînait sur le divan. Elle le tord, le plie, le triture et finalement, à bout de patience, le lance par terre. Un peu gênée de son comportement infantile, elle le ramasse. Elle regarde Kathy d'un air cour-roucé.

Non, mais pour qui se prend-elle celle-là? Franchement! Elle dépasse les bornes! Oser me demander si je veux accep-ter l'aide d'un docteur. Elle a du toupet! se dit Maureen au summum de la colère.

Cette explosion d'émotions se consume aussi vite qu'un feu de paille et fait bientôt place à l'amertume. Elle me prend vraiment pour une cinglée, constate Maureen. Son amie la déçoit énormément.

— Je pense à quelque chose, hasarde Kathy. J'ai une bonne idée. Maureen, tu as besoin de changer d'air et de prendre des vacances. Tu crains que ton bonhomme te trou-ve, alors j'ai un endroit où te cacher. Tu pourras enfin relaxer et oublier toute cette histoire.

— Où est-ce, dans une maison pour malades mentaux?

— Non, au chalet. Il n'y a que trois chalets au bord du lac, tu seras tranquille et tu pourras te reposer.

— Je ne suis pas fatiguée, Kathy, et je te répète encore une fois que cet ignoble individu n'est pas imaginaire. Qu'est-ce que je vais faire s'il me suit jusque-là? Dans cet endroit perdu au fond des bois, il n'y aura personne pour me défen-dre et en plus, il n'y a même pas de téléphone pour appeler au secours.

— Maureen, si ça peut te rassurer, je vais te présenter mon voisin, c'est un policier à la retraite et il est très gentil.

— Il est peut-être gentil, mais à ce temps-ci de l'année, il sera probablement retourné à la ville, et je vais me retrouver seule dans le bois.

— Frank ne reviendra pas en ville, tu peux compter sur lui. Depuis qu'il est à la retraite, il s'est installé définitivement dans son chalet et il dit qu'il n'a jamais été si heureux.

— Comment peut-il être heureux? réplique Maureen. Il doit s'ennuyer tout seul dans le bois, à moins qu'il déteste les gens et dans ce cas, il ne sera sûrement pas content de ma présence.

— Frank n'est pas toujours seul, son fils Mike, qui, comme Jean-Pierre est journaliste, vient souvent passer quelques jours avec lui.

— Tu dis qu'il y a trois chalets, dans le troisième, est-ce qu'il y a quelqu'un?

— Il appartient aux Dupont, un couple de personnes âgées. La dernière fois que je les ai vus, ils m'ont dit qu'il était à vendre, car ils n'y vont presque jamais. Tu pourrais l'acheter si l'endroit te plaît. Tu me ferais une bonne voisine.

La réponse de Kathy ne rassure pas du tout Maureen. Elle aurait préféré qu'il y ait beaucoup plus de monde dans le coin. Finalement, elle se retrouvera seule avec le fameux Frank et ce n'est pas parce qu'il plaît à Kathy, qu'il aura nécessairement les mêmes atomes crochus avec elle.

— Kathy, si je vais à ton chalet, est-ce que tu pourrais venir avec moi?

— Je ne peux pas, Maureen, ça me ferait plaisir de t'accompagner, mais je dois gagner ma vie, il faut vraiment que je travaille.

— Et toi Jean-Pierre, est-ce que tu peux venir avec moi?

— Non mon petit coeur, je dois travailler à mon livre.

— Tu pourrais travailler au chalet.

— Non, et tu le sais Maureen. Pour écrire ce livre, j'ai des recherches à faire, des gens à rencontrer et en plus, à mon âge, j'ai mes petites habitudes et j'aime le confort de ma maison. Tu peux me faire confiance, je connais Frank et je suis certain qu'avec lui, tu seras en parfaite sécurité.

— Et si par hasard, il n'était pas là, bredouille Maureen.

— Frank est toujours chez lui, déclare Kathy.

— Je ne veux pas prendre de chance, s'objecte Maureen d'un ton ferme.

Kathy se lève, se dirige vers le téléphone, regarde Maureen dans les yeux et lui fait un petit sourire narquois.

— Maureen, si je lui parle et qu'il me promet d'être chez lui, accepteras-tu d'aller au chalet?

— J'ai peur, je suis certaine que l'homme au loup va me retrouver là.

— C'est le chalet ou le docteur, choisis.

Maureen répond d'une petite voix à peine audible. Elle n'est pas certaine de faire le bon choix.

— Le chalet.

Kathy appelle donc chez son voisin pour s'assurer de sa présence. Maureen écoute attentivement tout ce que dit sa copine. Elle essaie de lire entre les lignes. Comme elle aimerait entendre ce que répond Frank! Avec les ah! et les oh! que fait son amie, Maureen ne sait plus du tout si le policier retraité se réjouit ou non de son arrivée. Kathy se paye même le luxe de rire à plusieurs reprises. Maureen envie cette facilité qu'a Kathy d'être à son aise avec tout le monde. Un petit pincement au coeur lui fait découvrir qu'elle éprouve un brin de jalousie envers cette femme pour qui la vie semble toujours facile. La conversation téléphonique se termine enfin! Kathy raccroche le combiné.

— Qu'est-ce qu'il a dit? demande Maureen.

— Il a dit qu'il sera là et qu'il se fera un plaisir de t'aider si tu as besoin de quoi que ce soit.

— Est-ce que l'autobus se rend jusque-là?

— Je vais aller te reconduire. Je crois même que je vais passer mes fins de semaine au chalet avec toi.

— Tu es vraiment gentille Kathy. De savoir que tu viendras de temps en temps me rassure énormément. Je me sentirai moins seule.

— Nous partirons demain matin. J'irai te chercher chez toi
à huit heures, car nous aurons un bon bout de chemin à
faire.

— Je serai prête.

Jean-Pierre, que les deux femmes avaient presque oublié
tant il était silencieux, se lève doucement, s'étire, leur dit de
sa grosse voix chaude et calme qu'il est fatigué et qu'il retourne chez lui, puisque tout semble réglé. Si pour une raison
ou une autre, elles pensent avoir besoin de lui, il se fera un
plaisir de rester. Il fait ensuite quelques blagues sur son âge
avancé et les quitte.

Les deux femmes bavardent encore un peu. Harassée par
cette journée plus que mouvementée, Maureen suit bientôt
l'exemple de son vieil ami et regagne ses pénates. Elle ouvre
sa porte en soupirant. Comme elle déteste revenir dans cet
appartement vide! Elle s'ennuie de Paul, elle aimerait tellement que tout redevienne comme avant. En allumant la lumière, Maureen aperçoit Minou qui joue avec une balle de
tennis sur le tapis du salon.

— Bonsoir chaton! Qu'est-ce que tu fais avec cette balle?
elle appartient à Paul.

Le petit chat la regarde d'un air indépendant et continue
de s'amuser. Maureen l'observe d'un air pensif et se dit que
finalement, elle a dû oublier de fermer la porte de la garde-
robe. Elle enlève ses souliers et d'un pas traînant, se dirige
vers l'animal.

— Mon beau petit matou d'amour, une chance que tu es
là, toi. Sans ta présence, je serais bien seule. Demain nous
partirons en voyage.

Elle prend le chat dans ses bras, le caresse un peu et lui
raconte plein de choses. Se vider le coeur la soulage, peu
importe qu'il comprenne ou non ce qu'elle lui confie.

— Dis-moi, mon beau minet, est-ce que tu as mangé un peu au moins? Viens avec moi dans la cuisine, je vais te donner du lait et des petites gâteries.

En voyant le désordre qu'il y a dans la cuisine, Maureen faillit échapper le chat.

— Mais que s'est-il passé ici? Minou! C'est impossible que tu sois le responsable d'un tel gâchis!

Les contenants de sucre, de café, de farine et de miel sont renversés sur le comptoir. Il y a plein de traces de pattes dans la farine, on voit que le chat s'est amusé. Le miel a coulé dans les tiroirs restés entrouverts. Les portes des armoires sont entrebâillées et il y a de la vaisselle cassée un peu partout. Les linges à vaisselle rangés dans les tiroirs sont éparpillés sur le plancher.

— C'est impossible qu'une si petite bête fasse autant de ravages! Minou, qu'est-ce que tu as fait?

Maureen regarde les dégâts et réalise soudain que le petit chat n'aurait pas pu ouvrir les tiroirs et les portes d'armoires. Quelqu'un était donc entré chez elle.

C'est sûrement l'homme au loup, pense Maureen avec angoisse. Mais pourquoi? Que me veut-il? Je ne le connais même pas. Comment est-il entré ici? Est-il encore dans la maison? Sûrement pas, sinon il m'aurait déjà sauté dessus.

— Viens, Minou, allons voir le reste de la maison.

Maureen avance à pas feutrés, tendue au maximum, le coeur battant très fort. Le moindre bruit la fait tressaillir. Elle a l'impression de rester sur place, tellement elle progresse lentement. Enfin la chambre! Elle allume la lumière et complètement anéantie, se met à pleurer. Le désordre qui règne dans cette pièce, semble pire que celui de la cuisine. Tous les tiroirs de la commode sont ouverts, leur contenu est vidé sur le plancher. La garde-robe a subi le même sort. Le lit est complètement défait et les rideaux sont arrachés.

Maureen s'affole, les événements la dépassent, elle ne sait pas quoi faire. Elle tremble de la tête aux pieds. Elle retourne au salon, le seul endroit épargné par son visiteur, prend Minou dans ses bras et s'assoit dans le fauteuil préféré de Paul.

Maureen se réveille en sursaut, quelqu'un frappe à sa porte. Elle s'approche de l'entrée, en se demandant comment elle avait pu s'endormir en de telles circonstances.

— Qui est-là?

— C'est moi, la rassure Kathy.

Maureen ouvre la porte d'une main tremblante.

— Maureen, est-ce que ça va? Tu es toute pâle. Est-ce le fait d'aller au chalet qui te bouleverse à ce point?

— Kathy, viens voir cette pagaille!

Kathy suit son amie jusqu'à la cuisine. Maureen avait tout laissé tel quel, elle n'avait pas eu le courage de nettoyer. Kathy les yeux agrandis par la surprise, regarde son amie d'un air découragé.

— Quel fouillis!

— Suis-moi.

Les deux amies se dirigent vers la chambre. Là non plus, Maureen n'avait rien ramassé.

— Mais enfin, Maureen, peux-tu m'expliquer ce qui s'est passé ici?

— Je ne sais pas. Hier soir, à mon arrivée, tout était dans cet état. Quelqu'un est entré ici pendant que j'étais partie. Je suis convaincue que c'est l'homme au loup, on dirait qu'il cherchait quelque chose.

— Voyons, Maureen, ne recommence pas avec cette histoire-là. Il y a sûrement une explication.

— Ça par exemple, c'est trop fort! Tu vois dans quel état est mon appartement? Tu ne supposes tout de même pas que c'est le chat qui a pu faire un tel saccage?

Kathy examine les lieux. D'un oeil averti, elle évalue l'ampleur du désastre. Elle hoche la tête comme le ferait un expert en sinistre.

— Minou en est parfaitement capable, affirme-t-elle avec assurance.

— Veux-tu rire de moi? riposte Maureen. Comment veux-tu qu'il ait ouvert toutes ces portes et tous ces tiroirs? Comment veux-tu qu'il ait tiré une couverture plus pesante que lui?

— Maureen, à ton arrivée hier soir, est-ce que la porte était déverrouillée?

— Non, elle était barrée, puisque j'ai dû prendre ma clé pour entrer.

— Est-ce que la serrure allait bien, elle n'avait pas été forcée ou brisée?

— Tout avait l'air normal.

— Est-ce qu'il y avait une fenêtre ouverte?

— Non, elles étaient toutes fermées.

— Y avait-il une vitre cassée? insiste Kathy.

— Non.

— Donc, personne n'est entré ici par effraction. Maureen, il n'y avait que Minou dans ton appartement.

— Peut-être que quelqu'un avait un double de mes clés.

— Et comment quelqu'un aurait pu avoir un double de tes clés?

Maureen bouillonne intérieurement. Les joues rougies de rage, le regard foudroyant et les traits durcis, elle s'obstine.

— Alors l'homme au loup est probablement entré ici hier matin pendant que j'y étais et il s'est caché en attendant mon départ. Il s'est sûrement mis à fouiller mon logis dès que je suis sortie, espérant trouver de l'argent ou des bijoux ou je ne sais pas quoi. Je ne sais pas ce qu'il me veut.

Kathy ferme les yeux et secoue la tête de gauche à droite en signe de désapprobation. Elle pousse un gros soupir d'exaspération.

— Maureen! Tu n'es pas réaliste. Tu t'imagines plein de choses. Il est tout à fait possible qu'un petit chat qui s'ennuie fasse plein de dégâts dans une maison.

— Impossible qu'il ait fait un ravage semblable!

— Maureen, tu oublies que j'ai un chat. Je te garantis que lorsqu'il était aussi jeune que Minou, il était vraiment à surveiller. Si tu veux, nous allons retourner à la cuisine et regarder les dégâts. Je suis certaine que tout peut s'expliquer.

— Je devrais te mettre à la porte, tu ne me prends jamais au sérieux. Je ne suis pas malade, je n'imagine rien. Cet homme, je l'ai vu! Ce loup aussi, je l'ai vu! Le petit-gros a vraiment été assassiné; il ne s'est pas suicidé, j'en suis certaine. Et si je te dis que quelqu'un est entré chez moi, c'est parce que c'est vrai.

— Maureen, reviens dans la cuisine avec moi, fais-moi plaisir. Si je me trompe, je te ferai des excuses et nous communiquerons avec la police, mais si j'ai raison, tu t'en viens au chalet avec moi et tu oublies complètement cette histoire de loup et de bonhomme. D'accord?

— Comme tu veux!

Maureen, qui n'avait pas vraiment le choix, accompagne son amie dans l'autre pièce. Minou qui les suivait, bondit tout à coup sur le comptoir, s'amuse à pousser une petite clémentine, la roule dans la farine et finalement la laisse tomber dans un tiroir entrouvert. Au comble du plaisir, il y saute pour récupérer son nouveau jouet. Il lèche ses pattes maintenant recouvertes de miel et d'un bond sort de cet endroit où il se sent un peu à l'étroit. Il s'en va ensuite sous la table pour jouer avec un linge à vaisselle.

— Tu vois ce que je te disais! s'exclame Kathy.

— Peut-être a-t-il pu monter sur le comptoir et renverser les pots qui y étaient, mais il n'a tout de même pas ouvert lui-même les tiroirs et les portes d'armoires.

— Oui, c'est tout à fait possible.

— Tu veux rire de moi? s'emporte Maureen.

— Non, il suffit que tu aies laissé une porte ouverte. Le chat saute dans l'armoire, se promène dedans, fait tomber la vaisselle. Une fois à l'intérieur, c'est facile pour lui d'aller d'une porte à l'autre et de pousser dessus pour sortir.

— Tu as une réponse pour tout, n'est-ce pas?

— Retournons dans la chambre! décide Kathy.

Elle prend Maureen par le bras et l'entraîne avec elle. Maureen s'indigne. Elle n'arrive pas à comprendre pourquoi il semble si difficile à ses deux amis de voir les faits tels qu'ils sont.

— Regarde, Maureen, ton chat est déjà dans la garde-robe et à entendre le bruit qu'il fait là-dedans, tu peux être certaine qu'il a beaucoup de plaisir.

Comme pour confirmer les dires de Kathy, Minou sort de sa cachette la tête haute, traînant sur son petit dos une chemise qui a dû tomber sur lui pendant qu'il s'amusait.

— Tu vois ce que je te disais! répète Kathy d'un ton suffisant.

— Kathy, je suis certaine que la garde-robe et les tiroirs étaient fermés quand je suis partie hier matin.

— Maureen, tu as pu les laisser entrouverts sans y porter attention. Tu n'as jamais eu de petit chat auparavant, alors tu n'as pas pu prévoir tous les dégâts qu'il était capable de faire pendant ton absence.

— Pense ce que tu veux. De toute façon, il faut que je ramasse mes affaires et j'en ai sûrement pour une journée ou deux. Je crois que je vais devoir refuser ton offre en ce qui concerne le chalet. Je ne peux pas laisser mon logement dans un état semblable.

— Non, non, il n'en est pas question! Tu viens au chalet, et ça presse! Donne-moi le double de tes clés et à mon retour lundi, je reviendrai ici avec un de mes amis. Nous allons tout nettoyer, lui et moi, ce sera comme neuf.

— Je ne peux pas m'en aller. Je dois ranger moi-même et vérifier s'il manque quelque chose.

Ne voulant pas perdre plus de temps, Maureen commence son inspection. Comme une abeille qui butine de fleur en fleur sans trop savoir sur laquelle s'arrêter, Maureen va d'un tas d'objets, à un autre. Elle ne sait pas trop par où commencer. Elle s'assoit par terre près d'une pile de vêtements et commence à les plier proprement. Quelques instants plus tard, elle abandonne le linge et se rend près d'un amoncellement de choses disparates. Elle voudrait être partout à la fois. Vient ensuite le tour de quelques bidules divers, abandonnés ici et là. Kathy décide de mettre un terme à cet étourdissant manège.

— S'il manque quelque chose, tu le verras à ton retour. Viens, nous allons préparer ta valise. Apporte du linge chaud, c'est le mois de décembre et il fait plus froid au bord du lac qu'ici en ville. Il y a probablement déjà beaucoup de neige là-bas.

Les deux femmes quittent finalement les lieux. Kathy ferme la porte avec un sentiment de soulagement.

— Kathy, as-tu vérifié si la porte est fermée à clé?

— Pourquoi, as-tu peur que quelqu'un vienne faire le ménage?

Maureen ne s'attendait pas à cette réplique. Elle regarde Kathy avec colère, mais le sourire de Kathy dégage tant d'amitié et de bonne humeur que Maureen finit par se calmer et finalement éclate de rire.

— Tu as tout à fait raison, partons. Vive les vacances! Ce sera la première fois que je passerai Noël dans un chalet et toute seule en plus.

— Tu ne seras pas seule pour célébrer cette belle fête. Jean-Pierre et moi, nous viendrons festoyer avec toi, puis nous inviterons notre charmant voisin et son fils, s'il est là.

L'atmosphère reste relativement détendue dans la voiture malgré les circonstances. Les deux femmes sont parties depuis plus d'une heure, et Maureen n'a pas encore parlé du dégât de son appartement, ce qui surprend beaucoup Kathy.

— Kathy, je pense à quelque chose.

Ça y est, c'était trop beau pour durer, songe Kathy.

— Quoi?

— Je suis inquiète de ne pas avoir trouvé le double de mes clés.

— C'est normal, avec tout le désordre qu'il y avait chez toi.

— Oui, mais je me rappelle soudain que Paul m'avait dit les avoir laissées sur la petite table, près du téléphone, et les clés n'étaient pas là.

— Avec un chat comme le tien, nous risquons de les chercher longtemps. Ne t'en fais pas, Maureen, nous finirons bien par les trouver. De toute façon, au chalet tu n'as pas besoin de tes clés, donc je prendrai les tiennes et je te les rendrai la fin de semaine prochaine.

Maureen s'en veut. Elle déteste se laisser manipuler ainsi. Elle devrait s'imposer davantage. Kathy a toujours eu le dessus sur elle. Paul aussi d'ailleurs. Tout le monde décide à sa place. Elle se laisse ballotter comme un morceau de liège flottant sur une vague. Elle va là où le courant l'amène, sans jamais rien faire pour y changer quoi que ce soit. Elle aurait dû rester chez elle. Ce n'est pas logique qu'elle parte se réfugier dans le bois, tandis que ses amis se tapent tout le boulot à sa place.

— Kathy, je me sens coupable de te laisser tout cet ouvrage.

— Si tu voyais le garçon avec qui je vais faire ton ménage, tu ne me plaindrais pas, tu m'envierais. Avec lui, ce sera joindre l'utile à l'agréable et même au très, très agréable.

Kathy se tait. Elle rêvasse. Elle s'imagine déjà dans les bras de celui dont elle vient de parler. Elle fantasme tout en conduisant. Maureen se méprend sur la raison de ce mutisme. Elle croit que Kathy en a ras-le-bol de cette conversation. Elle reprend sur un autre sujet.

— Kathy, parle-moi un peu de ton voisin.

— Quel voisin?

— Celui du chalet, ton policier à la retraite. J'aimerais mieux le connaître.

— Qu'est-ce que tu veux savoir?

— Tout.

— Alors, installe-toi confortablement, je vais te le décrire au complet. Ce qu'il est, ce qu'il fait, à quoi il ressemble, nous en avons sûrement jusqu'à notre arrivée au lac.

— C'est un de tes clients? demande timidement Maureen.

— Tu veux savoir si je couche avec lui? Ça arrive à l'occasion, mais seulement pour le plaisir, pas pour le travail. N'oublie pas qu'au chalet, je suis en vacances.

Les deux femmes rient de bon coeur.

— Attends de le voir et tu vas comprendre, il est vraiment bel homme, déclare Kathy.

Les deux amies parviennent à destination au début de l'après-midi.

2

Le refuge

Debout près de la porte d'entrée, Maureen regarde autour d'elle. Le chalet de Kathy est comme son appartement, coloré et accueillant. Un vase de fleurs séchées attire soudain son attention. Il détonne dans cet environnement chaleureux. Trois roses aux pétales ternies, droites et raides comme des soldats au garde-à-vous, partagent un horrible pot fêlé avec une marguerite jaunie. La tige cassée, cette dernière s'agrippe tant bien que mal au rebord ébréché de la vieille poterie.

— Un souvenir de ma mère, la renseigne Kathy. Je suis incapable de m'en défaire.

— Tu ne m'as jamais parlé de ta famille, pourquoi?

— Il n'y a pas grand-chose à dire.

Kathy n'aime pas parler de son passé, elle évite toujours ce sujet. Elle devient triste un court instant. Ayant appris à vivre intensément le moment présent, elle reprend vite le dessus.

— Maureen, dépose tes valises dans la petite chambre à côté de la mienne, nous rangerons tes affaires ce soir. Il fait trop beau pour s'enfermer, je t'amène visiter les alentours.

— Tu as raison Kathy, la température est idéale pour les promenades en plein air, mais c'est vraiment beaucoup plus froid qu'en ville. As-tu vu toute cette neige?

— Maintenant, tu sais pourquoi je te disais d'apporter des vêtements chauds.

— Allons-y, je suis prête! déclare Maureen.

— Il y a un sentier qui fait le tour du lac. L'hiver, cet endroit est féerique. Je vais aller te le montrer, ça vaut le détour.

— On va s'enfoncer dans la neige jusqu'au cou, proteste Maureen.

— Non, le fils de Frank le parcourt tellement souvent avec sa motoneige que nous pourrons marcher sans problèmes, la neige sera toute *tapée* comme on dit par ici.

Les deux femmes quittent le chalet et se dirigent vers le sentier. Le décor est magnifique. Les sapins sont recouverts de neige et Maureen aperçoit le lac à travers les branches des arbres. Ici et là, des traces de lièvres traversent le sentier, tout est calme et silencieux. Les aboiements d'un chien les tirent de leurs rêveries.

— Kathy, as-tu entendu des jappements?

— C'est sûrement Frank qui revient de sa randonnée en forêt. Il est toujours accompagné de Whisky.

— Whisky?

— Oui, c'est son chien. Un drôle de cabot très laid, de la couleur d'un verre de whisky. Il est gentil, mais il est très difficile de l'approcher, il a peur de tout le monde.

— De la façon dont tu m'avais décrit ton voisin, je l'imaginais plutôt avec un berger allemand ou un labrador.

— Ce n'est pas Frank qui a choisi cette bête, c'est plutôt Whisky qui a choisi Frank. Il y a deux ans, en revenant de sa marche dans le bois un matin d'automne, Frank a trouvé ce chien couché sur sa galerie. Pauvre animal, il était dans un piteux état. Il n'avait sûrement pas mangé depuis plusieurs jours, il était affaibli, blessé et tout sale. Ce sont probablement des vacanciers qui l'avaient abandonné ici en retournant à la ville. Frank était vraiment en colère devant la négligence et l'inconscience de ces gens sans-coeur. Il a ouvert la porte de son chalet au petit mendiant, lui a donné à manger et à boire, ensuite il a pansé ses blessures et finalement, le voyant si pitoyable et ne pouvant se résigner à le laisser repartir tout seul dans la nature, il lui a installé une grosse couverture sur le plancher près du foyer. Depuis ce temps, Whisky le suit comme son ombre. Si tu touches son maître, vas-y avec douceur, car le chien est sur la défensive et prêt à protéger son seul ami.

Les jappements se rapprochent. Frank et Whisky ne sont sûrement plus très loin et la rencontre avec eux devient inévitable. Maureen ne sait pas trop pourquoi elle craint ce face-à-face. Son coeur bat de plus en plus vite. Plus les aboiements sont forts et proches, plus son angoisse augmente. Il s'agit d'une impression forte et incompréhensible. Comment Frank va-t-il la trouver? Va-t-il la considérer comme une amie? Sera-t-il content d'avoir une voisine pour le temps des fêtes ou aurait-il préféré avoir la paix et être tout seul sans avoir besoin de s'occuper d'elle? Kathy lui a probablement parlé d'elle. Elle lui a forcément raconté tout ce qui s'est passé. Elle lui a certainement demandé de passer au chalet de temps en temps pour voir si tout va bien. Il doit à coup sûr la voir comme un embarras, mais ne peut refuser ce service à Kathy. De toute façon, il est trop tard pour reculer.

Whisky bondit à la rencontre de Kathy. Visiblement très heureux de la retrouver, il aboie pour prévenir son maître. Frank arrive quelques instants plus tard. Le sourire aux lèvres, il tend la main à Kathy.

— Salut ma belle amie! Tu es merveilleuse comme toujours! Comment vas-tu?

— Très bien, Frank, et toi?

— Comme tu vois, en pleine forme et très heureux de te voir.

— Je te présente mon amie Maureen.

— Salut Maureen! Ça me fait plaisir de te rencontrer.

— J'espère que je ne dérangerai pas trop, bredouille la jeune femme.

— Mais pas du tout. Au contraire, tu es la bienvenue par ici.

— Merci, répond Maureen en rougissant.

Maureen se déteste. Elle se sent honteuse de s'empourprer ainsi comme une gamine. Elle espère naïvement que la coloration subite de ses joues soit imputée au froid.

Frank est surpris par tant de candeur. Il n'avait surtout pas l'intention de la mettre mal à l'aise. Il continue la conversation comme s'il ne s'était aperçu de rien.

— Je vois que vous faites le tour du lac, dit-il en s'adressant à Kathy.

— Oui, je voulais montrer le sentier à Maureen, tu viens avec nous?

— Non, merci, je vous accompagnerais avec plaisir, mais j'attends un téléphone important, je dois rentrer.

— Comme tu veux, beau brun, on se reverra plus tard.

Frank quitte les deux femmes d'un pas rapide, son petit chien courant derrière lui.

— Comment le trouves-tu? demande Kathy.

— Il a l'air gentil, tu avais raison.

— Tu as vu ses beaux yeux bleus. Lorsque son regard croise le mien, j'oublie presque de respirer. Je trouve également qu'il a un beau petit nez et je t'avoue que sa barbe me fait un effet terrible. À chaque fois que je le vois, j'aimerais me blottir dans ses bras.

— J'avoue qu'il a de beaux yeux, dit Maureen d'un ton conciliant, mais sa barbe est ordinaire si tu veux mon avis. On dirait qu'il ne s'est pas rasé depuis trois jours.

— Moi, c'est ça que j'aime, s'extasie Kathy. Tu passes tes mains sur sa barbe et ça gratouille; ça fait tout drôle sur les doigts. Et son sourire, tu as vu ce sourire! Moi, quand il sourit, j'ai toujours envie de l'embrasser, et tu n'as pas vu ses muscles.

— Ce serait un peu difficile pour moi de les avoir vus avec tout le linge qu'il avait sur lui, surtout si je pense aux muscles auxquels tu fais allusion.

— Ah! Maureen, si tu savais comme il est beau! La première fois que je l'ai rencontré, il était en costume de bain, il sortait du lac. Je me suis approchée de lui, je me suis présentée, on s'est donné la main et on est tout de suite devenu amis.

— Je n'en doute pas un instant.

Kathy continue de bavarder. Maureen écoute distraitement le babillage de son amie. L'homme au loup accapare ses pensées. Elle n'ose même pas s'imaginer ce qui se passerait s'il fallait qu'il arrive dans les parages.

* * *

Il fait presque noir au retour des deux femmes au chalet.

— Ouf, enfin! Je suis fatiguée et je suis gelée, se plaint Maureen. Ça fait du bien d'arriver dans un endroit chaud.

Elle enlève ses bottes, jette son manteau sur une chaise et se laisse choir dans un fauteuil. Elle ressent tout à coup un terrible picotement aux orteils. Prise d'inquiétude, elle les frotte vigoureusement. Elle a entendu beaucoup d'horreurs en ce qui concerne les engelures. Elle se lève d'un bond et sautille sur place pour activer la circulation sanguine.

— Tu essaies d'inventer une nouvelle danse?

— Oui. Je vais l'appeler *la danse du cactus*, tellement les orteils me piquent. J'ai l'impression d'avoir des milliers d'aiguillons sous les pieds.

— Veux-tu un bon café pour te réchauffer? demande Kathy en essayant de l'imiter. Moi, je m'en fais un.

— Avec plaisir.

— Je vais en profiter pour te montrer où sont les choses, car je dois repartir demain matin. J'aurais aimé demeurer plus longtemps avec toi, Maureen, mais je ne peux vraiment pas. J'espère que tu n'es pas trop déçue.

— Kathy, tu vas me trouver bébé, mais j'ai peur de rester toute seule ici.

— Il n'y a aucun danger et en plus, tu sais que Frank est dans le chalet d'à côté. S'il y a quoi que ce soit qui t'inquiète, va le trouver, il se fera un plaisir de t'aider.

— Est-ce que tu lui as parlé de moi? demande Maureen.

— Oui.

— Et de l'homme au loup?

— Oui.

— Qu'est-ce qu'il a dit?

— Rien.

— Rien? Il a sûrement réagi. Il a certainement posé des questions.

— Non, il m'a laissé parler sans m'interrompre, je lui ai raconté toute l'histoire. Il n'a pas fait de commentaires. Il m'a seulement affirmé qu'il était prêt à t'aider si tu avais besoin de lui.

— Pourquoi tu as fait ça, Kathy?

— Fait quoi?

— Tu lui as tout rapporté! Je vais être gênée avec lui maintenant.

— Au contraire Maureen, avec lui, tu dois te sentir en sécurité. Tu dois le voir comme un ami et pour qu'il soit vraiment ton ami, il faut qu'il sache ce qui t'arrive.

Maureen aurait préféré ne rien expliquer à Frank, mais ce qui est fait est fait. De toute façon, au point où elle en est, un peu plus ou un peu moins...

Kathy, qui a toujours quelque chose à raconter, poursuit avec des propos beaucoup moins intimes. Elle peut discourir durant des heures, sans jamais s'arrêter. Tout en parlant, elle va et vient, s'assoit, se lève, déplace des objets, elle ne peut s'empêcher de gesticuler. Elle ne reste jamais en place. Elle déborde d'énergie.

Maureen ne peut quitter des yeux la fenêtre devant laquelle Kathy se meut. Un immense rectangle noir semble s'emparer du mur.

— Tu as vu quelque chose? s'inquiète Kathy.

— Regarde cette fenêtre.

Kathy se retourne, et ne voit rien d'anormal. Elle se rapproche de l'ouverture et se colle le nez à la vitre dans l'espoir d'apercevoir ce qui trouble ainsi son amie.

— Rassure-toi, Maureen, il n'y a rien dehors.

— Je sais, c'est pour ça que j'ai peur. Il fait tellement noir par ici.

Kathy ne peut retenir un éclat de rire.

— Maureen, il n'y a que toi pour avoir des idées pareilles!

La pauvre Maureen marche de long en large dans la cuisine. Visiblement, elle se fait du souci.

— Quand reviendras-tu, Kathy? demande-t-elle d'une voix étouffée par l'émotion.

— Pour Noël. Je serai accompagnée de Jean-Pierre.

— Seulement à Noël?

— Maureen, il ne reste qu'une semaine avant Noël, patiente un peu. Ce n'est pas si long que ça.

— On voit que ce n'est pas toi qui es prise toute seule dans le bois.

— Tu n'es pas seule, Frank est là, dans le chalet d'à côté. Pour être sincère, j'avoue que j'aimerais être à ta place et me retrouver toute seule ici avec lui.

— J'aurais dû amener Minou avec moi.

— Ne t'inquiète pas. Minou sera très bien avec Jean-Pierre. Cette semaine, il faut que tu penses à toi, que tu te reposes, que tu prennes l'air. Va marcher autour du lac tous les jours, il n'y a rien de mieux pour le moral.

* * *

Kathy l'a quittée depuis à peine une heure, et déjà Maureen regrette de s'être laissée influencer et d'être venue au chalet toute seule. Il aurait peut-être mieux valu pour elle de rester en ville, de voir ses amis, de se sentir protégée par la foule. Ici dans ce trou à rat, elle se sent vulnérable. Si jamais l'homme au loup la trouvait, elle serait sans protection. Elle reste là, assise près de la fenêtre, une tasse de café à la main, un livre sur les genoux, regardant dehors la neige qui tombe, lorsque les joyeux jappements de Whisky se font entendre. Un immense bonheur remplit le coeur bouleversé de Maureen. Elle n'est plus seule dans le bois, Frank est là, il ne fait pas un détour pour l'éviter, au contraire, il fait un spécial pour passer devant le chalet avec Whisky. Il va sûrement la saluer en passant, non, mieux que cela, il emprunte la petite allée qui mène jusqu'à la porte, il vient la voir. Maureen se sent troublée comme une jeune adolescente à son premier rendez-vous.

— Bonjour, j'espère que je ne dérange pas.

— Non pas du tout, au contraire, je commençais déjà à me sentir perdue ici. Entre, tu es le bienvenu.

— Attends-moi ici, Whisky.

Le chien regarde Maureen d'un air suppliant. Il sait qu'il doit lui faire du charme pour avoir la permission de pénétrer dans le chalet avec Frank. Il les fixe tour à tour en espérant saisir un attendrissement quelconque dans leur expression. Amusée, Maureen prend sa défense.

— Laisse-le faire, j'adore les chiens et le tien me paraît docile.

— C'est mon plus fidèle ami.

— Tu es vraiment gentil d'arrêter ici en passant. Est-ce que je peux t'offrir un café et des rôties?

— Je prendrais volontiers un bon café.

De toute évidence, Frank est un habitué. Il semble à son aise dans le chalet de Kathy. Maureen trouve la situation plutôt cocasse; c'est elle qui reçoit, mais elle a l'impression d'être l'invitée. Le chien aussi se sent chez lui; il s'installe confortablement dans un fauteuil. Pendant que Maureen prépare le café, Frank sort deux tasses, le lait et le sucre.

— Je suis contente d'avoir de la visite, avoue Maureen. J'étais justement en train de m'apitoyer sur mon sort. Je me demandais ce que je faisais ici, toute seule au milieu de nulle part. Maintenant, je sens que ça va aller mieux. Je sais que j'ai un bon voisin et je me sens déjà beaucoup moins isolée.

— Tant mieux. Je m'en vais chercher mon sapin de Noël avec Whisky, tu nous accompagnes?

— Frank, si je dis que je suis contente d'avoir un bon voisin, ça ne t'oblige pas à prendre soin de moi tout le temps. Le seul fait de te savoir dans les environs, me rassure.

— Non. Vraiment tu nous ferais plaisir de nous accompagner, Whisky et moi. Tu sais, mon chien est sympathique, mais côté conversation, ça laisse à désirer.

— Kathy m'avait dit que tu étais prévenant. Je vous accompagne avec plaisir.

— En ce cas, nous choisirons deux conifères, un pour toi et un pour moi.

— Qu'est-ce que tu veux que je fasse d'un sapin de Noël? Je n'ai rien pour le décorer.

— Ne t'en fais pas Maureen. J'ai tout ce qu'il faut au chalet. Je suis certain d'avoir assez de guirlandes, de glaçons et de boules pour décorer ton arbre et le mien. Kathy m'a dit qu'elle reviendra pour le réveillon avec son ami Jean-Pierre, ils seront contents de voir quelques petits cadeaux au pied d'un beau sapin.

— Où veux-tu que j'achète des cadeaux par ici?

— Il y a une petite ville pas trop loin d'ici, nous irons y faire nos achats. Bon, assez discuté! Habille-toi chaudement, nous partons à la chasse aux sapins. Celui de nous deux qui aura le moins beau devra faire le souper et la vaisselle.

— Cette idée me plaît, répond Maureen en souriant.

Les deux amis partent ensemble. Maureen se sent le coeur léger. Pour la première fois depuis des mois, elle respire et éprouve un vif sentiment de sécurité. Elle marche sans peur derrière son nouvel ami et il lui semble qu'elle pourrait le suivre jusqu'au bout du monde, sans crainte et sans regret. Elle marche dans ses traces, le suit pas à pas, en toute confiance, espérant que cette journée ne finisse jamais.

— Tu as l'air songeuse.

— Non, non. Enfin oui. Je ne sais pas. Je me sens bien tout simplement.

— C'est beau par ici n'est-ce pas?

— Merveilleux! Maintenant je comprends pourquoi tu as voulu t'installer au bord de ce lac le jour où tu as pris ta retraite.

Frank regarde autour de lui. Il aime cet endroit. Il se sent en complète harmonie avec la nature. Pendant un court instant, il fait un retour en arrière. Il se revoit au travail, où trop souvent il était confronté aux bassesses humaines, aux crimes et à la violence. Les laideurs de la vie faisaient partie de son univers.

— J'en avais assez de la ville, dit-il. Tu sais comme policier, j'en ai vu de toutes les couleurs, tu n'as pas idée de tout ce qui peut arriver dans une agglomération urbaine.

— Au contraire, j'en sais quelque chose.

— Excuse-moi, Kathy m'en a parlé un peu, je ne voulais surtout pas gâcher cette magnifique journée.

— Ne t'en fais pas, ce n'est pas grave. Tu sais, être ici avec toi dans ce décor magnifique me fait un peu oublier les problèmes que j'ai laissés derrière moi.

Le visage de l'homme au loup refait surface. Maureen n'arrive pas à le chasser de ses pensées.

Ce salaud va me détruire, pense-t-elle.

Frank s'aperçoit qu'il a brisé le charme de leur balade. Il essaie de se reprendre.

— Ne t'inquiète pas, Maureen. Ici, tu es en sécurité. Regarde, je crois que je viens de trouver le mien.

Frank la prend par la main et l'entraîne avec lui. Il a en effet déniché un très beau sapin et d'après lui, Maureen devra sûrement préparer le repas, car il lui sera très difficile d'en découvrir un semblable. Ils sont comme des enfants, ils se tirent des boules de neige, se courent et rient. Maureen finit par trouver le sien, mais Frank avait raison, son arbre à lui est vraiment plus beau. Elle fera la popote. Main dans la main, les deux amis reviennent au chalet.

— Tu viens prendre un café?

— Non, j'ai encore quelques travaux à terminer. Je viendrai te trouver pour souper, puisque c'est toi qui as perdu.

— En ce cas, je peux dire que pour la première fois de ma vie, je suis contente d'avoir perdu.

Maureen prépare le repas en chantant. Elle sourit en pensant à son aimable voisin. Kathy avait raison, Frank est un homme charmant. Demain, ils devront retourner dans le bois pour aller chercher son sapin et cette pensée la rend heureuse. Elle se sent bien avec lui et toutes les occasions de le voir lui font plaisir. Cette journée dans le bois a été merveilleuse et Maureen espère que leur première soirée ensemble sera semblable. Le souper est presque prêt quand les jappements de Whisky se font entendre. Maureen se rappelle à quel point elle était triste et angoissée la première fois qu'elle les a entendus. C'était hier et pourtant, il lui semble qu'il y a longtemps de cela. Ce soir, pour elle, ces aboiements sont signe de bonheur, ils annoncent la venue de son nouvel ami. Presque au pas de course, elle se dirige vers la porte.

Whisky se faufile à l'intérieur. Il traîne avec lui un bout de branche qu'il a ramassé sur la route. Il apporte son trésor dans un coin tranquille, décidé à garder son nouveau jouet pour lui seul.

Frank, qui marchait quelques pas derrière le chien, arrive à son tour. Maureen l'accueille chaleureusement.

— Salut!

— Salut! Tiens, j'ai apporté du vin.

Maureen prend la bouteille qu'il lui tend. Ils sont là, debout près de l'entrée, face à face, un peu gauche, ne sachant pas trop s'il est de mise ou pas, de se donner un petit bec amical. Pour cacher son embarras, Maureen le taquine un peu.

— Tu me fais penser à Kathy, pour elle toutes les rencontres et toutes les séparations doivent se fêter au champagne.

— Malheureusement, ce soir nous devrons nous contenter de ce vin.

— Ce sera parfait. J'ai fait du spaghetti.

— Kathy t'a dit que c'était mon plat préféré?

— Non, c'est tout ce que j'ai trouvé de présentable, simple hasard.

— Je commence à trouver que le hasard fait bien les choses, conclut Frank.

— Moi aussi.

Frank est un homme merveilleux et souper en sa compagnie représente un réel plaisir pour Maureen. Le bois brûle dans le foyer créant une atmosphère détendue et chaleureuse. Les deux amis ne voient pas le temps passer. Le souper terminé, ils s'assoient tous les deux dans le fauteuil faisant face au foyer. Whisky d'un air possessif, vient placer sa tête sur les genoux de Frank, ce qui fait rire les deux amis.

— Frank, je te remercie pour tout ce que tu as fait pour moi aujourd'hui. Je l'apprécie. Je sais que Kathy t'a parlé de mes problèmes et je ne voudrais surtout pas que tu te crois obligé de t'occuper de moi. Je sais que ta vie est très bien organisée, tu as tes habitudes, je ne voudrais pas déranger, je peux me débrouiller toute seule. Le seul fait de te savoir dans le chalet d'à côté me rassure.

— Écoute, Maureen. Nous en avons discuté ce matin et je te répète, une fois de plus, que je me sens parfaitement libre. Tu peux être assurée que je suis heureux d'avoir de la compagnie.

— Merci, tu es gentil.

— Maureen, voyons. Qu'est-ce qui se passe, pourquoi pleures-tu?

— Je me sens tellement bien ce soir. Je suis si détendue avec toi! Je crois que tout le stress accumulé depuis quelque temps me fait pleurer. Excuse-moi, c'est incontrôlable.

Une bûche à demi dévorée par les flammes se déplace légèrement à l'intérieur du foyer, provoquant ainsi la levée d'une multitude d'étincelles aux couleurs orangées. Comme des papillons grisés de liberté, ces flammèches flamboyantes voltigent dans tous les sens avant de retomber dans la braise, leur courte vie déjà consumée.

Frank prend Maureen dans ses bras, elle appuie sa tête sur son épaule. Elle sanglote comme un enfant, ses larmes n'en finissent plus de couler. Il caresse ses cheveux, lui parle tout doucement. Il voudrait tant la rassurer, la consoler, la rendre heureuse. Elle est si belle, si vulnérable. Il n'a pas cessé de penser à elle depuis leur première rencontre dans le bois. Il sait qu'il en est tombé amoureux, jamais il n'avait vu une femme aussi ravissante, aussi gentille, aussi fragile. Il est seul depuis si longtemps, maintenant qu'il a enfin trouvé la femme de ses rêves, il est décidé à la protéger, à prendre soin d'elle, à la défendre contre le monde entier s'il le faut.

— Maureen, tu n'as plus à t'inquiéter. Ici, avec moi, tu n'as plus rien à craindre, calme-toi. J'aimerais que tu me racontes toi-même tout ce qui t'est arrivé.

— Si je te raconte mon histoire, tu vas faire comme les autres, tu vas me croire malade. Je ne veux pas que tu me prennes en pitié, je ne pourrais pas le supporter. Je veux ton amitié, pas ta compassion.

— Maureen, ce n'est pas la version de Kathy que je veux entendre, c'est la tienne. Fais-moi confiance.

— Frank, à chaque fois que je rapporte les faits tels qu'ils sont, mes amis me disent de tout oublier, que c'est imaginaire, mais moi je sais que ce qui m'arrive est tout à fait réel et je n'invente rien.

— Maureen, ne pleure pas, je veux t'aider. Décris-moi ce salaud. J'ai encore de bons amis dans la police, nous pourrons faire des recherches. Avec son portrait-robot nous le retrouverons. Il ne te dérangera plus, je te le promets.

Maureen, le coeur plein d'espoir raconte à son nouvel ami tout ce qui s'est passé; ses angoisses, ses peines, elle parle sans arrêt. Sans rien oublier, elle décrit le petit-gros, l'homme au loup, le loup et les dégâts dans son appartement. Frank la laisse parler, souvent des questions lui viennent à l'esprit, mais il ne veut pas l'interrompre, il sera toujours temps de revenir sur tel ou tel fait. Pour le moment, le plus important c'est Maureen. Il lui caresse les cheveux, la regarde tendrement. Il voudrait lui dire à quel point il l'aime, mais il se sent tellement idiot d'être tombé en amour de la sorte à son âge. Le coup de foudre c'est pour les jeunes, pas pour lui, mais il ne peut rien changer à la situation, il le sait. Il est réellement en amour avec cette femme. Elle semble se calmer, elle reste dans les bras de Frank.

— Voilà! Je t'ai tout raconté! dit-elle. Maintenant, je sais que tu vas me dire à ton tour que c'est impossible.

— Je suis persuadé que tu dis la vérité, Maureen, je vais t'aider. J'ai plusieurs questions à te poser. Nous devons essayer de tout comprendre à partir de ta rencontre avec le petit-gros. Il y a sûrement un rapport entre lui et l'homme au loup.

— Tu es le seul à me croire. Tout le monde pense que je suis dépressive et que j'invente cette histoire rocambolesque en déformant des faits banals.

— Maureen, nous allons reprendre ton histoire point par point. Nous devons trouver pourquoi cet homme te suit partout. Il a fouillé ton appartement, donc il cherche quelque chose. Il désire te faire peur, mais ne veut pas te tuer. Si telle était son intention, je crois que tu ne serais pas ici ce soir. Il a sûrement une raison pour agir ainsi, c'est ça que nous devons découvrir.

Frank passe doucement ses doigts sur les joues de Maureen pour essuyer ses larmes, ensuite, il dépose un petit baiser sur ses lèvres tremblantes. Elle se blottit alors dans ses bras et se serre contre lui.

Whisky se sent négligé par son ami et ne veut surtout pas céder sa place à cette jolie dame. Il grimpe sur les genoux de Frank et tire doucement sur les manches de sa chemise. Cette tactique ne donne pas de résultats, car son maître ne semble même pas le voir. Whisky prend donc les grands moyens. Il aboie le plus fort possible et vient se placer entre les deux amis. Il a enfin réussi à les séparer et très fier de lui, il branle la queue.

Maureen sort du rêve et revient à la réalité. Elle sourit en les regardant, ils sont tellement beaux tous les deux. Frank lui rend son sourire et caresse la tête du chien.

— Il est tard, il vaut mieux que je parte.

— D'accord.

Frank fait quelques pas vers la porte.

Le plancher gémit sous son poids. Ce grincement des madriers qui horripile Maureen depuis son arrivée dans ce chalet, semble tout à coup réconfortant. Les vieilles poutres et les soliveaux déformés par le temps, sont maintenant complices de cette intimité naissante.

— Frank...

— Oui...

— Frank, tu ne peux pas rester encore un peu?

Frank sait que s'il reste encore quelques minutes de plus auprès de cette belle femme qu'il aime, il ne pourra plus se dominer et cette fois, ce n'est pas Whisky qui pourra les séparer.

— Je crois qu'il vaut mieux que je parte.

— D'accord, comme tu veux. Frank... merci pour cette belle journée.

— On se revoit demain, nous irons chercher ton sapin.

— Alors, à demain.

Frank ne peut se résigner à quitter Maureen. Debout dans l'embrasure de la porte, il hésite.

Whisky, averti par cet instinct propre à sa race, essaie de ramener son maître à la raison. Il s'accroche désespérément à son manteau. Il ne veut surtout pas manquer sa promenade au clair de lune. Frank le rabroue d'un geste impatient. Les caprices de l'animal commencent à l'énerver. Surpris par cette rebuffade, le chien se rembrunit. Déçu et maté, il se calme.

Frank reprend la conversation, là, où elle s'était arrêtée.

— Maureen, je...

— Oui...

— Maureen, je...

Frank s'approche de Maureen, il lui prend la main, l'attire doucement vers lui, elle est si belle, si douce, il ne peut pas résister et l'embrasse d'abord tout doucement et de plus en plus passionnément. Ils ont besoin l'un de l'autre, ils ne peuvent se séparer. Une longue nuit de passion les conduit au paroxysme du bonheur.

Une bonne odeur de café et un bruit de vaisselle provenant de la cuisine réveillent Maureen. Elle s'étire doucement dans son lit et se sent si bien. Elle est tellement heureuse. Enfin le soleil après la tempête!

Maureen s'habille à la hâte. Un peu inquiète de son apparence, elle s'arrête devant le miroir de la commode. Un léger coup de brosse vient à bout d'une mèche de cheveux indisciplinée. Satisfaite, elle sourit et va retrouver Frank à la cuisine.

— Bonjour, dit-elle en portant la main devant sa bouche pour dissimuler un bâillement.

— Ah! Déjà réveillée! J'espère que je n'ai pas fait trop de bruit, mais j'avais désespérément besoin d'un café.

— Moi aussi. Je peux t'en voler une gorgée?

Elle s'approche de Frank, lui dépose un baiser sur la joue et d'un geste prudent pour ne pas se brûler, elle avale une petite lampée de ce liquide à l'arôme irrésistible.

Il lui enlève la tasse.

— Le café peut attendre, moi pas.

Il enlace la jeune femme, l'embrasse fougueusement et ne pouvant résister davantage à ce désir charnel qui le dévore, l'entraîne vers la chambre.

Whisky, qui, une fois de plus se sent abandonné par son seul ami, va se coucher sur le divan, complètement démoralisé.

* * *

Les jours qui précèdent Noël sont les plus beaux jours de la vie de Maureen. Frank est toujours avec elle. Aux jeux de l'amour, succèdent les jeux en plein air et le magasinage du temps des fêtes. Maureen repense à la conversation qu'elle avait eue avec Kathy avant son départ. À ce moment-là, elle appréhendait avec angoisse l'ennui qui résulterait de son séjour au chalet. Elle suppliait Kathy de revenir le plus tôt possible. Aujourd'hui, elle préférerait passer Noël seule avec son amoureux à faire l'amour près du foyer et cette pensée la fait sourire.

— Tu es si belle quand tu souris, je t'aime.

— Je t'aime aussi.

Frank entoure Maureen de ses bras. Leurs bouches gourmandes se retrouvent, cédant une fois de plus à cet irrésistible attrait mutuel qui les enflamme.

— Tu sais, Frank, je croyais qu'un amour aussi fort et passionné que le nôtre, ne pouvait exister que dans les films et les livres, jamais je n'aurais cru possible d'aimer quelqu'un autant que je t'aime.

— Je ressens la même chose que toi. Je suis à la retraite et pourtant, j'ai l'impression d'avoir vingt ans et de commencer à vivre. Je t'aime et je voudrais te dire que...

Frank est soudainement interrompu par les jappements de Whisky. Le chien va d'une fenêtre à l'autre, il semble très nerveux. Le crissement de ses griffes contre la vitre, que

Frank ne remarque même pas, prend pour Maureen des pro-
portions exagérées. Pour elle, ce bruit strident s'amplifie
jusqu'à la démesure et se répercute au plus profond de son
être. Son rythme cardiaque s'accélère dangereusement.

— Qu'est-ce qui se passe, Frank? Qu'est-ce que Whisky
a vu pour aboyer comme ça? Il est tout énervé, il grogne
maintenant. Frank, j'ai peur! Si c'était l'homme au loup!

— Mais non voyons, c'est probablement Kathy et Jean-
Pierre qui arrivent.

— Non, ton chien connaît Kathy et il l'aime beaucoup, il
branlerait la queue si c'était elle.

— Je vais aller voir dehors, ça va te rassurer.

— Non, non! S'il te plaît, ne me laisse pas toute seule.

— Ne t'inquiète pas, Maureen. Regarde, Whisky s'est
calmé.

— J'ai peur, Frank!

— Maureen, rapproche-toi, viens près de la fenêtre, examine les alentours, observe la neige, il n'y a aucune trace de
pas, si ton homme au loup était venu ici, il aurait forcément
laissé ses empreintes.

— Le loup est venu lui, regarde toutes ces marques de pattes près du chalet.

— Whisky est sorti il n'y a pas longtemps. Je suis convaincu que ces pistes sont les siennes, tu le connais, il ne s'éloigne jamais de l'endroit où je me trouve.

— Non, je sais que c'est le loup, je le sens, j'ai peur!

— Oh! Tu as sûrement raison! se moque Frank en feignant
l'épouvante. Le loup est venu nous épier par la fenêtre et il
est retourné faire son rapport à son ignoble maître. Je commence à paniquer, à mon tour. J'en ai des frissons d'horreur.

Tout autre que lui, subirait les foudres de Maureen pour
de tels sarcasmes, mais elle comprend que Frank n'a pas du

tout l'intention de la blesser, même si le ton employé est railleur.

— Frank, tu es le seul qui peut rire de moi, sans que je me fâche.

— Je ne ris pas de toi, Maureen. C'est normal que tu sois craintive. Rassure-toi. Ici, il n'y a aucun danger, surtout avec moi pour te protéger. Oublies-tu Whisky? Il est beaucoup plus rusé que ton méchant loup. Bon! Assez parlé! Embrasse-moi maintenant.

Les amoureux sont de nouveaux séparés par les aboiements de Whisky, mais cette fois le chien semble très content.

— Ce doit être Kathy et Jean-Pierre qui s'amènent, affirme Frank pour rassurer Maureen.

— Frank, qu'est-ce qu'on va faire si mon chat est avec eux? Whisky va sauter dessus.

— Pas de danger, Whisky est comme moi, il est très affectueux.

— Grand fou! Je t'aime.

Kathy et Jean-Pierre arrivent les bras chargés de cadeaux, de nourriture, de champagne, d'un petit sapin et du chat. Frank avait raison, Minou et Whisky s'entendent très bien ensemble.

Les deux femmes, qui ont des choses à se raconter, préparent un vrai festin, tandis que les deux hommes vont au chalet de Frank pour y attendre Mike. Frank est vraiment content que son fils vienne fêter avec eux. Quelques heures plus tard, ils sont tous rassemblés, ils sont heureux et le champagne coule à flot. Pour Maureen, ce réveillon de Noël en compagnie de ses amis est le plus beau de sa vie.

— Vous êtes de véritables amis, je vous aime tous beaucoup et je vous remercie pour tout ce que vous faites pour moi, leur déclare solennellement Maureen que la boisson commence à émoustiller.

— Tu n'as pas à nous remercier, mon petit coeur, répond Jean-Pierre. Nous t'aimons bien et si mes vieux yeux ne me trompent pas, je crois même qu'il y a ici quelqu'un qui t'estime vraiment beaucoup.

— Ça se voit tant que ça? demande Frank en riant.

— Frank, mon vieux, on lit dans tes yeux comme dans un livre ouvert, affirme Jean-Pierre. Vous semblez si heureux tous les deux. Vous rayonnez de bonheur, votre secret est facile à deviner.

* * *

Kathy, Jean-Pierre et Mike sont en vacances et ils veulent en profiter au maximum. Des randonnées en raquettes sont organisées et le ski de fond est très apprécié, mais ce que Maureen préfère, ce sont les soirées passées tous ensemble, rassemblés près du foyer. Frank, Mike et Jean-Pierre racontent des aventures qu'ils ont vécues au travail. Jean-Pierre, qui ne peut suivre les jeunes dans les activités sportives, ne donne pas sa place dans les soirées près du feu. Mike, qui est également journaliste, s'intéresse beaucoup aux propos de Jean-Pierre et ne cesse de lui poser des questions ou de lui demander des conseils, ce qui fait vraiment plaisir au vieil homme. Kathy à l'esprit très vif et au caractère joyeux, place toujours, ici et là, un petit mot qui fait rire tout le monde.

Regarder Frank et Mike assis l'un près de l'autre procure à Maureen le plus grand bonheur. La ressemblance entre les deux hommes en estomaque plus d'un. Ils ont les mêmes yeux, quoique le regard de Frank semble un peu plus moqueur que celui de son fils. Quant au nez et au sourire, on peut quasiment les déclarer identiques. Des étrangers ne verraient pas non plus de différence dans leur timbre de voix, mais pour Maureen, celui de Frank est unique au monde. Il n'y a aucune comparaison possible. Seule la grandeur les différencie. Beaucoup plus grand et costaud que son père, Mike en impose par sa stature. Ils ont également beaucoup de traits communs en ce qui concerne les qualités morales. Douceur, bonté et générosité font partie intégrante de leur personnalité. Une même force se dégage de ces êtres exceptionnels. Avec eux, Maureen se sent vraiment en confiance. Elle n'a jamais été si heureuse.

Les occupants des deux chalets fêtent grandement le jour de l'an. Les réjouissances commencent tôt le matin, pour se terminer très tard le soir.

Le lendemain, à l'aube, Kathy, Jean-Pierre et Mike se préparent pour le retour à la ville. Maureen pour sa part a décidé de rester avec Frank. Kathy lui permet de demeurer dans son chalet aussi longtemps qu'elle le voudra.

— Ça me fait tout drôle de te laisser ici mon petit coeur, affirme Jean-Pierre. Je vais m'ennuyer de toi. J'ai de la misère dans la rédaction de mon livre, je m'étais habitué au travail d'équipe. Ah! je deviens sentimental, je dois me faire vieux!

— Jean-Pierre! N'essaie pas de la faire changer d'idée, réprimande Kathy. N'oublie pas que c'est suite à nos conseils que Maureen est venue s'installer ici. Je crois d'ailleurs que la vie au grand air l'a vivifiée, vois comme elle s'est épanouie.

— Le grand air! Le grand air! Il n'a rien à voir là-dedans le grand air. C'est plutôt le voisin qui lui a réussi, n'est-ce pas mon petit coeur?

Maureen camoufle difficilement son envie de rire. D'un effort de volonté presque inhumain, elle interdit aux commissures de ses lèvres, le soulèvement auquel elles auraient normalement droit. Jean-Pierre s'était exprimé avec tellement de véhémence, ses gestes théâtraux secondaient si bien son discours, que rester sérieuse devant lui devenait impossible. Les mimiques enfantines, que Kathy grimace derrière lui, ne facilitent pas la tâche à Maureen. L'allusion que Jean-Pierre avait faite concernant le voisin, la trouble un peu cependant. Y aurait-il dans ce sous-entendu, un quelconque reproche? Son envie de rire cédant la place à l'incertitude, elle se défend.

— Ne te moque pas de moi, Jean-Pierre.

— Je ne me moque pas de toi, Maureen, je suis content pour toi, tu mérites d'être heureuse. Frank et toi, vous faites un très beau couple et votre bonheur me comble de joie. Je ne le connais pas beaucoup, mais il semble être quelqu'un de bien.

— Moi, je le connais, Maureen, intervient Kathy, et je sais que c'est l'homme dont tu as besoin et, côté sexe, il est parfait.

— Kathy! s'objecte Jean-Pierre, indigné par une telle audace.

Cette fois, il semble scandalisé. Sa verve de tout à l'heure, lui fait défaut. Cette génération moderne, à qui tout semble permis, le prend au dépourvu. Éberlué par l'effronterie de la gent féminine, autrefois si réservée, il ne sait que dire. Sa frustration amuse les deux femmes.

— Comment Jean-Pierre, serais-tu jaloux à ton âge? se moque Kathy.

— Non, moi je ne suis pas jaloux, mais tout de même, tu pourrais offenser Maureen.

— Mais non, Maureen sait que j'ai déjà fait l'amour avec Frank, plutôt deux fois qu'une, mais à partir de maintenant, elle sait qu'elle peut me faire confiance.

— Vous êtes gentils tous les deux, vous allez me manquer, avoue Maureen. Je ne me sens pas le courage de quitter Frank. Je l'aime tellement. Avec lui je redécouvre le bonheur. Tu as raison Kathy, côté sexe, c'est vrai qu'il est parfait.

* * *

Dix minutes après le départ de Jean-Pierre et Kathy, Frank vient rejoindre Maureen au chalet. Les deux amoureux sont heureux de se retrouver enfin seuls.

— Embrasse-moi, Maureen, ça fait si longtemps que j'ai le goût de faire l'amour avec toi. D'habitude j'aime beaucoup la visite, mais je peux t'avouer franchement que pour une fois, j'avais hâte que tout ce beau monde retourne à la ville.

— Je t'aime, Frank. Je t'aime à la folie.

Frank et Maureen apprécient beaucoup les jours qui suivent le départ des gens de la ville. Amour, sexe, petits soupers au coin du feu, promenades dans le bois; tout leur semble merveilleux, ils sont si bien ensemble. Ils ont beaucoup de choses à se raconter, ils veulent tout se dire, ils ont besoin l'un de l'autre, autant physiquement que moralement.

Malheureusement, cette existence de conte de fées, tient de l'utopie. La vie de tous les jours, qui comporte un lot d'obligations de toutes sortes, revendique ses droits et ramène les tourtereaux à la réalité.

Étendu près de Maureen, Frank la regarde dormir. Il ne se lasse pas de la contempler. Il sait qu'il va la décevoir, mais il n'a pas le choix.

Le réveille-matin, évidemment, ignore tout du conflit intérieur qu'il provoque chez Frank. Il ne sera jamais conscient non plus, de la souffrance qu'il lui occasionne en meurtrissant ainsi son coeur d'amoureux. Cet objet métallique inhumain, continue d'avancer l'aiguille des minutes qui marquera bientôt l'heure fatidique. Pour la première fois depuis que Maureen et Frank se connaissent, ils devront passer la journée éloignés l'un de l'autre. Pauvre Frank, la sonnerie de cet engin de malheur lui vrille le coeur.

— Qu'est-ce qui se passe? demande Maureen qui venait de se réveiller en sursaut. Pourquoi cet horrible machin a-t-il sonné?

— Maureen, je m'excuse de te réveiller si brusquement, mais je dois absolument aller au village aujourd'hui. Quelques jours avant que tu arrives au chalet, j'avais promis à Jean-Marc, un de mes amis, de l'aider à réparer son camion. Il n'est pas très bon en mécanique et il n'a pas les moyens d'aller au garage.

— Je ne comprends pas pourquoi vous avez attendu si longtemps pour faire la réparation alors.

— Il lui manquait une pièce, il l'a reçue hier.

— Je ne savais pas que tu pouvais faire de la mécanique.

— Tu sais pourtant que je suis bon dans tout ce que je fais.

— Quelle modestie!

— Je t'aime, Maureen, je vais m'ennuyer de toi. Veux-tu venir avec moi?

— Que veux-tu que j'aille faire là?

— Tu pourrais passer la journée avec la femme de Jean-Marc et ses enfants, ils seraient sûrement contents de te connaître.

— Non, tu es gentil, mais je préfère rester ici avec Minou et Whisky.

— Whisky ne voudra pas rester, il aime trop faire ses petits tours au village.

— Pas de problème, amène-le avec toi, moi je vais en profiter pour cuisiner un peu, à ton retour, un beau petit souper d'amoureux sera prêt pour toi.

Après avoir nettoyé le chalet et mitonné son repas, Maureen décide d'aller marcher autour du lac. La température est idéale pour une promenade dans le bois. Le soleil brille, la neige scintille. Cet endroit tranquille et calme lui plaît énormément.

Tout dans ce sentier lui fait penser à son amoureux. Les traces de ses bottes sont encore visibles malgré la petite neige tombée pendant la nuit. Maureen s'amuse à marcher dans ses empreintes. Pas à pas, elle revit leur dernière balade, elle a l'impression d'être avec lui.

Elle a presque fini sa randonnée, lorsqu'elle voit le loup. Il est là, au bout de la piste, la fixant de ses yeux méchants. Le loup! Ce loup! Elle le reconnaît, c'est lui! Qu'est-ce qu'il fait là? Où est son maître, où peut-il être caché? Maureen est terrorisée et incapable de fuir. Elle sait que cet animal serait plus rapide qu'elle. Elle regrette d'être sortie toute seule, elle aurait dû rester près de Frank. Les quelques jours de bonheur passés en sa compagnie lui avaient fait oublier ce cauchemar. Elle manque d'air, elle respire difficilement, tout se met à tourner autour d'elle. Prise de panique, elle ferme les yeux et n'ose plus bouger.

Des jappements se font entendre au loin. Whisky! Ce sont les jappements de Whisky! Ils sont revenus! Ils sont là, près du chalet! Elle voudrait appeler Frank, elle voudrait crier, mais elle a trop peur; elle craint d'énerver le loup. Les aboiements sont de plus en plus près.

— Maureen! Maureen!

La voix de Frank le devance, elle s'amplifie à chaque appel et se rapproche. Maureen reprend un peu confiance, elle ouvre les yeux, le loup n'est plus là, il est parti.

— Frank! Oh! Frank.

En voyant Maureen dans un tel état de panique, Frank parcourt à grandes enjambées la courte distance qui les sépare. Il la rejoint rapidement. La retrouver bouleversée à ce point, l'inquiète beaucoup.

— Maureen, qu'est-ce qui t'arrive?

Maureen se blottit contre Frank et appuie sa tête sur son épaule. Il lui parle doucement, sa voix est si belle, si rassurante.

— Frank, j'ai vu le loup, il était là.

— Voyons, Maureen, c'est impossible! Je n'ai jamais aperçu de loup près du chalet et ça fait des années que je viens ici. Ce doit être un chien que tu as entrevu.

— Non. Tu ne comprends pas Frank. Pas un loup ordinaire, le loup dont je t'ai parlé, celui qui est toujours avec l'homme qui me menace.

— Maureen, comment veux-tu que cet homme sache où tu es?

— Je ne sais pas, il a dû nous suivre Kathy et moi, lorsqu'elle est venue me reconduire ou alors il l'a filée jusqu'ici au moment où elle est revenue avec Jean-Pierre. Il doit savoir qu'elle est mon amie.

— Et pourquoi aurait-il attendu si longtemps pour se manifester?

— Le loup est venu l'autre jour. C'est pour cette raison que Whisky était si nerveux en regardant dans la fenêtre. Il y avait des traces de pattes près du chalet, tu t'en souviens sûrement.

— C'était des pistes laissées par Whisky.

— Peux-tu en être certain?

— Maureen, le loup que tu viens de voir, où était-il?

— Près de l'entrée du sentier.

— Maureen, j'arrive de là, il n'y avait aucune trace de pas.

— Je t'ai dit que j'avais vu un loup, pas un homme. Tu es comme les autres, tu ne me crois pas, moi j'avais confiance en toi.

— Ton loup, il n'est pas venu ici tout seul. Maureen, il n'y a que trois chalets dans le coin, et une seule route qui s'y rend. Si une automobile était passée par ici, tu le saurais.

— Alors, cet homme est venu en motoneige ou en raquettes et je m'en fous. Ce que je sais, ce que je sens, c'est qu'il est ici et j'ai peur.

— Où veux-tu qu'il soit, Maureen? Il n'aurait pas survécu tout ce temps dehors au froid.

— Il doit s'être installé dans le troisième chalet.

— Si ça peut te faire plaisir, je vais aller vérifier.

— Non, ne me laisse pas toute seule, implore Maureen.

— Alors accompagne-moi.

— Non, j'ai trop peur.

— Voyons, Maureen, je te dis qu'il n'y a personne là-bas. Si cet homme était allé dans ce chalet, il serait inévitablement passé devant le mien et devant celui de Kathy, nous l'aurions remarqué.

— Il est peut-être passé la nuit.

— Whisky m'aurait averti, il le fait toujours. Allons, viens avec moi!

Joignant le geste à la parole, Frank prend Maureen par la main et essaie de l'emmener avec lui. Il déteste les situations ambiguës et celle-ci dépasse l'entendement.Si Kathy et Jean-Pierre n'avaient pas réussi à calmer Maureen, lui au moins, il y parviendrait.

Maureen résiste. Elle ne veut pas le suivre. Cette perspective l'effraie. Si ses soupçons s'avèrent exacts, un assassin embusqué quelque part dans les environs les menace en permanence. Se diriger volontairement vers l'endroit où il est probablement planqué, tient de la folie. Elle essaie de gagner du temps.

— Frank, j'ai froid.

— Maureen, nous y allons tout de suite. Je veux régler cette affaire une fois pour toutes. Je veux te prouver qu'il n'y a personne dans le troisième chalet.

— Frank. Qu'est-ce qu'on va faire si j'ai raison et que l'homme au loup est là? Il peut nous tuer tous les deux.

— Maureen, c'est assez!

— Je te dis que j'ai vu le loup!

— Moi je te dis que c'est un chien que tu as croisé! s'impatiente Frank.

— Ah! oui! Et d'où il vient ton chien, s'il n'y a personne d'autre que nous dans le coin? Peux-tu répondre à ça?

— Je ne sais pas, moi. C'est peut-être un renard que tu as vu.

— Frank, te rends-tu compte de ce que tu me dis? Veux-tu rire de moi? Un renard ne ressemble pas à un loup.

— Maureen, j'en ai assez de cette discussion! Tu vas venir avec moi, que ça te plaise ou non!

Frank saisit Maureen par le bras et l'entraîne avec lui. Il en a par-dessus la tête de cette histoire-là. Il est grand temps d'y mettre un terme.

3

Le chalet des Dupont

Maureen a le coeur gros. Elle n'aurait jamais cru que Frank ferait comme les autres. Il lui avait dit qu'il la croyait, qu'il serait toujours à ses côtés, et qu'il serait toujours là pour la défendre. Des larmes qu'elle n'arrive pas à retenir, glissent de plus en plus rapidement sur ses joues rougies par le froid. Elle est fatiguée et très déçue. Et Frank marche trop vite.

— Frank! Je ne peux pas te suivre!

— Excuse-moi, nous sommes presque rendus. Voyons, Maureen, ne pleure pas, je ne voulais pas te faire de peine. Je veux seulement te prouver qu'il n'y a personne dans ce chalet.

Frank et Maureen avancent plus lentement et en silence. Tout était si beau, tout allait si bien entre eux. Maintenant, il y a quelque chose de changé, il y a comme un malaise. L'homme au loup menace leur amour, il s'est inséré sournoisement dans leurs vies.

— Au bout du chemin il y a un virage, et de là nous verrons le chalet, annonce Frank.

Arrivé près du tournant, Frank s'arrête et regarde le chalet d'un air perplexe.

— Je n'y comprends rien, avoue-t-il humblement.

— Je te l'avais dit!

Frank n'en revient pas. De la fumée sort de la cheminée. Maureen avait donc raison, il y a vraiment quelqu'un dans ce chalet. Les Dupont n'y sont jamais venus, sans s'arrêter chez lui en passant. Qui peut bien être là? Frank est inquiet maintenant, il n'aurait pas dû emmener Maureen avec lui. Elle est peut-être en danger à cause de lui. Il s'en veut de ne pas lui avoir fait confiance.

— Maureen, je dois aller voir ce qui se passe là. Retourne au chalet avec Whisky.

— Il n'en est pas question. Je ne repartirai pas toute seule, reviens avec moi.

— Fais ce que je te dis, Maureen. Les clés du camion sont sur la table, si je ne suis pas de retour dans une heure, va au village et attends-moi chez Jean-Marc.

— Je ne sais même pas où il demeure, se lamente Maureen.

Un tel manque d'initiative déconcerte Frank. Il croyait Maureen plus débrouillarde. Il essaie, tant bien que mal, de cacher son impatience.

— Tu n'as qu'à t'informer au garage, ils te donneront son adresse.

— Frank, j'ai peur, je veux rester avec toi.

— Maureen, si tout ce que tu m'as raconté est vrai, il faut que tu partes d'ici immédiatement. Moi, je veux savoir qui s'est installé là. L'automobile qui est stationnée près du chalet n'est pas celle des Dupont. La dernière fois que je les ai vus, ils m'ont dit vouloir le vendre ou le louer, mais je les connais assez pour savoir qu'ils ne l'auraient pas fait, sans m'avertir.

— Frank, je suis trop effrayée pour repartir toute seule. Je t'en supplie, reviens avec moi.

— Maureen, ces enfantillages ont assez duré. Arrête d'argumenter et retourne chez Kathy, moi je dois savoir qui est ici. Les Dupont sont peut-être en danger.

— Non, je ne partirai pas sans toi. Je ne veux pas que tu t'exposes inutilement au danger.

— Maureen!

— D'accord, mais reviens le plus tôt possible.

Frank la serre très fort dans ses bras pour la rassurer. Il la quitte ensuite d'un pas ferme et décidé. Maureen s'en va dans la direction opposée, accompagnée de Whisky. Le chien semble nerveux, il se retourne souvent pour regarder son maître qui s'éloigne. Le chien a quitté son ami avec regret, mais les ordres de celui-ci étaient formels. Whisky devait suivre Maureen et la protéger.

Maureen est fatiguée et le froid engourdit ses membres. Soulagée elle aperçoit enfin le chalet de Kathy. Son petit nid d'amour lui semble maintenant très vide et bien triste. Frank est comme les autres, il ne l'a pas crue. Elle lui avait ouvert son coeur, son petit coeur brisé qu'elle avait complètement refermé aux autres, même Kathy sa meilleure amie n'avait plus ses confidences. Elle croyait tellement en lui. Il disait la comprendre. Il reprochait à Jean-Pierre et à Kathy leur manque de confiance en elle et à la première occasion, il a fait comme eux. Il lui a fallu des preuves pour la croire.

Whisky se couche sur le tapis près de la porte d'entrée et, d'un air maussade, regarde le chat qui a pris sa place dans le fauteuil de Frank. Maureen, tendue au maximum, surveille tous les gestes du chien, car elle sait que si quelqu'un approche, il va réagir et l'avertir. Retourner à la ville avec Kathy au lieu de rester dans cet endroit isolé aurait été la meilleure solution. C'était trop beau pour durer. C'est à croire que le bonheur n'est pas fait pour elle. D'un geste rageur, elle essuie les larmes qui coulent sur ses joues. Fini les larmes! Elle ne pleurera plus jamais pour un homme. Fini ces histoires d'amour à la con! Elle va rester seule et elle ne souffrira plus jamais à cause des autres.

* * *

Frank arrive enfin près du chalet des Dupont. Il y a plusieurs traces de pas qui le contournent et qui vont jusqu'à la voiture. Frank suit ces pistes, d'un air songeur. D'après ce qu'il voit, il y a seulement une personne à cet endroit. Il y a aussi des traces de raquettes qui conduisent dans la forêt et ces empreintes sont profondes. La personne qui habite ici est sûrement très pesante.

— Vous cherchez quelque chose?

Frank se retourne d'un bond et se retrouve face à face avec un type qui correspond à la description que Maureen lui avait faite de l'homme au loup. Grand, cheveux bruns, visage dur, yeux cruels et froids. Il est accompagné d'un chien berger allemand qui semble très féroce. Frank, sur la défensive, ne quitte pas ce gaillard des yeux et surveille ses moindres mouvements, les poings serrés.

— Qu'est-ce que vous faites chez moi? demande l'inconnu.

Les deux hommes se dévisagent. Une antipathie réciproque se fait sentir. La tension monte. Les regards se croisent et se défient.

— Où sont les Dupont?

Frank s'exprime d'un ton ferme et sans équivoque. Sa visite n'en est pas une de courtoisie, et il veut que son interlocuteur le sache.

— Ils sont chez eux, en ville, répond l'étranger avec arrogance.

Frank en a vu d'autres. Ce duel verbal ne l'impressionne pas du tout.

— Si les Dupont sont absents, qu'est-ce que vous faites dans leur chalet? riposte-t-il aussitôt.

— Je suis leur neveu, déclare le type. Et vous, qui êtes-vous?

— Je suis le propriétaire du premier chalet que vous avez vu en venant ici.

Le visage de l'homme s'adoucit un peu. Les muscles de son visage semblent se décontracter légèrement. Un soulèvement de la lèvre supérieure, qu'à la rigueur on pourrait prendre pour un sourire, accompagne ce changement de physionomie.

— Je vois que le chalet des vieux est bien protégé, se moque le nouveau venu. Ne venez plus ici sans avertir, le chien peut être dangereux, il n'aime pas la compagnie et moi non plus.

L'homme se dirige vers le chalet, entre à l'intérieur et referme la porte avec violence. Frank se retrouve seul avec le chien, une situation qu'il n'avait pas du tout prévue. Il n'a jamais eu peur des chiens, mais celui-là est un peu spécial. La férocité de son regard vous glace le sang. Frank, rassemblant tout son courage, regarde la bête dans les yeux, décidé à ne pas laisser voir sa peur.

— Toi le chien, tu restes ici! Moi, je m'en vais.

Frank fait quelques pas vers le sentier, mais un grognement terrifiant le force à s'arrêter. Il se retourne lentement. Le chien, les crocs sortis, le met au défi.

— Toi le chien, je t'ai dit de rester ici!

— Si j'étais vous, je n'essaierais pas de me mesurer avec cet animal. Foutez le camp d'ici! Le chien, viens avec moi.

L'animal obéit à son maître sans aucune hésitation. Ils entrent tous les deux dans le chalet au grand soulagement de Frank.

Sur le chemin du retour, Frank est plongé dans ses pensées. Maureen avait eu raison de paniquer dans le bois. Il est persuadé maintenant que c'est ce chien-là qu'elle a vu dans le sentier près du lac. C'est vrai qu'avec cet air féroce il ressemble à un loup. Sa première dispute avec Maureen, il la doit à Jean-Pierre. Le vieil homme lui avait raconté pendant les vacances de Noël que Maureen paniquait à chaque fois qu'elle était seule. Il disait que son angoisse et sa solitude lui faisaient imaginer des choses. C'est pour cette raison qu'il ne l'a pas prise au sérieux. Elle doit lui en vouloir. Il faut qu'il se fasse pardonner, il ne veut pas la perdre, il l'aime tant.

* * *

Debout près de la fenêtre, Maureen est déchirée par un conflit intérieur d'une rare intensité. Des sentiments contradictoires vont et viennent en elle à la vitesse de l'éclair. Elle ne sait plus du tout où elle en est avec Frank. Elle est en colère contre lui, elle ne veut plus le voir, mais ne peut détourner son regard du chemin par où il reviendra et l'attend avec impatience. Elle ne veut plus penser à lui, mais continue de s'inquiéter pour lui. Elle voudrait le détester, mais ne peut s'empêcher de l'aimer. Elle s'inquiète pour lui et espère qu'il ne lui soit rien arrivé au chalet des Dupont.

Une silhouette se dessine enfin dans le lointain. Le coeur de Maureen se met à battre plus rapidement. C'est Frank! Elle en a la certitude. Elle ne peut voir les traits de son visage, mais elle le reconnaît à sa démarche. Rassurée, elle le voit s'approcher du chalet.

Whisky est fou de joie lorsque son maître pénètre enfin à l'intérieur. Il bondit sur lui, lui lèche les mains, branle la queue et veut attirer sur lui l'attention de son ami. Frank lui caresse distraitement la tête, ce qui n'empêche pas du tout le chien de continuer à manifester son bonheur.

Maureen n'en peut plus. Elle veut savoir ce qui s'est passé.

— Frank, est-ce que tout va bien? Tu n'es pas blessé?

— Pourquoi veux-tu que je sois blessé?

— Es-tu allé au chalet des Dupont? Est-ce qu'il y avait quelqu'un? As-tu vu l'homme au loup? As-tu vu le loup?

— Maureen, tu me bombardes de questions. Laisse-moi au moins le temps d'enlever mon manteau avant d'y répondre. Commençons par le début.

— D'accord.

— Maureen, je voudrais d'abord m'excuser pour mon attitude dans le sentier. J'ai vraiment été stupide. Je t'aime et j'espère que tu voudras me pardonner. Je te promets que ça n'arrivera plus.

Frank s'approche de Maureen, lui prend les mains, la regarde droit dans les yeux, et lui dépose un petit baiser sur le front. Devant son repentir, Maureen, toujours torturée par des sentiments qu'elle ne peut s'expliquer, ni contrôler, ne sait pas comment réagir. Elle le regarde sans répondre, lui fait un sourire triste et s'éloigne doucement.

— Veux-tu un café pour te réchauffer?

— Non merci.

— Qui était au chalet des Dupont? insiste Maureen.

Frank lui raconte alors sa rencontre avec le neveu des Dupont et la peur qu'il a eue en voyant le chien. Il décrit sa visite avec tous les détails, sans rien oublier. À la fin de son récit, elle en sait autant que lui.

Maureen ne partage pas du tout l'opinion de Frank, en ce qui concerne la véracité des dires de leur nouveau voisin. Son lien de parenté avec les Dupont est plus que douteux, et elle n'y apporte aucune crédibilité.

— Frank, les Dupont ne t'ont jamais parlé de ce neveu?

— Non, mais je sais qu'ils ont plusieurs neveux et nièces.

— Tu ne les as jamais vus?

— Non.

— Alors, comment peux-tu être certain que c'est leur neveu?

— Maureen, voyons, pourquoi veux-tu que cet homme me raconte une telle histoire?

— Parce que c'est l'homme au loup, et qu'il est terriblement intelligent et rusé.

Frank ne s'attendait pas à ce revirement de situation. Il est pris au dépourvu. Il ne sait pas trop quoi répondre. Décidément, elle n'en démordra jamais de cette histoire-là. Étant un homme actif et rationnel, il a beaucoup de difficulté à la comprendre. Elle devrait pourtant être sécurisée à présent. Pourquoi cherche-t-elle toujours des complications, là, où il n'y en a pas? Il voudrait tant la rassurer.

— Maureen, oublie cette histoire. Viens près de moi, j'ai une envie irrésistible de t'embrasser, je t'aime.

— Ton envie irrésistible, tu peux la garder pour toi. Il y a deux minutes à peine tu t'excusais, tu me disais qu'à l'avenir tu me croirais et tu recommences déjà.

— Mais Maureen, je viens de te prouver que ce n'est pas l'homme au loup.

— Tu n'as rien prouvé du tout! Au contraire! Tu n'as aucune preuve que cet individu est le neveu des Dupont. C'est un homme que tu n'as jamais vu, tu ne le connais pas et pourtant, c'est lui que tu crois. Moi, tu dis m'aimer, tu dis avoir confiance en moi, mais tu préfères te fier à la version de ce type. Frank, il vaut mieux que tu retournes chez toi.

— Maureen, ne fais pas ça! Je t'aime et je sais que nous pouvons être heureux ensemble.

— Non, je ne serai jamais heureuse avec un homme qui me prend pour une malade mentale. Je préfère rester seule. Tu étais le seul en qui j'avais une totale confiance. Maintenant, c'est fini!

Frank s'approche de Maureen, il est très malheureux. Cette situation le bouleverse. Il voudrait aider cette femme qu'il aime sincèrement.

— Maureen, quand tu m'as raconté ton histoire la première fois, je l'ai crue et j'ai même demandé à mon fils de faire des recherches sur cet homme. Pendant les vacances de Noël, Jean-Pierre et Kathy m'ont mis en garde; ils m'ont expliqué que la solitude te rendait craintive. Si j'ai douté de toi dans le sentier, c'est pour cette raison-là. À notre arrivée devant le chalet des Dupont, tu étais si paniquée que tu m'as presque convaincu. J'ai été reçu de cette façon grossière par le neveu de mes voisins, parce que je suis arrivé chez lui sur la défensive, en épiant autour du chalet et en l'accusant. En temps normal, je lui aurais tendu la main en me présentant et en lui demandant qui il était. Les Dupont, qui sont de bons amis, seront déçus de la manière dont j'ai accueilli leur neveu. Maureen, tu es venue au chalet pour te reposer. Nous sommes heureux ensemble. Essaie d'oublier cet homme, c'est fini maintenant.

— Ce qui est fini, c'est notre petite histoire d'amour. Fous le camp d'ici, tout de suite! Et amène ton chien avec toi! Je ne veux plus vous voir ni l'un ni l'autre.

Sur ces mots, Maureen se réfugie dans la chambre à coucher et ferme la porte avec violence. Elle veut quitter ce chalet qu'elle déteste maintenant. Elle hait cet endroit stupide et isolé. Elle prend son linge dans le tiroir de la commode et le dépose pêle-mêle dans sa valise. À ce moment précis, elle réalise qu'elle n'a aucun moyen de transport pour s'en aller. Elle devra attendre le retour de Kathy et ça, il n'en est pas question. Elle ne veut pas rester seule ici avec l'homme au loup comme voisin. Il ne lui reste qu'une solution, demander à Frank de la reconduire au village. Elle pourra coucher à l'auberge cette nuit et prendre l'autobus pour Québec, dès son réveil. Elle n'a pas le choix. Frank n'est pas encore parti, elle l'entend qui fait les cent pas dans la cuisine.

Un grincement se fait entendre. À ce bruit, Frank sait que Maureen ouvre lentement la porte derrière laquelle elle s'était réfugiée. En la voyant s'avancer vers lui, il reprend enfin espoir. Ses traits se détendent, il sourit tendrement.

— Maureen, je suis heureux que tu sortes enfin de là. J'étais si malheureux que notre amour se termine ainsi, je ne savais pas quoi faire.

— Frank, je ne reviens pas sur ma décision. Tout est vraiment fini entre nous. Si je réintègre cette pièce, que tu arpentes de long en large probablement juste pour m'énerver, c'est uniquement parce que j'ai un service à te demander. Libre à toi d'accepter ou de refuser. Je veux quitter cet endroit immédiatement, j'ai trop peur pour coucher ici cette nuit. Peux-tu venir me reconduire à l'auberge du village?

Abasourdi par ce que Maureen vient de lui dire, Frank reste momentanément sans voix. Il n'aurait jamais cru qu'elle puisse être aussi impétueuse. Il voudrait avoir des talents d'orateur pour plaider sa cause, mais tel n'est pas le cas. Il devra donc se contenter des mots simples que lui dicte son coeur. Revenant lentement de cette stupeur qui l'a rendu muet l'espace d'un instant, il se risque enfin.

— Maureen, je t'en supplie, ne t'en va pas, donne-moi une petite chance.

— Ta chance tu l'as eue et tu l'as laissé passer. Tu viens me reconduire oui ou non? J'attends ta réponse.

— Oui. Tu sais bien que oui, si c'est vraiment ce que tu veux, mais...

— Il n'y a pas de mais. Si tu n'y vois pas d'inconvénient, j'aimerais partir immédiatement.

Ils se dirigent en silence vers le chalet de Frank. Un fossé s'est creusé entre eux. Il suffirait d'un pas pour le franchir, mais Maureen ne veut pas le faire, et Frank ne sait pas du tout comment le faire. À chaque minute qui passe, le fossé s'agrandit davantage. Arrivé tout près du camion, Frank risque le tout pour le tout.

— Maureen, tu as raison d'être en colère contre moi. J'ai agi d'une façon stupide et bête. J'ai tous les torts dans cette affaire et je te demande pardon. C'est vrai que je n'ai aucune preuve que cet homme est réellement le neveu de mes voisins. Maureen, avant de partir, laisse-moi le temps de téléphoner aux Dupont pour vérifier si c'est bien avec leur consentement que cet homme est là. Je veux savoir si cet abruti m'a dit la vérité. Accorde-moi cette dernière chance, Maureen. Je t'aime tellement.

— Tu me prends vraiment pour une malade imaginaire, sinon tu n'aurais pas besoin de vérifier, tu me croirais.

— Maureen, je t'en prie, donne-moi le temps de passer un coup de fil avant de partir.

— Qu'il soit leur neveu ou non ne changera rien au fait que tout est fini entre nous.

Frank croit déceler de la haine dans l'intonation prise par Maureen pour prononcer ces mots. Il en est sidéré. Bouleversé et anéanti, il ne se reconnaît plus. Au travail, il a affronté les pires dangers, ses amis disaient même de lui qu'il était téméraire, mais pourtant, il se sent complètement démuni devant la colère de cette femme. La vulnérabilité dont il fait preuve l'effraie.

— Ne dis pas ça, Maureen. S'il te plaît, accompagne-moi à l'intérieur, ce ne sera pas long, le temps d'un appel.

Maureen le suit sans prononcer un mot. Elle veut absolument voir l'expression de son visage, lorsque les Dupont confirmeront qu'ils n'ont pas prêté le chalet à ce type. Elle veut lui dire à quel point elle le déteste maintenant. Elle lui dira avec plaisir, de se foutre ses excuses, là où elle pense. Minou dans ses bras se laisse caresser la tête en ronronnant.

— Viens t'asseoir, Maureen, ne reste pas debout près de la porte. Enlève ton manteau, installe-toi confortablement.

— Non, je ne fais qu'entrer et sortir.

Maureen avait répondu spontanément et sans aucune hésitation. Plutôt craintive et indécise de nature, d'habitude elle se laisse facilement manipuler par les gens. Elle se surprend elle-même, en faisant preuve d'une telle détermination.

— Maureen, nous ne sommes pas si pressés.

— Moi je le suis, fais ton appel afin que je puisse enfin partir d'ici.

— Comme tu veux.

Frank se laisse lourdement tomber dans son fauteuil. Il mord nerveusement sa lèvre inférieure, et d'un geste brusque, ouvre le tiroir où se trouve le petit livre contenant les adresses et les numéros de téléphone de ses amis. Maureen le défie du regard. Il se sent timide et mal à l'aise devant ces yeux remplis de reproches. Il redevient soudainement ce petit garçon maladroit pris en faute par ses parents. Il compose le numéro des Dupont. Il attend...; pas de réponse.

— Maureen, ils ne sont pas là pour le moment, mais ce sont des gens qui ne sortent pas beaucoup, ils ne doivent pas être partis pour longtemps. Ils ne vont qu'à l'épicerie ou au centre commercial près de chez eux. Veux-tu me faire plaisir et attendre encore un peu avant de partir? Nous pouvons prendre un café, j'essaierai de les rappeler plus tard.

— Non, il n'en est pas question. Tu viens me reconduire ou je fais le trajet à pied avec le chat dans les bras?

— Bon, je te reconduis à l'auberge, mais dès mon retour j'essaierai de les rappeler.

— Fais ce que tu veux, je m'en fous.

Sur ces mots, Maureen sort du chalet en claquant la porte. Frank n'a pas le choix. Elle mène le jeu, et il est perdant. Assis derrière le volant, il essaie en vain de démarrer. Rien à faire, le véhicule est en panne.

— Frank, je ne suis plus une gamine! Ton petit jeu ne prend pas! Ton camion n'a aucun problème, tu l'as pris encore aujourd'hui, donc n'essaie pas de me faire le coup de la panne. Tu m'insultes en utilisant un tel stratagème.

— Maureen, je t'assure que je n'y comprends rien. Je vais demander à Jean-Marc de venir m'aider. Je suis à peu près certain que c'est la batterie qui fait des siennes. Avec de bons câbles, ce sera une affaire de rien de la recharger. Viens, rentrons.

— Frank, tes entourloupettes d'adolescent ne marchent pas. Si tu ne veux pas venir me reconduire au village, j'irai à pied.

Elle sort du camion sans le regarder, prend Minou dans ses bras et fait quelques pas en direction du village. Frank est vraiment en colère. Pour qui se prend-elle, celle-là? Comme si c'était son genre à lui de jouer la comédie. Si le camion ne part pas, ce n'est pas de sa faute à lui. Il la rejoint rapidement et l'empoigne brusquement par le bras.

— Maureen, écoute-moi bien. J'ai deux mots à te dire, et je ne les répéterai pas. Tu vas arrêter tes enfantillages immédiatement, et tu vas revenir au chalet avec moi. Il fait noir maintenant, et cette route n'est pas éclairée. La température est glaciale, et tu n'es pas assez habillée pour l'affronter. Tu risques de te perdre ou de prendre froid.

— Je suis assez grande pour savoir ce que j'ai à faire. Mêle-toi de tes affaires et laisse-moi tranquille. Sors de ma vie!

Frank soupire. Maureen commence à l'exaspérer. Elle agit présentement comme une gamine irresponsable. Il essaie de garder son calme, malgré les paroles blessantes et les remarques irréfléchies qu'elle lui lance à profusion.

— Maureen, je t'aime et je ne veux pas qu'il t'arrive du mal.

— Frank, si je reste ici, l'homme au loup risque de me tuer. Cette éventualité ne semble même pas effleurer ta cervelle d'oiseau.

— Tu reviens au chalet de ton plein gré ou je te ramène de force?

— Quand je pense que je t'ai aimé! Je me demande comment j'ai pu me laisser berner à ce point. Tu es vraiment borné, stupide et con!

Frank entraîne Maureen au chalet en la tirant par le bras. Il ouvre la porte et la pousse à l'intérieur. Elle le fusille du regard.

— Maureen, tu vas me rendre fou. Tu sais que je t'aime. Je ne peux pas te laisser partir toute seule à la noirceur sur cette route déserte et par ce temps froid. Je vais demander à Jean-Marc de venir me dépanner. Si c'est vraiment la batterie, il pourra m'aider. Sinon, tu retourneras au village avec lui. Es-tu d'accord? Est-ce que cette solution te convient?

N'envisageant aucune autre solution, elle acquiesce à sa proposition par un signe affirmatif.

— Maureen, prépare-nous à boire pendant que j'essaie d'entrer en communication avec Jean-Marc.

— Je ne suis pas ta servante!

— Comme tu veux!

Frank compose le numéro de son ami, sous la surveillance de Maureen. Elle ne le quitte pas des yeux.

— Il ne répond pas, dit Frank.

— Tu te fous de moi, n'est-ce pas?

— Mais non!

— Passe-moi cet appareil! Je t'ai cru pour les Dupont, mais là, tu forces la dose.

Maureen, au comble de la fureur, s'empare du récepteur et du petit livre d'adresses. Elle finit par trouver ce qu'elle cherche.

— Je vais l'appeler moi-même, ton copain.

— Comme tu veux!

Maureen n'obtient pas de réponse chez Jean-Marc. Elle raccroche et compose maintenant le numéro des Dupont, le résultat n'est pas meilleur. Au bord de la crise de nerfs, elle essaie de joindre Kathy. Là aussi, la sonnerie retentit dans le silence.

— Frank, j'ai peur, c'est sûrement l'homme au loup qui a mis le camion en panne pour nous empêcher de partir d'ici.

— Maureen, voyons!

— Regarde Whisky, il tourne en rond, il est nerveux, il sent que quelque chose ne va pas.

— Il y a de quoi!

Frank s'approche de Maureen, il lui parle doucement, il veut la calmer. Il essaie de lui faire comprendre que tous ces événements sont des coïncidences, ce qui la met encore plus en colère. Pour la rassurer, il l'attire contre lui.

— Ne me touche pas et garde tes sermons pour toi!

Maureen va s'asseoir près du téléphone et, à intervalles réguliers, essaie de rappeler chez Jean-Marc, toujours pas de réponse. Les minutes se changent en heures. À bout de nerfs, complètement épuisée, elle finit par s'endormir dans le fauteuil.

Une fois de plus, Frank est dans le doute. Maureen est-elle vraiment menacée ou imagine-t-elle toute cette histoire? Qui a raison, elle ou ses amis? Jusqu'à ce jour, elle lui avait paru vraiment normale, mais son comportement d'aujourd'hui et son angoisse devant les appels téléphoniques manqués, lui semblent exagérés. Il pense et repense à tout ça une partie de la nuit, cherchant la meilleure solution. Finalement, épuisé, il finit par s'endormir dans son fauteuil.

Le lendemain matin, la sonnerie du téléphone les réveille tous les deux.

— Allo!

Frank se tient sur un seul pied, car de l'autre, il empêche Whisky de s'enfuir avec une de ses chaussures.

— Bonjour Frank, c'est Mme Dupont. J'ai vu votre numéro sur mon afficheur. Ce n'est pas dans mes habitudes de déranger les gens si tôt, mais j'étais inquiète. Vous ne donnez jamais signe de vie, alors lorsque j'ai vu que vous aviez appelé deux fois, ma curiosité fut plus forte que mon bon sens. Je ne pouvais pas attendre plus longtemps. Je voulais absolument connaître la raison qui vous a poussé à prendre contact avec moi.

Whisky, tel un enfant qui en profite pendant que ses parents sont occupés, tire de toutes ses forces sur le soulier que Frank retient avec difficulté. Il réussit enfin, et se sauve en emportant avec lui l'objet tant convoité.

— Je suis vraiment désolé de vous avoir inquiétée, madame Dupont, ce n'était pas mon intention, explique Frank, que le chien distrait légèrement. Je voulais seulement vous demander si votre chalet était encore à louer ou à vendre.

Maureen écoute tout ce que dit Frank avec intérêt.

— Ha! Ha! Je vous vois venir, jeune homme, vous voulez ménager mon vieux coeur hein! Ha! Ha! Pardonnez-moi si je ris, mais je trouve amusant le moyen détourné que vous prenez pour me dire qu'il y a quelqu'un dans notre chalet. Vous avez rencontré mon neveu?

— Oui. Il m'a dit en effet qu'il était votre neveu, mais je voulais en être certain, c'est pour cette raison que je me suis permis de vous appeler.

— Vous avez bien fait. Je vous remercie beaucoup de votre gentillesse et je m'excuse de ne pas vous avoir averti.

— Alors tout est réglé, je ne vous importunerai pas plus longtemps. Bonne journée, madame Dupont, je...

Frank n'a pas le temps de finir sa phrase, Maureen lui arrache le combiné des mains et se dépêche de parler avant que Mme Dupont ne raccroche.

— Madame Dupont, je suis une amie de Frank et j'aimerais beaucoup que vous me décriviez votre neveu. Frank ne l'avait jamais rencontré auparavant, et je voudrais être certaine que c'est lui. Vous savez, de nos jours, il faut prendre des précautions et Frank a la mauvaise habitude de faire confiance à tout le monde.

Mme Dupont lui fait alors une description presque identique à celle que Frank lui avait faite: grand, cheveux bruns, pas très sociable, accompagné d'un berger allemand.

Les paroles de Mme Dupont ne soulagent Maureen qu'un bref instant. Une peine incroyable remplace sa frayeur. Elle a perdu son amour pour Frank à cause de ce type. Qu'il soit vraiment le neveu des Dupont, ne change rien au fait que Frank a cru ce que disaient Jean-Pierre, Kathy et cet homme. À la première occasion, il a douté d'elle. Dans le cas présent, il avait raison, mais le contraire aurait pu être vrai. Elle se lève d'un bond, prend son manteau et se dirige vers la porte avec son chat.

Frank l'arrête au passage.

- Maureen, où vas-tu?

— Je retourne au chalet de Kathy.

— Maureen, as-tu regardé dehors? Il y a une grosse tempête de neige.

Dans son énervement, Maureen ne s'était pas attardée à ce détail. Elle jette alors un coup d'oeil à l'extérieur. Comme pour confirmer les dires de Frank, le vent émet un sifflement effroyable. Les arbres ainsi rudoyés, gémissent et se lamentent. Les branches les plus fortes ploient, tandis que les plus faibles se cassent. L'une d'entre elles, transportée par le blizzard, vient terminer sa course contre la fenêtre d'où Maureen observe la scène. Surprise par l'arrivée subite de l'objet, elle sursaute et se recule un peu. La neige qui tombe maintenant en abondance, cache momentanément le paysage habituel pour ne laisser voir qu'une muraille de flocons blancs virevoltant dans tous les sens. Maureen se retourne vers Frank, décidée à lui prouver que ce n'est pas ce déchaînement de dame nature, qui l'empêchera de partir.

— Et alors! lance-t-elle froidement, faisant fi de ce qu'il venait de dire.

— Maureen, tu es bouleversée par les événements d'hier. Avec cette poudrerie, il n'est pas question d'aller jusqu'au village, alors je voudrais que tu demeures ici. Je ne veux pas que tu restes seule. Dès que ces bourrasques cesseront de soulever la neige la visibilité sera meilleure. Je demanderai à Jean-Marc de venir te chercher.

— Je n'ai pas d'ordre à recevoir de toi. Malgré ce que tu en penses, je suis parfaitement saine d'esprit, et je suis capable de me débrouiller sans toi. Et si tu veux savoir la vérité, moins je te verrai, mieux je me sentirai. Je te quitte avec plaisir, et surtout, ne viens pas me retrouver chez Kathy parce que tu te déplacerais pour rien, je ne t'ouvrirai pas. Ma porte sera désormais fermée pour toi, et mon coeur aussi. Salut!

Sur ces mots Maureen s'en va, laissant Frank complètement désemparé.

Les intempéries se prolongent pendant deux jours. Frank se déplace à plusieurs reprises afin de s'assurer que tout va bien pour Maureen, mais il n'y a rien à faire, elle refuse de lui ouvrir la porte ou de lui parler.

Les rafales s'arrêtent enfin! Le beau temps revenu, Frank continue ses visites au chalet voisin, mais le résultat reste toujours le même. Maureen ne lui répond même pas. Que peut-elle faire toute seule? Elle n'est pas sortie dehors, il n'y a aucune trace de pas à l'extérieur, sauf celles de Frank et de Whisky.

— Mon vieux Whisky, ça fait déjà cinq jours que la tempête est finie, et nous en sommes toujours au même point. Il faut trouver un moyen de voir Maureen, avant que Kathy rapplique. Si Maureen retourne chez elle à Québec, je vais la perdre définitivement. Qu'est-ce que tu as tout à coup? Tu es tout excité.

Le chien s'élance vers la porte en branlant la queue. Il se retourne vers son maître pour l'avertir que quelqu'un arrive.

Frank, devant la joyeuse réaction du chien, soupire de soulagement. Il se réjouit de voir que Maureen a enfin changé d'idée. Il va ouvrir, le coeur empli d'espoir.

— Ah! C'est toi!

— Tu n'as pas l'air content de me voir, constate Mike, un peu surpris par l'attitude inhospitalière de son père. Qu'est-ce qui se passe? J'ai essayé de communiquer avec toi toute la semaine, mais tu ne répondais pas. J'étais inquiet, surtout avec tout ce que j'ai appris sur cette affaire.

— Quelle affaire, de quoi parles-tu? demande Frank.

— De l'homme au loup, répond Mike. Tu ne l'as pas déjà oublié tout de même? C'est toi qui m'as demandé de faire une enquête sur cet homme.

— Oh! Tu as des renseignements sur lui? Tu pourrais me donner des informations détaillées là-dessus, tout en marchant? Je me préparais pour une randonnée en raquettes, j'ai comme besoin d'air frais.

— En effet, tu n'as pas bonne mine. Pas rasé, pas peigné, mal habillé, tu commences à ressembler à ton chien.

— Whisky, n'écoute pas ce que dit Mike, il n'est pas gentil.

4

Pris au piège

Frank et son fils s'acheminent vers le sentier du lac. Mike n'a pas besoin d'explications pour comprendre que son père a une peine d'amour.

Whisky, les poils ébouriffés par le vent, gambade joyeusement derrière les deux hommes. Il s'arrête souvent pour renifler à gauche et à droite, visiblement en quête d'une bonne occasion pour s'amuser.

— Mike, tu disais que tu avais des informations sur cet homme au loup?

— Oui.

— Il existe vraiment ce type?

— Oui, et Maureen a raison d'avoir peur de lui.

Mike s'arrête de marcher pour fouiller dans une des poches de son manteau. Intrigué, Frank attend. Son fils a probablement apporté un papier quelconque, prouvant ce qu'il vient d'avancer.

Le silence devient lourd. Le suspense grandit.

Mike vient de trouver ce qu'il cherchait. Il brandit fièrement une tablette de chocolat au nez de son père, et lui en offre un morceau.

Frank, agacé par cette interruption dans une conversation si importante, cache très mal sa colère.

— Qu'est-ce que tu sais sur lui, au juste? demande-t-il impatiemment.

Mike ne se doute même pas qu'il est la cause de ce changement d'humeur. Un peu surpris, il regarde son père et reprend la marche. Il avale goulûment une bouchée de chocolat, se lèche les doigts et finit par donner les explications tant attendues.

— Cet individu est dangereux, dit-il, très dangereux même, et très rusé. La police le recherche. Il est surnommé Wolf parce qu'il est toujours accompagné par un loup.

— Un loup?

— Parfaitement, un loup!

— Pourquoi est-il recherché? s'inquiète le père. Qu'est-ce qu'il a fait?

— Il a plusieurs meurtres à son compte. C'est un vrai dur, un tueur sans scrupules, impliqué dans la drogue et la prostitution.

— D'après toi, Mike, serait-il possible qu'il soit à Québec?

— Tout est possible, personne ne peut dire où il se trouve présentement. Il change souvent d'endroit et ne laisse jamais de témoins derrière lui.

— Et le petit-gros dont je t'ai parlé. As-tu des renseignements sur lui?

— Je n'ai rien trouvé de spécial sur cet homme, avoue Mike un peu déçu. Il y a un petit détail qui me trouble pourtant.

— Quoi?

— Après sa mort, son appartement a été cambriolé. Le concierge m'a dit que le voleur devait chercher quelque chose de précis, car le contenu des tiroirs, des armoires et des garde-robes était éparpillé sur le sol.

— Comme chez Maureen!

— Oui, en effet, tout concorde parfaitement. La similitude de ces événements m'a frappé moi aussi. Les deux logements ont été saccagés de la même manière. Je voulais absolument t'en parler, alors je suis venu. Je crois que Maureen est vraiment en danger. Frank, il faut que je te dise autre chose.

— Quoi?

— Le petit-gros avait deux copains, des jumeaux avec qui il aimait prendre un verre de temps en temps après l'ouvrage. Ils sont morts tous les deux.

— Quoi?

— Leur maison a été détruite par le feu. Ils ont péri dans l'incendie.

— Tu crois qu'il y a un rapport avec notre histoire?

— Oui.

Mike remonte le col de son manteau et redescend sa tuque un peu plus bas sur ses oreilles. Il a froid. Envieux, il reluque le manteau, l'épais bonnet de laine et les mitaines de son père. Lui non plus, il ne gèlerait pas avec de tels vêtements.

Frank ne semble même pas remarquer l'inconfort de son fils. Plongé dans ses pensées, il continue d'avancer. Quelques enjambées plus loin, il reprend la conversation.

— Pauvre Maureen, elle avait raison, constate-t-il, rongé par le remords. Il faut que je la voie. Je dois la prévenir et la protéger. Cet homme est capable de la retrouver, même ici. Mike, il faut que tu lui parles pour moi. Elle ne veut plus me voir.

— Qu'est-ce qui s'est passé entre vous? Vous aviez l'air si heureux ensemble.

Frank raconte à son fils, tout ce qui est arrivé. Maintenant qu'il est certain que Maureen disait la vérité, il comprend mieux sa frayeur devant le neveu des Dupont.

— Mike, as-tu vu Whisky? D'habitude il ne s'éloigne jamais.

Mike regarde autour de lui. Il ne voit le chien nulle part.

Whisky a laissé plusieurs empreintes autour d'eux, car depuis le début de cette randonnée, il va et vient de l'un à l'autre, sans jamais se lasser. Des pistes attirent soudain l'attention de Mike.

— Frank, regarde ces traces, Whisky est allé vers le chalet des Dupont.

— Suivons-le, tu auras peut-être le plaisir de rencontrer notre charmant voisin.

— Je le connais, dit Mike. J'ai rencontré Mme Dupont dans les magasins quelques semaines avant Noël, et elle était accompagnée de son neveu. Il voulait faire quelques achats pour égayer son séjour au lac.

— Ah! regarde, Whisky est là! Qu'est-ce qu'il fait?

— Je ne sais pas, répond Mike en grelottant.

— Viens, Whisky! Viens, le chien! ordonne Frank. Il faut retourner au chalet.

Le chien tourne en rond autour d'un sapin. Il gratte la neige avec ses pattes de devant comme s'il voulait se faire une entrée pour aller sous le conifère.

— Viens, Mike, allons voir ce qu'il a trouvé, il n'a jamais fait ça avant. Il doit flairer quelque chose.

Frank et Mike soulèvent sans peine les branches de l'arbre. Ils restent stupéfaits.

— Mike, c'est un homme, aide-moi, nous devons le sortir de là.

L'homme est étendu, face contre terre. Frank et Mike le tirent par les pieds pour l'extirper de cet endroit plutôt singulier.

— Je n'en reviens pas! murmure Mike, un peu mal à l'aise. Regarde, Frank, c'est le neveu des Dupont, il est mort.

— Qu'est-ce que tu viens de dire, Mike?

— Voyons, Frank! Tu dois sûrement le reconnaître, puisque tu l'as rencontré cette semaine, c'est le neveu des Dupont.

Frank s'accroupit près du cadavre et l'examine plus attentivement. Avec sa mitaine, il enlève la neige qui recouvre partiellement le visage du mort.

— Ce n'est pas l'homme que j'ai vu au chalet des Dupont, dit-il.

Whisky va vers un autre sapin et recommence à gratter la neige.

— Mike, viens m'aider! Whisky a trouvé quelque chose d'autre.

— Quelque chose ou quelqu'un?

— Mike, tu n'es pas drôle.

Les deux hommes s'approchent du chien et, avec l'aide de leurs raquettes, retirent la neige qui recouvre les branches inférieures de l'arbre.

— C'est un chien berger allemand, il est mort également, déclare Mike d'une voix sans expression.

— Mike, Maureen avait raison, son homme au loup occupe réellement le chalet des Dupont. Il a tué leur neveu et son chien, ensuite il est venu les cacher ici. Je trouvais que les pistes de raquettes aperçues près du chalet étaient profondes, maintenant je sais pourquoi. Ce salaud a dû transporter ses victimes sur ses épaules. Il s'est installé chez les Dupont et attend bien tranquillement le meilleur moment pour agir.Jusqu'ici il n'a eu aucune chance d'approcher Maureen, parce que je suis toujours près de l'endroit où elle se trouve. En prononçant ces mots, Frank réalise soudain que Maureen est seule depuis un bon bout de temps.

— Mike! Vite, dépêchons-nous! C'est la première fois que je m'éloigne, j'espère qu'il ne s'est rien passé pendant mon absence!

— Qu'est-ce qu'on fait de lui? demande Mike.

Frank regarde la dépouille mortelle qui gît à quelques pas de lui. Ce cadavre le trouble énormément; aucun de ceux qu'il avait vus au long de sa carrière, ne l'avait autant impressionné. Le charme de l'endroit où il se trouve présentement, en est probablement responsable. Il n'y a dans ce site enchanteur, absolument rien, qui puisse laisser présager une telle macabre découverte. Frank, qui est pourtant habitué à affronter les pires situations, frissonne pourtant malgré lui. Ce corps inerte, raide et sans vie, lui prouve à quel point l'homme au loup peut être dangereux. Il prend alors sa décision et répond à la question que vient de lui poser son fils.

— Laissons-le ici, Mike. Nous reviendrons avec la police plus tard. Pour le moment, nous devons aller prévenir Maureen. J'espère qu'il n'est pas trop tard.

Les deux hommes reviennent sur leurs pas. Le chemin du retour semble interminable. Frank est rongé par l'angoisse.

Whisky semble de plus en plus nerveux. Il suit une piste. Il flaire définitivement quelque chose. Il sent la neige, hume autour de lui, cherche. Il s'arrête soudain près du sentier qui conduit au chalet de Kathy. Il grogne, sort les crocs, il est vraiment sur la défensive.

— Qu'est-ce qui arrive à ton chien, Frank?

— Je ne sais pas. Vite, dépêchons-nous! Toi le chien, arrête de faire l'idiot!

Frank frappe à la porte du chalet où se trouve Maureen. Personne ne vient répondre.

— Maureen, c'est moi, ouvre. Il faut absolument que je te parle, c'est important. Tu avais raison, nous devons quitter cet endroit le plus tôt possible. Ouvre Maureen ou je défonce cette porte. Je vais pénétrer dans ce chalet de gré ou de force, à toi de choisir.

Debout sur la galerie, Frank attend. À l'intérieur, rien ne bouge. Inquiet de ce silence anormal, il se colle le nez à la fenêtre afin de s'assurer que tout va bien pour Maureen. Malheureusement, elle avait prévu le coup et un rideau épais empêche Frank de voir quoi que ce soit.

— Mike, je te dis que cette femme est une vraie tête de mule, mais je l'aime comme un fou. Essaie de lui parler, elle t'ouvrira peut-être à toi.

Mike prend une grande respiration pour se donner du courage. Il n'aime pas s'interposer dans les querelles des autres, il a assez de ses problèmes à lui. Mais étant donné les circonstances, il n'a pas vraiment le choix. Cette fois, son intervention peut éviter un vrai drame. La vie de Maureen est menacée.

— Maureen, c'est Mike. Ne crains rien, je ne suis pas venu ici pour plaider la cause de mon père, il est assez grand pour se défendre lui-même. Tout ce que je veux, c'est te ramener en ville avec moi. Sois gentille, déverrouille cette porte avant qu'il ne soit trop tard, tu es en danger ici.

Tout comme Frank, Mike n'obtient qu'un long silence en guise de réponse. Il en oublie presque à quel point il a froid, tellement cette absence totale de bruit l'intrigue. Il y a quelque chose d'angoissant dans cette tranquillité exagérée. Même les oiseaux ont cessé de chanter.

Frank n'est pas sans remarquer l'expression soucieuse de son fils. Il n'en faut pas plus pour le pousser à l'action.

— Recule-toi, Mike. Je vais défoncer cette porte.

Mike essaie inutilement de tempérer l'ardeur de son père.

— Frank, Maureen est peut-être tout simplement sortie pour prendre une marche. Attends un peu avant de tout démolir.

— Non. Je la connais. Elle a trop peur pour s'aventurer hors d'ici. Elle attend le retour de Kathy, cachée dans le fond du chalet.

Mike s'en remet au bon jugement de son père.Après tout, il a peut-être raison.

— Frank, as-tu téléphoné chez Kathy pour lui demander de venir chercher Maureen?

— Non, je voulais avoir plus de temps à moi pour essayer de faire la paix avec elle.

Les deux hommes réussissent enfin à forcer la serrure. La patience de Frank a des limites, et Maureen vient de les dépasser. Il entre le premier, décidé à lui faire savoir ce qu'il pense de son comportement. Il fulmine.

— Maureen, je…

La stupéfaction le laisse momentanément sans voix. Il y a du sang partout, sur le plancher, sur les murs, sur les meubles. Les ustensiles de cuisine, la vaisselle, les vêtements et les livres sont éparpillés pêle-mêle sur le sol. Les fauteuils et les coussins sont éventrés.

Frank se précipite vers la chambre à coucher, c'est la dévastation. Maureen n'est pas là. Il court à la salle de bain, elle n'y est pas non plus.

— Mike, nous arrivons trop tard.

Frank fouille avec rage dans un amoncellement d'objets divers.

— Qu'est-ce que tu fais? demande Mike.

— Je cherche un couteau, je vais tuer ce salaud! Il va payer pour ce qu'il a fait à Maureen, tu peux en être certain.

— Frank! Viens ici, viens voir ça!

Frank tasse du pied différentes choses qui jonchent le sol et se fraye un chemin jusqu'à l'endroit où se trouve Mike. Dans sa main droite, il tient un long couteau à la lame brillante et menaçante.

— Qu'est-ce qu'il y a?

— Regarde, Frank, c'est le chat de Maureen. Je pense que c'est lui qui a perdu tout ce sang.

— Quelle boucherie! s'emporte Frank.

— Je crois qu'il s'est battu avec le loup, dit Mike en se détournant, car ce carnage lui donne des haut-le-coeur.

Frank observe le petit chat éventré. Malgré ses blessures, Minou s'est traîné dans un endroit accessible à lui seul. Il est probablement mort au bout de son sang, après une longue agonie.

— Je vais tuer cet homme, déclare Frank, aveuglé par la colère.

Mike se retourne vers son père pour lui parler. Le visage de Frank est métamorphosé par la haine. Ses traits sont durcis, son regard est menaçant, et ses poings sont fermés si serrés que ses jointures en sont blanchies.

— Mike, appelle les policiers et conduis-les au cadavre de Dupont. Après, tu les amèneras au chalet de nos voisins, où ils auront sûrement un cadavre de plus à ramasser lorsque j'en aurai fini avec cet homme au loup.

— Frank! Ne fais pas le fou! Calme-toi! Maureen est probablement saine et sauve dans ton chalet.

— Tu as peut-être raison, Mike. En te rendant chez moi pour parler aux policiers, regarde dans les environs, il est possible que tu la trouves, mais j'en doute. Moi je me rends chez les Dupont. J'ai un compte à régler avec cet homme. Maureen est peut-être prisonnière de ce salaud. Je dois y aller tout de suite, je n'ai pas de temps à perdre. J'espère seulement qu'il n'est pas trop tard.

Les deux hommes se précipitent à l'extérieur. Mike a ramassé un gros couteau; on ne sait jamais, ça peut servir. Frank est déjà rendu à l'entrée du sentier lorsqu'il entend son fils qui l'appelle.

— Frank! Reviens, je l'ai trouvée!

Frank se retourne et voit Maureen étendue sur le toit du chalet, complètement immobile. Telle qu'il la connaît, elle doit être en proie à une panique inexplicable. Voilà probablement la raison de son mutisme, devant leur appel de tout à l'heure.

Mike grimpe sur la couverture avec l'agilité d'un fauve, et se rend auprès de Maureen. Il l'aide à se relever.

Maureen se jette dans les bras de Mike en pleurant. Elle tremble de froid et de peur. Elle sanglote à tel point qu'elle a du mal à parler.

— Mike! Mike! Amène-moi avec toi, je veux partir d'ici, j'ai peur.

— Calme-toi, Maureen, c'est fini. Tu n'as plus rien à craindre maintenant, nous sommes là, Frank et moi. Nous allons prendre soin de toi. Ne t'en fais pas, tout ira bien. Es-tu blessée?

— Non.

— Peux-tu marcher?

— Oui.

— Viens, je vais t'aider à descendre.

Mike prend Maureen par la main et l'entraîne vers l'avant du chalet.

Arrivée près de la bordure, Maureen jette un regard affolé vers le bas. Elle recule de quelques pas, prise de vertiges. Elle n'a jamais aimé les hauteurs, et l'obstacle à franchir lui semble insurmontable. Elle n'arrivera jamais à dominer la peur qu'elle ressent vis-à-vis cet espace vide. Elle se cramponne nerveusement au bras de Mike.

— Mike, descendons par l'autre côté, c'est plus facile, c'est par là que j'ai grimpé jusqu'ici.

— D'accord, allons-y.

Frank les rejoint derrière le chalet. En le voyant, Maureen s'élance dans ses bras.

— Frank! Frank!

— Maureen, ça va? Tu n'es pas blessée? J'ai cru devenir fou en entrant dans le chalet et en voyant tout ce sang.

— Du sang? C'est Minou n'est-ce pas? Ils l'ont tué?

— Oui.

— Frank, j'ai tellement peur, partons d'ici.

— Allons jusqu'à mon chalet en passant par le bois. Rendus chez moi, nous n'aurons qu'à prendre la voiture de Mike pour quitter les lieux.

— Frank, on ne peut pas aller à ton domicile, insiste Maureen. L'homme au loup est là.

— Quoi?

— Quand il est parti d'ici, il parlait à son loup. Il lui disait qu'il se rendait à l'endroit où tu résides pour te préparer un accueil vraiment spécial.

— Dans ce cas, nous irons au village en raquettes, décide Frank.

Il se retourne vers son fils, qui les attendait un peu plus loin pour ne pas les déranger.

— Mike, va chercher les raquettes de Maureen. Passe par la fenêtre de la chambre. De cette manière ce scélérat ne pourra pas te voir.

— Je ne sais pas si je vais les trouver dans tout ce fouillis.

Mike se faufile à l'intérieur. Quelques minutes plus tard il réapparaît à la fenêtre, un large sourire aux lèvres. Ses recherches avaient été fructueuses.

— Frank, il commence à se faire tard, observe Mike, nous ne pourrons pas nous rendre au village avant la noirceur, et nous risquons de nous perdre dans le bois. Nous ne pouvons pas rester ici c'est trop dangereux, et il n'est pas question d'aller chez toi. Si nous allions passer la nuit dans la cabane du père Francis? Qu'en penses-tu?

— Ton idée me plaît.

— De toute façon, renchérit Mike, nous n'avons pas d'autre solution.

— Mike, dit Frank après un moment de réflexion, essaie de trouver des couvertures et de la nourriture pendant que j'attache les raquettes de Maureen. Il ne faut pas perdre de temps.

Mike revient très vite avec trois couvertures. Il pose l'une d'elle avec douceur sur les épaules de Maureen. Les deux autres, pliées en forme de balluchon et pleines de victuailles, sont pour lui et son père.

— Mike, as-tu pris des allumettes?

— Frank, tu sais que je suis un bon campeur. N'aie pas peur, j'ai pensé à tout.

Pendant un bref instant, Frank fait un retour en arrière. Mike avait prononcé les mêmes mots, il y a quelques années, alors qu'ils étaient partis à la pêche tous les deux. Il y avait néanmoins pas mal de choses qu'il n'avait pas prévues. La pluie par exemple. Rien dans leurs bagages ne pouvait servir à les protéger contre ces orages interminables qui les avaient détrempés eux et leurs affaires. Il n'avait pas apporté d'ouvre-boîtes pour leurs conserves et les chaudrons étaient restés au chalet. Revenant à la réalité, Frank regarde son fils et sourit malgré lui. Ce voyage de pêche avait été merveilleux, leur plus beau peut-être.

— Maureen, dit Frank d'une voix très douce, je vois que tu es fatiguée et que tu as très froid; je te vois grelotter, mais nous devons passer la nuit quelque part. Nous avons une longue marche à faire dans le bois, ce sera difficile, mais nous n'avons pas le choix. La cabane du père Francis étant dans la direction opposée au chemin que nous devrions normalement prendre pour fuir, nous avons une chance de passer la nuit, tranquilles et à l'abri. Ton homme au loup ne nous cherchera pas par là, pas cette nuit du moins.

— Je vous fais confiance, répond Maureen. Partons vite d'ici, j'ai peur qu'il revienne.

— Allons-y, dit Frank d'un ton qui se veut rassurant. Viens, Whisky.

Maureen retient Frank par le bras.

— Frank!

— Oui?

— Je t'aime.

— Moi aussi, je t'aime.

Frank ouvre la marche, suivi de Maureen. Mike se tient derrière elle pour la rassurer. Whisky, quant à lui, apprécie cette promenade en forêt et s'amuse avec insouciance.

Maureen frissonne de la tête aux pieds malgré la grosse couverture de laine que Mike lui a si gentiment donnée. Elle marche silencieusement et revit intérieurement les événements de la journée. Ses pieds sont gelés à un point tel qu'elle a de la difficulté à marcher. Elle est soulagée d'avoir Frank et Mike avec elle. Seule, elle n'aurait pas su où aller, ni quoi faire. Avec eux, elle se sent en sécurité. Rassemblant tout son courage, elle continue d'avancer sans se plaindre.

Les cris et les lamentations de Minou lui reviennent sans cesse en tête. Elle voudrait tellement oublier cette journée, mais jamais elle n'y parviendra, elle le sait. Elle doit penser à autre chose, il le faut.

Pour se ressaisir, Maureen essaie de se concentrer sur le paysage qui l'entoure. En d'autres circonstances, elle trouverait cet endroit magnifique. Les sapins sont recouverts de neige, et leurs branches sont légèrement ployées sous ce blanc fardeau. Tout semble si calme, si paisible.

Le regard de Maureen se pose maintenant sur Frank. Il aime beaucoup cet endroit et le préfère à la ville, il s'y sent chez lui. Il est là devant elle, ouvrant la marche. Elle le suivrait jusqu'à l'autre bout de la terre car son animosité a disparu. Elle a vraiment besoin de lui. Il est si fort et si brave, il n'a peur de rien ni de personne. Elle est certaine qu'il saura la protéger. Il est chez lui dans ces montagnes.

Frank s'arrête enfin de marcher et se retourne vers Maureen.

— Pas trop fatiguée, Maureen?

— Un peu, avoue-t-elle en reprenant son souffle avec peine, c'est encore loin d'ici?

— Non pas trop, à peu près une demi-heure de marche. Tu vas tenir le coup?

— Oui, je pense que oui, de toute façon je n'ai pas le choix.

Whisky profite de cette halte pour essayer d'attraper le balluchon de Frank. Des odeurs de victuailles sont parvenues jusqu'à lui, et son insatiable appétit le pousse à la désobéissance. Frank lui a pourtant répété à plusieurs reprises, d'aller jouer plus loin. Il réussit enfin à prendre entre ses dents un des coins de la couverture repliée et tire dessus. Frank se retourne vers lui et le gronde encore une fois. Le chien s'en va piteusement.

— Mike, tu n'as rien aperçu d'anormal? demande Frank en jetant un coup d'oeil aux alentours.

— Non. Je suis assuré qu'aujourd'hui et cette nuit nous serons en sécurité dans cette cabane, mais demain... Nous devrons partir au lever du jour parce que cet homme au loup, comme l'appelle Maureen, n'aura aucune difficulté à suivre nos traces. S'il trouve ma motoneige et réussit à la faire démarrer, il aura un très grand avantage sur nous. Tout ce que j'espère, c'est qu'il ne trouve pas les fusils.

— Frank, il va nous tuer tous les trois n'est-ce pas? s'inquiète Maureen.

— Mike, tu aurais pu éviter de parler de ces fusils. Maureen a déjà assez peur comme ça, tu ne trouves pas?

— Excuse-moi Maureen. Ignorais-tu que Frank et moi aimons chasser et que nos armes à feu sont chez lui?

— Il m'en a déjà parlé, mais je n'y pensais plus.

Whisky revient vers eux avec une pomme de pin dans la gueule. Il va la porter à Frank en branlant la queue. Il essaie de se faire pardonner. Frank prend la cocotte en caressant distraitement la tête du chien.

— Frank, nous devrions continuer notre marche, conseille Mike. Il va bientôt faire noir, et il ne faut surtout pas s'écarter avec le froid qui s'amplifie.

Frank sait que Mike a raison. Il regarde Maureen qui semble épuisée. Il aurait voulu lui laisser un peu plus de temps pour se reposer.

— As-tu repris ton souffle, Maureen? Es-tu prête à partir?

— Oui, mais ne marche pas trop vite s'il te plaît, j'ai de la misère à te suivre, je n'ai pas ta force ni ton entraînement.

— D'accord, allons-y.

Un pas, deux pas, trois pas. Maureen essaie de se concentrer sur les traces que Frank fait devant elle. Les hurlements de Minou ne quittent pas son esprit. Quatre pas, cinq pas. La belle petite neige poudreuse que soulèvent les raquettes de Frank à chaque enjambée qu'il fait, retient son attention. Encore ces hurlements de Minou qui reviennent à son esprit. Six pas, sept pas. Les jambes de Frank, elle doit figer sa pensée sur Frank. Huit pas, neuf pas. Son dos, ses larges épaules, sa drôle de tuque, elle est affreuse cette coiffure. Si elle survit à cette aventure, la première chose qu'elle fera sera d'aller acheter un autre bonnet de laine pour l'homme de sa vie. Non, la première chose qu'elle fera ce sera l'amour, toute une journée, toute une semaine, toute une vie dans ses bras à faire l'amour sans s'arrêter.

Frank se dirige maintenant vers une vieille cabane abandonnée.

Maureen se concentre maintenant sur cette bicoque. Comment peut-elle tenir debout? C'est incroyable! La jeune femme peut voir le paysage qu'il y a derrière cette baraque en regardant dans les ouvertures laissées par les planches manquantes. Un squelette. C'est un squelette de cabane! Pourquoi laisser une telle horreur dans un si beau paysage? C'est insensé!

Frank se retourne vers elle, il est si beau lorsqu'il sourit. Ses yeux sont si expressifs, si pleins d'amour et de tendresse. Il lui tend la main.

Maureen se rapproche de lui.

— Nous voilà rendus, mon amour, tu pourras enfin te reposer et te réchauffer, déclare Frank.

Maureen pouffe de rire malgré sa grande lassitude. Décidément, il n'y a que Frank pour avoir des idées pareilles. Lui seul, peut avoir envie de blaguer lorsque tout va de mal en pis.

L'expression soucieuse de Frank, met un terme définitif à cette gaieté soudaine et éphémère.

— Quoi? Tu n'es pas sérieux? C'est une blague, n'est-ce pas? Mike, ton père se moque sûrement de moi! Il essaie certainement de se payer ma tête!

— Ne t'inquiète pas, Maureen, répond Mike en riant. Ne te fie pas aux apparences, tu verras une fois à l'intérieur, c'est beaucoup mieux.

— Vous voulez dire que j'ai marché si longtemps, par ce froid, pour cette masure?

Maureen, épuisée par cette journée de terreur et sa longue marche dans le bois, se laisse tomber sur le sol. Elle ne peut retenir ses sanglots. Ce cauchemar ne finira donc jamais! Les choses et les événements se compliquent, se dégradent, se déforment, s'enlaidissent! Depuis un certain temps, tout n'est que chaos et désolation autour d'elle.

Frank se penche vers elle, il lui tend la main.

— Viens, Maureen. Entrons à l'intérieur, ne reste pas ici, tu vas prendre froid.

120

— Entrer où? Dans cette cabane pourrie? Elle va nous tomber sur la tête. Il n'y a presque plus de murs et les quelques planches qui servent de toit tiennent de peur.

— Maureen, pour le moment cet abri rudimentaire est le seul endroit où nous pouvons nous réfugier, nous n'avons pas d'autre solution. Fais-nous confiance, nous trouverons un moyen de calfeutrer ces fentes. Au moins nous serons protégés contre le vent, nous pourrons nous réchauffer. Il y a un petit poêle à l'intérieur. Viens, Maureen.

La jeune femme prend la main que lui offre son ami, désespérée elle s'y agrippe. Elle se relève péniblement avec l'impression de porter un lourd fardeau sur ses épaules. Elle se sent complètement vidée, physiquement et moralement. Frank la serre dans ses bras, elle appuie sa tête sur son épaule.

— Frank, je t'aime. Si cet homme me tue, j'espère avoir au moins la chance de mourir dans tes bras, la tête sur ton épaule comme maintenant.

— Ne dis donc pas de bêtises. On va s'en sortir sains et saufs tous les trois. Viens, entrons.

Maureen est accueillie à l'intérieur par un Mike joyeux et tout sourire. Il ressemble à un petit garçon heureux de faire du camping sauvage avec des amis. Il est déjà affairé à boucher les trous des murs avec des branches de sapin.

— Salut, bienvenue au camp du père Francis! J'ai mis du bois dans le poêle. Ne t'inquiète pas, Maureen, nous serons bientôt confortables. Regarde, il y a un petit banc dans le coin, tu peux l'apporter près du poêle si tu veux.

— Mike, il commence à faire noir ici, as-tu apporté une lampe de poche ou une chandelle? s'informe Frank.

— Oui, c'est dans le balluchon. Mais avant, regarde sur le mur, il y a une vieille lampe. S'il reste un peu d'huile dedans, nous pourrons nous en servir, et ainsi nous aurons la chance de ménager nos piles.

Ébahi, Frank s'approche de cet objet antique que venait de lui montrer son fils. Il décroche la lampe avec précaution. Il ne voudrait surtout pas l'endommager. Une vraie merveille! Où le père Francis l'avait-il trouvée? Qui peut-elle avoir éclairé pendant toutes ces années?

Maureen, que les exclamations de Frank avaient intriguée, admire à son tour cette vieille chose du passé et se laisse emporter par son imagination débordante. Probablement que des gens ont vécu des soirées extraordinaires à se raconter des histoires autour d'une table, leurs visages illuminés par cette source de lumière, alors que l'électricité n'était pas encore inventée. Peut-être qu'une maman s'est bercée pour endormir l'enfant qui pleurait dans ses bras, avec comme seul éclairage, cette antiquité que Frank tient à la main, et qui autrefois remplaçait avantageusement la chandelle. Mieux encore, elle voit dans ses pensées, un homme entrant dans une chambre à coucher, son épouse assise dans un lit douillet, ses longs cheveux tombant sur ses épaules dénudées, l'attend soumise et amoureuse. La lueur produite par ce luminaire était certainement plus que romantique...

Les chants de Mike la ramènent au présent. Elle est vraiment surprise de s'être laissée emporter à ce point dans sa rêverie. Les yeux moqueurs de Frank lui laissent deviner qu'il a presque lu dans ses pensées, et elle rougit légèrement.

Frank regarde travailler son fils, et il est fier de lui. Mike est un homme plein d'initiative, jamais il ne sera mal pris. Pour lui, tous les problèmes ont une solution, et il se débrouille toujours pour trouver la meilleure. L'idée de venir passer la nuit à cet endroit était géniale. Jamais Wolf ne pensera de venir les chercher ici cette nuit.

— Frank, j'ai apporté plein de bonnes choses à manger, dit Mike. Prépare le souper pendant que je grimpe sur le toit pour fermer les trous.

— Mike, je ne suis pas certain que ce soit une bonne idée de grimper sur ce toit, il est trop pourri, tu vas passer à travers. Essaie de fermer ces ouvertures de l'intérieur.

Mike se remet à l'ouvrage en sifflant, et Frank fouille dans les provisions. Il y a du jambon, des oeufs durs, du fromage et du pain.

— Incroyable! Il a même apporté une bouteille de vin! s'étonne Frank.

— Ben quoi? J'ai pensé que cette boisson irait bien avec un souper à la chandelle.

Mike et Frank avaient raison. Le travail de Mike terminé, ou presque, car il ne peut tout de même pas refaire les murs au complet, le petit poêle a enfin raison du froid, et cette vieille cabane délabrée se transforme peu à peu en un endroit confortable.

— Maureen, dit Frank un peu embarrassé, maintenant que nous sommes à l'abri et que nous avons enfin le temps de parler, je veux m'excuser et te dire que tu avais raison. Tout ce qui est arrivé aujourd'hui est de ma faute. Mike a essayé de m'appeler toute la semaine pour m'avertir que ton homme au loup existe vraiment. Ce type, surnommé Wolf à cause de son loup, est un criminel recherché. Mike est venu au chalet parce que je ne répondais pas au téléphone. Il s'inquiétait pour nous.

— Donc, si je comprends bien, Wolf est le neveu des Dupont.

— Non. Mike et moi avons trouvé le neveu des Dupont et son chien berger allemand. Ils étaient morts tous les deux. Nous avons tout de suite compris que Wolf les avait tués, et qu'il avait pris leur place au chalet.

— C'est un vrai cauchemar! s'exclame Maureen.

— Peux-tu nous expliquer ce qui s'est vraiment passé au chalet, et comment tu t'es retrouvée sur le toit?

— Frank, je t'aime, et cette dispute que nous avions eue me fendait le coeur, j'étais si malheureuse sans toi. Je repensais sans cesse à tous les bons moments que nous avions vécus ensemble. Je ne pouvais pas supporter que notre amour se termine ainsi. Marchant sur mon orgueil, j'avais décidé d'aller te retrouver chez toi pour faire la paix. Je venais juste de mettre le nez dehors quand j'ai vu le loup. Pas besoin de te dire que je suis retournée à l'intérieur le plus vite possible. J'ai regardé par la fenêtre pour voir ce qu'il faisait et où il allait. J'ai vu son maître qui se dirigeait droit sur le chalet avec une barre de fer à la main. Prise de panique, je cherchais Minou partout, mais tu le connais, il aime se cacher. Comme ils arrivaient, je n'ai pas eu le temps de sauver le chat. Je me suis enfuie dans la chambre à coucher. J'ai pensé sortir par la fenêtre, mais je savais que je ne pourrais aller nulle part, le loup aurait été plus rapide que moi. Il fallait absolument que je m'enfuie, alors j'ai pensé au toit. Je me demande encore comment j'ai pu réussir un tel exploit. Debout sur la bordure de la fenêtre, j'ai réussi à toucher le bord du toit avec mes mains. Je me suis soulevée en prenant appui avec mon pied sur le crochet de la corde à linge. Il faut croire que la peur m'a donné des forces. Tu connais la suite.

— Si cet homme t'avait fait du mal, jamais je n'aurais pu me le pardonner. Je me sens tellement coupable d'avoir douté de toi.

— Qu'est-ce qu'on va faire maintenant? J'ai peur que l'homme au loup nous retrouve.

— Pour cette nuit, nous sommes en sécurité. Demain matin, nous nous rendrons au village, et de là, nous partirons pour un endroit où il ne pourra pas te trouver.

— Whisky, tu me chatouilles, arrête! s'écrie Maureen.

Le chien est content de revoir Maureen, il ne la quitte pas un instant; il dépose affectueusement sa grosse tête ébouriffée sur les genoux de la jeune femme.

Frank ramasse le bouchon de liège qui traîne sur la vieille bûche où il a déposé les aliments constituant leur repas. La table de fortune ainsi secouée, branle dans tous les sens, menaçant de faire tomber la nourriture sur les planches brisées et tordues du sol, ou du moins, de ce qu'il en reste. De sa main libre, Frank stabilise le tout au grand soulagement de Mike, qui n'a pas encore fini de manger.

Frank tourne et retourne le bouchon entre ses doigts sans le quitter des yeux. Il le replace finalement sur la bouteille de vin.

— Mike, dit-il, si nous passions par le sentier de la mère Bouchard demain matin?

— J'avoue que l'idée est bonne, nous pouvons essayer, mais ce sera plus long.

— Peut-être plus long, admet Frank, mais plus sûr.

— Vous me faites rire tous les deux, dit Maureen. Le père Francis, la mère Bouchard, qui est la mère Bouchard?

— C'est une femme du village, la renseigne Frank très sérieusement. Elle prenait toujours ce sentier pour venir dans la montagne cueillir des champignons.

— C'est surtout le champignon du père Francis qui l'attirait, lance Mike à brûle-pourpoint.

Sur ces mots les deux hommes éclatent de rire. Comme ils sont beaux, comme ils sont rassurants. Cette journée qui avait commencé comme un cauchemar se transforme, peu à peu, en une aventure agréable. Cette vieille cabane devient un gîte plus que convenable. Tout est si simple et facile avec eux.

Ils placent des branches de sapin sur le sol et y déposent des couvertures.

— Maureen, ce n'est pas l'idéal, je le sais, dit Frank, mais tu verras, c'est mieux que rien.

— Ne t'en fais pas pour moi, Frank, fatiguée comme je le suis, je dormirais sur un caillou. Je crois même que je vais me coucher tout de suite.

Maureen, étendue sur son lit de sapin, écoute la conversation des deux hommes. Comme il est bon d'entendre la voix de Frank, c'est comme une musique, un doux murmure. Elle sombre bientôt dans un profond sommeil.

Aussitôt Maureen endormie, Frank et Mike cessent leur bavardage pour entreprendre une discussion beaucoup plus sérieuse. Ils ne voulaient pas parler de leurs inquiétudes devant elle. Ils sont coincés dans cette cabane. Ils doivent trouver un moyen pour se rendre au village sans danger. Le sentier de la mère Bouchard est-il sécuritaire? L'homme au loup est-il toujours chez Frank? Est-il en motoneige ou en raquettes? Le loup chasse-t-il pour lui? Peut-être envoie-t-il toujours le loup devant lui pour trouver la proie comme il l'avait fait dans le sentier du lac avec Maureen. Ils cherchent en vain une meilleure idée, mais il n'y en a pas; ils doivent prendre le sentier de la mère Bouchard.

— Il serait préférable de marcher cette nuit parce que si Wolf est en motoneige, demain matin ce sera facile pour lui de suivre nos traces et de nous rattraper avant notre arrivée au village, soumet Frank.

Ils ont souvent parcouru ce sentier en raquettes, mais c'était le jour. Le connaissent-ils assez pour le parcourir de nuit, sans éclairage? La nuit, tous les arbres se ressemblent. Maureen aura-t-elle assez dormi? Aura-t-elle assez récupéré pour entreprendre cette longue marche? Ils n'ont pas d'autre solution. Wolf est placé entre eux et le village, et leur seule chance de s'enfuir sans qu'il puisse les voir, est de passer cette nuit. Ils devront marcher en silence et le plus rapidement possible.

— Mike, ramasse ce qui reste de nourriture. Laisse nos deux couteaux à portée de la main, et essaie de trouver deux gros bâtons, un pour toi et un pour moi, avec ce loup, ça peut servir. Moi, je vais réveiller Maureen.

Frank s'étend auprès de Maureen. Il la regarde dormir, elle est si belle. Il passe doucement la main dans ses cheveux et l'embrasse sur la joue.

— Maureen! Maureen!

Elle se retourne vers lui, mais dort toujours à poings fermés.

Frank insiste.

À demi réveillée, elle remonte instinctivement la couverture sous son nez pour se réchauffer.

— Maureen! Réveille-toi! répète Frank en lui caressant l'épaule.

Elle ouvre enfin les yeux et lui sourit. Il y a tant de choses qu'elle voudrait lui dire.

— Je t'aime Frank.

— Moi aussi je t'aime. Maureen, je sais que tu es fatiguée, mais notre seule chance de passer pour aller au village est de partir tout de suite.

— Je suis prête.

Maureen se lève avec difficulté. Elle frictionne ses membres endoloris, espérant ainsi se dégourdir un peu.

— Nous marcherons vite et en silence, lui dit Frank.

— D'accord.

— Toi, Whisky, tu ne jappes pas! ordonne Frank. J'espère que tu as compris le chien. C'est important.

Frank a peur pour sa petite bête. Si le loup les repère, il va s'en prendre à lui. Pauvre petit compagnon, il est si fidèle, il risquerait sa vie pour les défendre, Frank en est certain. Il frissonne rien qu'à y penser.

Avant de sortir de la cabane, Maureen s'approche de Frank et l'embrasse passionnément.

— Maintenant, je peux mourir, dit-elle.

— Maureen, ne dis pas de bêtises.

Frank la pousse doucement vers l'extérieur. Il est beaucoup plus ému qu'il ne veut le montrer devant son fils. Il comprend ce que Maureen a voulu lui dire à mots cachés. Sa bien-aimée vient de faire la paix avec lui, elle est consciente du danger qui les guette, elle se sent menacée et elle veut qu'il sache qu'elle lui a pardonné.

— Cette neige qui tombe va nous aider, elle va cacher nos empreintes, affirme Frank. Je vais marcher devant. Maureen, tu me suis. Ne me quitte pas des yeux, regarde où je mets les pieds. Essaie de rester dans mes traces, tu t'enfonceras moins dans la neige, et ce sera moins fatiguant pour toi. Mike, place-toi derrière Maureen et sois vigilant.

Frank, qui connaît l'endroit, trouve l'entrée du sentier sans trop de difficultés. Arrivé sur place, il se retourne vers Maureen et lui fait un clin d'oeil complice.

— Tu vois, je peux retrouver mon chemin même la nuit. Ne sois pas inquiète, tout ira bien.

Ils repartent en silence. Maureen a peur. Elle essaie de penser à autre chose comme elle a fait en venant à la cabane. La jeune femme s'efforce de déposer ses pieds exactement à l'endroit où Frank met les siens, un pas, deux pas, trois pas. Le trio se suit. Frank n'avance pas trop vite. Il est vrai qu'avec cette noirceur, il doit être prudent et faire très attention; ils ne doivent pas s'égarer surtout.

Je dois canaliser mes idées sur Frank, ne pas laisser la peur prendre le dessus. Vingt pas, quarante pas. Porter mon attention à la neige qui tombe sur les épaules de Frank. Cinquante pas, soixante pas. Ne pas ralentir à cause de la fatigue ou du froid. Éviter de les ralentir. Ne pas les exposer inutilement au danger, ils sont menacés à cause de moi. Soixante-dix pas, soixante-quinze pas. Ah! non! Une de mes raquettes se détache!

Maureen s'arrête et se retourne vers Mike.

— Mike, peux-tu m'aider, je ...

Mike n'est pas là. Il n'est plus derrière elle. L'étroit chemin qu'ils viennent de parcourir s'étire noir et menaçant. Les branches des arbres qui le bordent, s'agitent et prennent des formes terrifiantes. On dirait des doigts longs et crochus essayant de s'emparer des imprudents qui s'en approchent un peu trop. Des craquements se font entendre. Maureen a l'impression qu'un animal sauvage l'épie. Le vent siffle, et la lune à demi cachée par les nuages, n'éclaire presque plus. Un bruit sec se produit tout près d'elle et la fait tressaillir.

— Mike! Où es-tu? Mike!

Prise de panique, Maureen fait volte-face pour informer Frank de la disparition de Mike. Elle ne le voit pas. Il continue sa route confiant. Il ne sait pas qu'elle a perdu une raquette. Elle se retrouve seule dans ce labyrinthe. Il fait noir et elle a peur.

Dans son énervement, Maureen oublie complètement la raison de son arrêt. Elle s'élance dans la direction où Frank se dirige. Dès le premier mouvement, elle s'enfonce dans la neige, perd l'équilibre et tombe. Elle lutte désespérément contre la gravité pour se dégager, mais n'y parvient pas. Elle ne réussit qu'à s'enliser davantage.

— Frank! Frank! Frank! Frank! Reviens, Frank!

Whisky ne comprend pas ce qui se passe, il regarde la jeune femme avec étonnement. Pourquoi hurle-t-elle ainsi?

Une main se pose sur l'épaule de Maureen.

— Ah!

— Maureen, qu'est-ce que tu as? Pourquoi cries-tu ainsi?

— Mike! C'est toi!

Mike la sort aisément de ce mauvais pas. Elle aurait pu se libérer elle-même, mais elle était probablement trop bouleversée pour agir avec rationalité.

Maureen se blottit dans les bras de Mike. Elle se serre tout contre lui et s'accroche comme un naufragé s'agrippe à sa bouée.

— Maureen! Mike! Qu'est-ce qui se passe? demande Frank, que tous ces cris ont alarmé.

— Maureen a paniqué, c'est de ma faute, s'excuse Mike. Je m'étais arrêté pour faire un petit besoin naturel. Je ne l'avais pas prévenue. Malheureusement, une de ses raquettes s'est détachée, et quand elle s'est retournée pour me le dire, je n'étais plus là. Elle a voulu t'avertir de mon absence, mais toi aussi tu t'étais envolé.

— Maureen, calme-toi, lui dit Frank, tout va bien maintenant. Nous sommes tous sains et saufs. Maureen, reprends-toi, il faut continuer.

Maureen se cramponne à Mike, complètement affolée.

— Frank, elle tremble comme une feuille, dit Mike. Je ne sais pas quoi faire.

— J'espère que cet homme ne nous a pas repérés, répond Frank.

— Je l'espère.

Frank prend Maureen par les épaules et la force à pivoter sur elle-même.

— Maureen, écoute-moi. Il faut continuer, tu m'entends. Nous n'avons pas de temps à perdre. Ce type est dangereux, tu le sais. Il faut se rendre au village avant l'aube. S'il a la motoneige, aussitôt qu'il verra nos traces, il sera sur nous. Place ton pied sur ta raquette, Mike va l'attacher.

— Frank, j'ai eu si peur!

— Je sais Maureen. Je comprends. Mais si nous restons ici, tu risques d'avoir encore plus peur.

— Je le sais.

— Nous devons continuer notre route, et tout de suite! affirme Frank d'un ton ferme. Tu es prête?

Maureen renifle un bon coup, s'essuie les yeux du revers de la main, ajuste un peu son foulard, remet ses mitaines et secoue la neige qui adhère toujours au bas de son pantalon.

— Maintenant, je suis prête, dit-elle.

— Allons-y.

Ils repartent en silence. Le reste du trajet se fait sans problèmes.

— Maureen! Mike! Venez voir, j'aperçois quelques maisons et le clocher de l'église, nous sommes rendus. Nous avons réussi. Allons chez Jean-Marc, nous emprunterons sa voiture pour aller à Québec.

En voyant ses trois amis arriver chez lui à cette heure, Jean-Marc devine qu'il se passe quelque chose de grave. Frank lui explique la situation, et Jean-Marc accepte avec plaisir de leur passer sa voiture.

— Jean-Marc, je dois vraiment partir avec Maureen pour la protéger, dit Frank. N'oublie surtout pas que ce criminel est redoutable, n'y va pas. Préviens les policiers que ce Wolf est un tueur sans scrupules, et que le cadavre de Dupont se trouve dans le sentier derrière le chalet de sa tante.

— Tu peux partir tranquille, Frank, je vais m'occuper de ça. Soyez prudents tous les trois.

Mike fouille dans les poches de son manteau, en retire les clés de son automobile et les donne à Jean-Marc.

— Je sais que ton camion est encore en panne. Dès que Wolf sera arrêté, tu pourras aller chercher ma voiture, elle est au chalet de mon père. Tu t'en serviras en attendant la tienne.

Frank est inquiet, son instinct lui dit que Wolf est tout près d'eux.

— Allons-y, ne perdons pas de temps. Jean-Marc, tu peux dire aux policiers que lorsque Maureen sera en sécurité, je reviendrai leur faire un rapport détaillé. Je répondrai alors à toutes leurs questions. Fais attention à toi.

Lorsqu'ils quittent la maison de Jean-Marc pour se rendre à sa voiture, Wolf qui est embusqué un peu plus loin, tire un coup de fusil dans leur direction.

— Il nous a vus! Il nous tire dessus! Vite, dans la voiture! s'écrie Frank. Mike, prends les clés, tu vas conduire.

Un deuxième coup de fusil est tiré.

Mike s'assoit derrière le volant tandis que Frank et Maureen se précipitent sur la banquette arrière. Mike conduit le plus vite possible, mais les conditions routières ne sont pas à leur meilleur. Il voit une voiture qui les suit, mais il ne sait pas s'il s'agit de Wolf ou non.

Maureen pâlit à vue d'oeil. La fatigue, le manque de sommeil, la faim et la peur ont épuisé ses dernières ressources. Elle appuie sa tête sur l'épaule de Frank.

— Je t'aime, Frank, murmure Maureen. Je suis contente que tu sois resté avec moi.

Pas de réponse.

— Frank, à quoi penses-tu?

Frank ne répond pas.

Maureen prend la main de Frank dans la sienne, mais la relâche aussitôt avec dégoût, car un liquide chaud et visqueux la recouvre entièrement. D'un geste nerveux, elle se redresse et s'éloigne un peu de lui pour mieux l'observer.

— Mike! Mike! Ton père est blessé, il est plein de sang. J'ai peur, il ne bouge plus. Mike! Viens m'aider, Mike!

— Je ne peux pas arrêter, Maureen, il y a une voiture qui nous suit depuis notre départ, je crois que c'est Wolf, il est tout près de nous. Si j'arrête, il nous tuera tous les trois.

— Frank! Mon beau Frank! Réponds-moi! Dis quelque chose! supplie Maureen. Frank! Ne me quitte pas! Frank, reste avec moi!

Mike qui ne perd jamais son sang-froid, sait que pour aider son père, il doit d'abord raisonner Maureen.

— Maureen! Écoute-moi, arrête de pleurer, et fais ce que je te dis.

Maureen n'entend rien. Pour elle, à part son Frank qui se meurt dans ses bras, plus rien n'existe. Son univers se rétrécit à mesure que grandit son chagrin.

— Frank! Frank! continue de crier Maureen.

— Maureen! s'impatiente Mike. Réponds-moi! Est-ce qu'il respire?

— Frank! Ne t'en va pas! hurle Maureen au bord de la crise de nerfs.

— Maureen!

Cette fois Mike a parlé très fort et avec tant d'autorité dans la voix que Maureen l'a enfin entendu.

— Quoi?

— Maureen, au lieu de pleurer, rends-toi utile et aide-le.

— Je ne sais pas quoi faire, Mike. Ton père est plein de sang, il ne bouge plus.

— Où est-il blessé?

— Je l'ignore, balbutie Maureen, il y a du sang partout.

— Est-ce qu'il respire?

— Je n'en suis pas certaine, s'il respire, il ne respire pas bien fort.

— Est-ce que son coeur bat?

À la suite de cette question, Maureen déboutonne le manteau de Frank et appuie sa tête sur sa poitrine. Elle est si nerveuse, qu'elle ne sait plus du tout si les battements cardiaques qu'elle perçoit sont ceux de Frank ou les siens.D'une main tremblante, elle essaie ensuite de prendre le pouls de son amoureux, mais là non plus, ce n'est pas un succès.

— Mike, les pulsations de son coeur sont probablement très faibles, gémit-elle. Viens m'aider, on ne peut pas le laisser mourir ainsi.

Maureen s'accroche à Frank en pleurant. Elle ne lui est d'aucun secours, elle est complètement traumatisée.

Soudain, un faible soupir et un son timide se font entendre.

— Maureen! Maureen! Ça va? demande Frank, qui reprend conscience.

— Frank! J'ai eu si peur, je pensais que tu étais mort, répond Maureen en pleurant de joie.

— Et toi, Mike? interroge Frank d'une voix faible.

— Ne t'en fais pas pour nous, Frank. Maureen et moi, nous tenons le coup. Toi, par contre, tu peux dire que tu nous as fait peur. Où es-tu blessé?

— À l'épaule, ce n'est rien, une égratignure.

— Une égratignure, avec tout ce sang? s'objecte Mike.

— Ce n'est pas mon sang, Mike, c'est celui de Whisky.

— Je ne comprends pas.

— Quand j'ai vu le loup si proche, j'ai gardé Whisky dans mes bras parce que j'avais peur qu'ils se battent ensemble. Je n'aurais pas dû le prendre, il a reçu la balle à ma place. Je l'ai tué.

— Mike! s'écrie Maureen, ton père a encore perdu conscience. Aide-moi, il perd tout son sang, il va mourir.

— Frank vient de dire que c'était le sang du chien.

— Tu le connais, il ne voulait pas nous inquiéter. C'est son sang à lui, il y en a partout, viens m'aider!

Mike regarde dans son rétroviseur. La voiture qui les suivait depuis leur départ n'est plus là. Mike ne l'a quittée des yeux qu'un instant pour regarder son père. Était-ce vraiment Wolf qui les suivait? De toute façon, il faut faire quelque chose. Il ne peut pas laisser Frank dans cet état, il va mourir avant d'arriver à Québec.

— Maureen, je vais arrêter la voiture. Nous allons changer de place toi et moi. Tu vas conduire, et moi je vais essayer d'aider mon père. Nous devons continuer de rouler. Pour le moment, je ne vois plus la voiture qui nous suivait, mais elle n'est peut-être pas loin derrière nous.

Mike essaie en vain d'arrêter l'hémorragie, il n'y a rien à faire. Frank est de plus en plus pâle et sa respiration de plus en plus faible.

— Maureen, j'ai un ami qui reste près d'ici. Nous allons arrêter chez lui. Il va pouvoir nous aider. Nous sommes près d'une agglomération rurale, lorsque nous serons arrivés là, préviens-moi.

Le paysage qui défile devant Maureen, n'a aucun attrait pour elle. Des arbres, des arbres, toujours des arbres! La route, tel un long reptile bitumineux, serpente entre deux interminables bancs de neige et se faufile ensuite derrière la voiture à la vitesse permise par le code de la route.

— Frank! Accroche-toi mon vieux, ne te laisse pas aller, Maureen a besoin de toi et moi aussi.

— Mike, je vois le patelin, dit Maureen d'une voix brisée par l'émotion, nous sommes presque rendus, où dois-je aller? Ah! non! Mike! La voiture qui nous suivait, elle est là derrière nous.

— Tourne à droite.

La voiture les suit toujours. Mike est indécis. Doit-il risquer la vie de Maureen pour sauver celle de son père? Si Frank pouvait parler, il lui dirait de sauver Maureen.

— Maintenant, tourne à gauche.

La voiture suit toujours. Il met aussi la vie de son copain en danger en allant chez lui.

— Maureen, tu vois la petite maison blanche là-bas à ta droite? C'est là.

Maureen stationne devant la maison. La voiture qui les suivait continue. Elle passe devant eux. Il y a une grosse dame au volant.

Mike, épuisé et les nerfs à bout, pouffe de rire.

— Une femme. Une femme! C'était cette grosse bonne femme qui nous a fait si peur.

Il ne peut s'arrêter de rire, mais des larmes coulent sur ses joues. Il appuie sa tête sur l'épaule de son père. Il est maintenant secoué par des sanglots. Maureen ne comprend pas. Cette réaction ne lui ressemble pas, il est toujours si calme, si sûr de lui. Elle ouvre la portière et touche l'épaule de Mike.

— Mike, il faut conduire Frank à l'intérieur, reprends-toi.

Il se retourne vers Maureen les yeux pleins de larmes.

— Maureen, je crois qu'il est trop tard.

— Qu'est-ce que tu veux dire? Je ne comprends pas.

— Je crois que nous arrivons trop tard. Reste avec lui, je vais chercher Philippe.

Maureen prend la main de Frank dans la sienne. Il est si pâle. Elle l'aime profondément et ne veut pas le perdre. Elle ne pourrait pas vivre sans lui. Pourquoi a-t-il fallu que ce soit lui le blessé? Elle aurait préféré être la victime. Il est si bon et si généreux.

— Frank, mon amour, accroche-toi, ne me quitte pas, fais encore un petit effort. Mike sera bientôt de retour avec son ami, ils vont te soigner. Je t'aime, Frank.

5

L'arrestation

Mike et Philippe transportent Frank à l'intérieur. Sa vie ne tient qu'à un fil. Il a perdu beaucoup de sang. Philippe fait tout ce qu'il peut, mais ici c'est sa maison privée, ce n'est pas un hôpital; il n'a pas l'équipement nécessaire.

Maureen ne peut retenir ses larmes. Elle revit en pensée leurs ébats amoureux, leurs promenades en forêt et leurs petits soupers intimes près du foyer. Mentalement, elle caresse la poitrine de Frank, ses bras musclés, elle touche sa barbe du bout des doigts.

Mike, assis tout près d'elle, est plongé dans ses souvenirs. Frank, son père, est aussi son meilleur ami. Il lui a tout appris. Ils forment une équipe indissoluble. Les yeux fermés, Mike revoit son père lorsqu'ils faisaient des randonnées en raquettes, il se rappelle son sourire et ses yeux moqueurs. Il repense à son rire triomphant lorsqu'il était vainqueur dans leurs combats de karaté. Il était si fort et presque toujours le gagnant lorsqu'ils étaient en compétition pour une course ou un sport. Il va s'en sortir, il va s'en sortir! répète-t-il mentalement. Il est robuste et amoureux, il vivra. Il vivra pour Maureen, il vivra pour cette femme, il le faut.

Mike sursaute lorsque Philippe le touche à l'épaule.

— Il survivra, le rassure Philippe. Je connais ton père, il est très fort physiquement et mentalement. La blessure n'était pas profonde. Il serait préférable que tu l'amènes à l'hôpital, car il a perdu beaucoup de sang.

Mike ne peut contenir sa joie. Il bondit hors de sa chaise en gesticulant. Dans son excitation, il accroche un pot de fleurs qui va s'écraser sur le sol.

Tant pis pour les roses! pense Mike qui passe par-dessus les débris pour se jeter dans les bras de son ami.

— Merci Philippe! Merci beaucoup, jamais je n'oublierai ce que tu as fait pour mon père aujourd'hui. Il te doit la vie, sans toi il serait mort.

— Philippe, est-ce que je peux aller le voir? demande Maureen d'une voix suppliante. Je ne le dérangerai pas, c'est promis, je veux juste le voir un instant.

— Bien sûr Maureen, tu peux y aller. Mais laisse-le dormir, il a besoin de repos.

Frank est là, bien vivant, allongé dans le lit de Philippe. Maureen approche doucement. Elle marche sur la pointe des pieds pour ne pas le réveiller. Elle tend la main vers lui, touche sa joue, caresse ses cheveux et lui dépose un baiser sur le front.

— Je t'aime mon amour, guéris vite.

Mike s'avance timidement vers eux. Il regarde son père avec tendresse. Il est si heureux de le voir vivant. Ils font un si beau couple, ils seront heureux ensemble. Il se rapproche de Maureen et chuchote pour ne pas réveiller son père.

— Maureen, peux-tu venir à la cuisine? Je voudrais te parler.

Philippe les attendait un café à la main. Il sourit en regardant la jeune femme. Il semble très calme, très sûr de lui. Ses grands yeux bruns presque noirs se posent sur elle avec douceur, elle se sent vraiment auprès d'un ami. Il est grand, très musclé et il a de beaux cheveux bouclés. Kathy serait folle de lui.

— Philippe, est-ce qu'il va vraiment s'en sortir? s'inquiète Maureen. Il a l'air si faible.

— Il s'en remettra, Maureen, c'est promis. Tu veux un bon café?

— Non, non merci. Philippe, je suis si heureuse que tu sois docteur, sans toi, Frank serait mort.

— Je ne suis pas docteur, Maureen. Il est vrai que j'avais commencé des études en médecine, mais j'ai tout abandonné.

— Pourquoi?

— Autrefois cette ferme appartenait à mon grand-père. Mon père souhaitait s'instruire, mais pour mon aïeul les études ce n'était pas important. Puisque papa était fils unique, il a dû laisser l'école et travailler sur la ferme. Moi, contrairement à lui, j'aime le travail dans les champs, j'aime les animaux. Me lever au chant du coq, traire les vaches, sarcler mon jardin, tout ça fait partie de moi. Je suis heureux ici. Mon paternel ne l'a jamais compris, et comme grand-papa l'avait fait pour lui, il a décidé pour moi. Il voulait que je sois médecin. J'aimais mon vieux et je désirais qu'il soit fier de moi, alors je me suis retrouvé étudiant à l'Université Laval, à Québec. J'ai rencontré Mike dans un cours et nous sommes très vite devenus de grands amis.

— En ce cas, pourquoi as-tu laissé tomber tes études? demande Maureen.

Philippe se rapproche de la fenêtre et contemple le décor enchanteur qu'il aperçoit à travers les persiennes. Il reste là, immobile et absorbé dans ses pensées. Non, vraiment, il ne regrette rien. Quelques instants plus tard, il revient auprès de Maureen et lui donne les explications tant attendues.

— Je commençais ma dernière année d'études quand papa est décédé dans un accident de voiture. Ma mère ne pouvait pas rester seule ici. Elle envisageait de vendre la ferme. Moi, cette terre, c'était toute ma vie. Maman savait que je n'aimais pas la ville et que j'étais allé à l'Université seulement pour faire plaisir à mon père. Elle savait que mon bonheur était ici, et que même si je finissais mes études, c'est ici que je reviendrais. Alors elle a accepté mon retour à la maison.

Mike dépose sa tasse de café sur la table. Il semble inquiet.

— Maureen, nous devons partir maintenant. Il faut absolument que j'amène mon père à l'hôpital. Puis il y a le travail qui m'attend, et surtout, je tiens à trouver un endroit où tu seras en sécurité.

Philippe reprend aussitôt la parole.

— Maureen, tu peux rester ici si le coeur t'en dit, tu es la bienvenue. Tu serais en sécurité, et moi je serais heureux d'avoir de la compagnie.

— Je te remercie, Philippe, tu es vraiment gentil, mais je ne veux pas quitter Frank, je préfère rester près de lui.

Frank, confortablement installé sur la banquette arrière de la voiture, dort paisiblement. Maureen, assise à l'avant près de Mike, se retourne souvent pour s'assurer que l'état de son amoureux se maintient.

— Mike, tu ne peux pas savoir à quel point ton père est fier de toi. Il t'aime vraiment beaucoup tu sais. Il parle de toi sans arrêt. J'avais l'impression de te connaître, avant même de te rencontrer. Je suis d'accord avec lui, tu es un homme, un vrai.

— Moi aussi j'ai beaucoup entendu parler de toi, Maureen. Mon père est fou de toi, il t'aime passionnément.

— C'est réciproque. Mike, si nous amenons Frank à l'hôpital, crois-tu que Wolf peut le retrouver là et lui faire du mal?

Mike s'était posé cette question, plus d'une fois, même. La mine déconcertée de Maureen, l'attendrit. Il jette un coup d'oeil sur son père, en espérant se rassurer lui-même.

L'état dans lequel se trouve Frank, justifie amplement le risque calculé qu'ils prennent en le conduisant dans un hôpital. Quelle autre solution peuvent-ils envisager?

Maureen toussote. Elle veut connaître l'opinion de Mike. Comme celui-ci tarde à répondre, elle le rappelle à l'ordre à sa façon.

— Ne t'en fais pas, Maureen, d'après les renseignements fournis dans son dossier, Wolf agit avec ruse et prudence. Il ne tentera rien dans un endroit public.

Frank ne reste à l'hôpital que quelques jours. Maureen et lui s'installent ensuite dans un appartement que Mike leur a trouvé. Frank reprend rapidement ses forces. Avec lui, Maureen se sent en sécurité. Elle le suit partout, ce qui le fait rire. Il dit qu'il aime beaucoup sa petite protégée. Les deux amoureux ne se quittent pas une minute. Ils sont si bien ensemble. Un soir, alors qu'ils regardent la télévision affalés dans un fauteuil, Mike arrive un sourire triomphant au visage.

— Frank, je t'amène de la visite, de la belle visite, tu vas être heureux.

— Qui est-ce?

— Viens voir, je veux que tu lui ouvres la porte toi-même.

Frank abandonne son confortable fauteuil et ouvre la porte. Une boule de poils ébouriffés lui saute dans les bras.

— Whisky! Tu es vivant! Whisky! Mon bon vieux Whisky, comme je suis content de te revoir.

— Est-ce que je peux entrer?

— Jean-Marc, c'est toi qui l'a ramené? Je te remercie, tu ne peux pas savoir le plaisir que tu me fais là. Je le pensais mort.

— Mais non, la balle n'a fait que l'effleurer. Comme tu peux voir, il déborde d'énergie. Et toi, comment vas-tu? Mike m'a dit que tu avais été blessé.

— Ça va beaucoup mieux. Je me sens en pleine forme, mais je t'avoue que je suis très inquiet depuis que je sais que ce Wolf a encore une fois échappé aux policiers.

— Ne t'en fais pas, Frank. Ils ont son signalement, ils vont le retrouver, le rassure Jean-Marc.

— Je l'espère.

— Vous allez m'excuser, dit Jean-Marc en regardant sa montre, il faut que je retourne au lac ce soir, je dois repartir immédiatement.

— Tu peux coucher ici si tu veux, tu es le bienvenu, l'invite amicalement Maureen.

— Non merci Maureen, tu es gentille, mais j'ai promis à mon épouse de revenir avant la nuit. Elle est restée craintive.

— Jean-Marc, je ne sais pas comment te remercier, avoue Frank.

— Frank, ton bonheur est le plus beau des mercis. J'ai hâte que vous reveniez au lac tous les deux, à bientôt j'espère.

Aussitôt après le départ de Jean-Marc, Frank laisse libre cours à son bonheur. Il s'assoit par terre à côté de Whisky et caresse affectueusement la grosse tête poilue de son fidèle ami.

— Tu sais le chien, tu me manquais beaucoup, je suis vraiment heureux de te revoir.

Pour toute réponse, le chien lui lèche le visage et le cou avec affection. Le plus gros de cet élan de tendresse passé, Whisky s'en va inspecter les lieux. Il revient un peu plus tard avec une des pantoufles de Frank dans la gueule, provoquant ainsi l'hilarité générale. En tout autre temps, Frank l'aurait grondé pour une telle insubordination, mais aujourd'hui, il lui pardonnerait n'importe quelle sottise. Il rit de bon coeur en l'entourant de ses bras.

Frank et Whisky étaient passés si près de la mort. Mike et Maureen se sentent vraiment très émus de les voir jouer ainsi tous les deux. Frank récupère enfin sa pantoufle. De longs filets de bave la recouvrent d'un bout à l'autre. La semelle, à demi arrachée, pend lamentablement dans sa main. Horrifié, Frank constate avec amertume qu'il vient de perdre ses pantoufles préférées. Pourtant, Whisky n'a pas joué avec très longtemps. Les dégâts sont trop importants pour envisager une réparation.

Whisky, les yeux brillants d'envie, fixe la semelle qui se balance au-dessus de sa tête. Son regard implorant croise enfin celui courroucé de Frank.

Maureen et Mike les observent en silence. Ils répriment difficilement une forte envie de rire devant le visage sévère de Frank. Ils se demandent lequel des deux opposants, sortira vainqueur de cette guerre de sentiments.

Frank cède enfin devant la convoitise manifestée par le chien. Il lui redonne l'objet tant désiré. À quoi bon lutter puisque, de toute façon, cette irréparable chaussure d'intérieur ne servira plus à rien.

Whisky, au comble du bonheur, apprécie la générosité de son maître et s'installe confortablement près de lui, tout en continuant de déchiqueter cet inestimable cadeau.

Frank reprenant soudain un air soucieux, se tourne vers son fils et lui demande s'il a appris quelque chose de nouveau au sujet de Wolf.

— Non, il est encore une fois passé entre les mailles du filet, déclare Mike.

— Mike, plus je repense à tout ce que nous a raconté Maureen, plus je suis certain que la solution de l'énigme se trouve dans l'ascenseur chez Kathy. Wolf a fouillé les appartements de toutes ses victimes. Il cherche quelque chose. La seule façon de protéger Maureen, c'est de trouver ce qu'il cherche, avant lui. Il a tout inspecté, sauf cet ascenseur. Je crois que nous devrions y jeter un coup d'oeil.

— Allons vérifier, tu as peut-être raison.

L'expression de Maureen fait sourire les deux hommes. Elle est décidée, elle y va avec eux. Pas question de rester dans cet appartement toute seule.

Un frisson d'angoisse secoue Maureen de la tête aux pieds en voyant cet ascenseur. Ils entrent tous les trois à l'intérieur. Whisky les accompagne.

— Maureen, déclare soudain Frank d'un ton convaincu, d'après ce que tu m'as toujours dit, le petit-gros semblait nerveux. Il avait probablement en sa possession quelque chose qu'il ne voulait pas que Wolf retrouve. Puisqu'il avait ce tueur aux trousses, et que son appartement n'était plus un endroit sûr, je suis de plus en plus certain que ce quelque chose est caché dans cet ascenseur. Je ne sortirai pas d'ici avant de l'avoir trouvé.

Ils relèvent les coins du vieux prélart usé et sale qui recouvre le fond de l'ascenseur. Une forte odeur d'urine et de moisi se répand alors autour d'eux. Ils vérifient soigneusement tous les coins et recoins où il serait possible de cacher un petit objet.

Frank passe sa main sur les murs délabrés.

— Frank, hasarde Mike, tu vois qu'il n'y a rien ici, laisse tomber.

— Non Mike! C'est ici, je le sens!

Frank continue obstinément ses recherches.

Le temps passe. Des gens entrent et sortent de l'ascenseur, ce qui ralentit le travail de Frank, sans néanmoins ralentir son ardeur et son désir de trouver l'objet tant convoité par Wolf. Des adolescents arrivent en trombe, en criant à tue-tête et en riant à gorge déployée.

Frank se recule jusqu'au mur du fond pour faire un peu de place à ces garçons un peu trop tapageurs. Ressentant soudainement sa fatigue, il se sent pris de vertiges. De sa main gauche, il se retient sur la bordure de métal qui longe les murs de l'ascenseur.

Le groupe de jeunes un peu étourdissants, mais tout de même sympathiques, quittent les lieux aussi bruyamment qu'ils y étaient entrés.

— Mike! Maureen! Je crois que j'ai trouvé! s'enthousiasme Frank. Il y a quelque chose de collé derrière la barre métallique. Attendez un peu, ça y est, je l'ai! Regardez, c'est un film.

Frank jubile. Il brandit fièrement sa trouvaille.

La joie de Frank se communique rapidement aux deux autres. Les accolades, les embrassades, les poignées de mains, les félicitations, les *Je savais bien*! et les *Tu avais raison*! se succèdent et s'entrecroisent. Ils sont heureux.

Mike est le premier à reprendre son calme.

— Frank, dit-il, avant de se faire trop d'illusions, il serait peut-être préférable de savoir ce qu'il y a sur ces photographies.

Le charme est rompu.

Devant la déception évidente de son père, Mike se sent coupable. Il a agi comme un vrai rabat-joie. Il essaie de se reprendre.

— Donne-moi cette pellicule, Frank. Demain je vais faire développer ce film, et je crois que je vais te rapporter de très belles photos.

— D'accord, mais sois très prudent, Mike. Tu sais à qui tu as affaire, Wolf est très dangereux.

— Tant qu'à être dans l'ascenseur, est-ce que nous allons chez Kathy? suggère Mike. Un petit verre nous réconforterait. Qu'en penses-tu, Frank?

— Je laisse Maureen décider.

— Mike, je crois qu'il serait préférable de retourner à l'appartement. Ton père est encore faible et il a besoin de repos.

De retour à l'appartement, seul avec Maureen, Frank manifeste enfin sa joie. Le fait d'avoir trouvé ce que Wolf cherchait chez Maureen et le retour de son chien, le rendent euphorique.

— Tu sais, Maureen, nous pourrons bientôt vivre en paix. Je ne sais pas ce qu'il y a sur ce film, mais je suis presque certain qu'avec ces photos, nous réussirons à faire mettre ce fou à l'ombre pour un bon bout de temps.

Une musique langoureuse, un éclairage tamisé, un petit verre de vin, et l'amour qu'ils ont l'un pour l'autre, les conduisent directement à la chambre à coucher où une longue nuit d'amour les unit encore davantage.

Mike vient les retrouver très tôt le lendemain matin, il semble très excité.

— Je suis venu vous montrer les photos. Je ne savais pas que le petit-gros était si bon photographe. Prépare-toi, Frank, tu en auras pour ton argent, tu vas te rincer l'oeil.

Les photos que Mike donne à son père sont des photos de femmes nues se faisant bronzer sur une plage.

— Le petit-gros devait se cacher dans le bois, pas trop loin de la rivière, et attendre la venue de ces belles dames, conclut Mike. Avec un zoom sur son appareil, c'était facile pour lui de prendre des photos sans se faire surprendre.

— C'est tout? C'est tout ce qu'il y avait sur cette pellicule photographique? Je ne comprends pas, s'étonne Frank.

Une douche à l'eau froide ne l'aurait pas saisi davantage. Le désappointement modifie les traits de son visage. Complètement déconcerté, il s'adosse à sa chaise en soupirant.

D'une chiquenaude, il envoie promener à l'autre bout de la pièce un morceau de papier chiffonné qui traînait près de lui.

Mike sort deux autres photos de la poche de son veston et les dépose triomphalement sur la table.

— J'ai gardé les deux plus belles pour la fin, dit-il.

— Nous le tenons, ce salaud! s'écrie Frank. Regardez ça!

Sur la première photo, Wolf un revolver à la main descend froidement un homme. Sur la deuxième photo, il le jette dans la rivière.

— Je crois comprendre ce qui s'est passé après que le petit-gros ait pris ces photos, réfléchit Frank à voix haute. Il a probablement suivi Wolf jusque chez lui. Ensuite il a dû essayer de le faire chanter, et exiger de l'argent contre le film. Malheureusement pour lui, il ne savait pas à qui il s'attaquait. Allons vite montrer ces photos à l'inspecteur qui s'occupe de cette affaire. Maureen, ton cauchemar sera bientôt fini.

* * *

Frank, Mike, Jean-Pierre, Kathy et Maureen sont tous rassemblés pour fêter. Le champagne et le caviar sont au menu, ce soir rien n'est trop beau. Ils sont heureux et enfin ils se sentent libres. Wolf a été arrêté au milieu de la nuit. Il a été repéré par des policiers alors qu'il tentait de s'introduire chez Mike. Le loup, qui voulait défendre son maître, a été abattu par les policiers.

— Maureen, mon petit coeur, maintenant que tout est fini, tu vas pouvoir revenir travailler chez moi. Tu m'as beaucoup manqué, tu sais, affirme Jean-Pierre dont l'élocution laborieuse trahit une ingestion abusive d'alcool.

Maureen et Frank se regardent. Par un sourire complice et amoureux, ils échangent des paroles sans qu'aucun mot ne soit prononcé, ils se comprennent sans se parler.

— Maureen ne retournera pas chez toi, Jean-Pierre. Elle revient au lac avec moi.

Pour confirmer les dires de Frank, Maureen se blottit contre lui et l'embrasse avec tendresse.

6

Le retour au lac

Le retour au lac s'effectue sans trop de problèmes malgré le saccage fait par Wolf. Le chalet de Frank est dans un état aussi lamentable que celui de Kathy. Seuls les murs ont été épargnés, et encore. À quelques endroits, Frank remarque des entailles faites avec un couteau de chasse ou un quelconque objet pointu, affilé et tranchant.

Frank et Maureen se mettent au travail dès leur arrivée. Voulant oublier le cauchemar qu'ils viennent de vivre, ils sont décidés à recréer chez Frank l'ambiance de paix, de sécurité et d'amour, qui y régnait avant la venue de Wolf. Les torchons, détergents de toutes sortes, chaudières d'eau, sacs à déchets, balai, aspirateur, et tout le bataclan qui sert aux travaux ménagers passent des mains de Maureen à celles de Frank, et vice-versa.

En ramassant des papiers importants que Wolf avait jetés sur le sol à travers le reste, Frank trouve l'harmonica que Mike avait acheté avec ses économies alors qu'il était encore à l'école primaire. Frank s'assoit sur le plancher et s'amuse comme un enfant. Il aspire et souffle dans l'instrument de musique, tout en le glissant entre ses lèvres pour essayer d'en faire sortir une mélodie. Tout ce qu'il arrive à produire, ce sont des sons discordants et horripilants. Déçu par son piètre résultat, il place l'harmonica sur le bord de la cheminée. Mike sera heureux de le retrouver. Que de souvenirs! Comme les années passent vite! Avant de devenir trop nostalgique, Frank retourne démêler sa paperasse.

Les bûches crépitent dans le foyer. Une bonne odeur de bois s'en dégage et une douce chaleur enveloppe maintenant les deux amoureux. C'est le calme après la tempête. Ils sont enfin de retour dans leur petit nid d'amour.

— Maureen, viens près de moi, on est si bien près du foyer. Viens te reposer un peu, le plus gros du travail est fait maintenant.

— Je vois dans tes yeux que ce n'est pas vraiment au repos que tu penses présentement, Frank.

— J'avoue qu'il y a plusieurs façons de se détendre, et celle à laquelle je pense est plutôt agréable, répond Frank en riant.

Maureen s'avance lentement vers son amoureux. Il est là, souriant, rassurant, elle le trouve tellement beau. Comment pourrait-elle lui résister? Elle a eu si peur de le perdre. Chaque instant passé en sa compagnie est très précieux pour elle. Elle touche ses cheveux du bout des doigts, sa main descend doucement vers son visage, caressant sa barbe au passage. D'une petite main tremblante, elle frôle ses larges épaules.

Frank attire doucement Maureen vers lui. Leurs bouches avides de baisers se retrouvent enfin. Étendus près du foyer, unis par l'amour et la passion, ils sont heureux. Il n'y a plus rien ni personne qui menace leur amour. Ils ont la vie devant eux. Une vie qu'ils espèrent toujours aussi belle que présentement.

Les jours et les semaines s'écoulent paisiblement. L'incroyable aventure que Wolf leur a fait vivre est maintenant chose du passé, et ils profitent pleinement de chaque journée passée ensemble. Les promenades dans le bois sont très appréciées par Maureen. Elle et Frank retournent souvent à la cabane du père Francis, abri idéal selon Maureen pour se réchauffer un peu, et se mettre à l'abri des regards indiscrets. Frank la taquine souvent en lui disant qu'elle est aussi affectueuse que la mère Bouchard.

* * *

Étendue près de son amant, Maureen le regarde dormir. Elle se réveille souvent avant lui, et sans bouger pour ne pas le déranger, elle reste là, tout près, veillant sur son sommeil.

Whisky, couché sur un tapis près de la fenêtre de la chambre, relève soudainement la tête et se levant d'un bond, se dirige vers la cuisine. Il gratte contre la porte qui mène à l'extérieur.

Maureen entend un bruit de clé dans la porte, suivi de quelques chuchotements.

— Frank! Frank! Vite! Réveille-toi! Il y a quelqu'un dans la cuisine! insiste Maureen.

— Quoi?

— Il y a quelqu'un dans la cuisine! répète Maureen complètement paniquée. Écoute!

— Mais non voyons, ce doit être le chien qui gratte pour sortir.

Frank se retourne sur le côté et se rendort aussitôt.

Incrédule, Maureen s'aperçoit que Frank recommence à ronfler. Comment peut-il sombrer dans un sommeil aussi profond, alors que quelqu'un vient de s'introduire chez eux? À genoux dans le lit, elle lui prend l'épaule à deux mains et le secoue violemment.

— Frank! Je te dis que quelqu'un a ouvert la porte avec une clé!

— Alors ce doit être Mike.

Frank se réinstalle à son aise, se cale la tête dans l'oreiller, ferme les yeux et soupire de soulagement. Maintenant que Maureen est rassurée, il va enfin pouvoir dormir en paix.

D'un geste rageur, Maureen lui arrache ses couvertures.

— Frank! As-tu entendu ce que je t'ai dit?

— D'accord! capitule Frank. Je vais aller voir!

— Frank! Non, n'y va pas! J'ai peur! dit Maureen en se cramponnant à lui.

— Voyons, Maureen, calme-toi. Si c'était un inconnu, Whisky japperait. Je suis certain que c'est Mike. Écoute ce bruit de casserole. L'eau coule du robinet. C'est Mike, il se fait toujours un café en arrivant.

— Mike n'arriverait pas si tôt.

— As-tu déjà vu un voleur qui prend le temps de se faire un café? bougonne Frank. Calme-toi.

Frank se lève lentement, s'enveloppe confortablement dans sa robe de chambre, passe machinalement sa main dans ses cheveux pour les recoiffer, et cherche ses pantoufles sans les retrouver.

— Ce chien, il faut toujours qu'il cache mes pantoufles! Ah! le plancher est froid! Merde!

Frank entre dans la cuisine en maugréant contre son chien. Il ne prête aucune attention à son fils qui se tient à quelques pas de lui.

— Je vois que ton humeur du matin n'a pas changé, Frank, observe Mike d'un ton railleur.

Frank n'a aucunement l'intention de se justifier. Il est chez lui, ici. Il a les pieds gelés, et cela seul a de l'importance pour le moment.

— Tu n'aurais pas vu mes pantoufles par hasard? demande-t-il d'un ton sec.

— Oui, elles sont là, sous la tête de Whisky.

Le chien est couché sur le tapis près de la porte d'entrée, la tête appuyée sur les pantoufles. Seuls ses yeux sont mobiles. Il suit chacun des mouvements de Frank avec intérêt.

Frank fonce sur Whisky d'un pas décidé et reprend ses vieilles savates d'un geste brusque.

Whisky, nullement impressionné par cette démonstration d'impatience, bâille à s'en décrocher les mâchoires et se recouche avec nonchalance.

— Ah! non! Elles sont pleines de bave maintenant, c'est dégoûtant! rage Frank. Mike, est-ce que le café est prêt au moins?

Maureen, douillettement enveloppée dans son peignoir, les deux pieds au chaud dans ses babouches que par un coup de chance Whisky n'avait pas trouvées, vient rejoindre les deux hommes à la cuisine.

— Bonjour Mike, dit-elle.

— Bonjour Maureen.

— Je suis contente de te voir, est-ce que tout va bien?

— Oui, ça va, mais je te préviens. Frank démontre, une fois de plus, à quel point son caractère laisse à désirer. De toute façon, il est souvent bourru le matin, tu dois le connaître maintenant.

— Je me sens vraiment coupable, c'est de ma faute s'il est si grincheux, avoue Maureen. Je l'ai stressé en le réveillant. J'avais entendu du bruit à la cuisine et j'ai paniqué.

— Excuse-moi, Maureen, je ne voulais surtout pas te faire peur. J'ai tellement l'habitude d'entrer ici sans frapper. Ne t'inquiète pas. À l'avenir, je frapperai et j'attendrai que tu viennes ouvrir.

— Non, non, ne fais pas ça, Mike. Tu es chez toi ici, continue d'entrer comme avant, sinon j'aurai de la peine. Maintenant que je le sais, je ne serai plus inquiète.

— D'accord Maureen. Veux-tu un bon café?

— S'il te plaît.

Maureen prend la tasse que lui tend Mike. Elle n'a jamais vu cette tasse chez Frank auparavant. Elle l'examine avec attention. Mais d'où vient-elle? Une vague impression de déjà vu, l'intrigue.

Mike l'observe sans dire un mot. L'expression étonnée de Maureen l'amuse.

— Je vois que tu te poses plusieurs questions, dit-il enfin. Je vais t'expliquer. Philippe est venu chez moi, il y a à peu près trois semaines. Il m'a apporté une quantité incroyable de vaisselle et de vieux trucs dont il voulait se débarrasser. Comme mes armoires étaient déjà remplies à pleine capacité, j'ai décidé de les partager avec vous.

— Ah! oui! Là je me rappelle! s'exclame Maureen en se remémorant leur arrêt chez Philippe alors qu'ils fuyaient Wolf. Mike et Philippe buvaient du café... Je suis surprise de me souvenir de cette tasse, dit-elle après un moment de réflexion, j'étais si bouleversée ce jour-là.

— Et moi donc! avoue Mike en riant. Je croyais ne jamais survivre à tant d'émotions.

Mike regarde son père qui nettoie ses pantoufles avec dégoût tout en grondant Whisky. Il ne peut résister davantage à l'envie qu'il a de se moquer de lui.

— Frank, tu devrais venir prendre un bon café avec nous pour te réveiller et retrouver ta bonne humeur.

— Je suis de bonne humeur, Mike, mais à tous les matins c'est la même histoire. J'ai beau cacher mes pantoufles, Whisky les retrouve toujours et joue avec. Tu vois le résultat!

Frank se déride un peu, et vient retrouver Maureen et Mike. Il boit son café en silence. Il a besoin de quelques instants pour retrouver son calme. Pour le moment, il se contente d'écouter les deux autres. De toute façon, connaissant son fils, il a grandement le temps de récupérer avant d'avoir à parler. Mike a toujours un tas de choses intéressantes à raconter.

Le chien vient près de Frank pour faire la paix. Plein de bonnes intentions et pour lui prouver son affection, Whisky pousse le bras de Frank avec sa tête, ce qui a pour effet de renverser le café sur sa robe de chambre. Le liquide brûlant que Frank sirotait plus tôt avec plaisir, traverse instantanément le tissu mince qui recouvre ses cuisses. Sous l'effet de la brûlure ressentie, Frank bondit sur ses pieds tout en criant un tas d'injures plus que grossières, à l'endroit de son chien.

Mike, très moqueur de nature, éclate de rire en voyant la réaction de son père.

— Whisky, mon vieux, je crois que tu es mieux de venir près de moi si tu veux rester en bonne santé, car ton maître a présentement dans les yeux une petite lueur dont tu devrais te méfier.

Maureen, encouragée par le rire communicatif de Mike, s'esclaffe à son tour. Les rires, les plaisanteries, et la bonne humeur de Mike et Maureen, finissent par influencer Frank qui retrouve finalement le sourire.

— Tu avais raison, Mike, concède humblement Frank, rien ne vaut un bon café, bu en agréable compagnie.

Cette remarque provoque le fou rire général. Mike rit tellement, qu'il en a mal au ventre. Plié en deux sur le bord de la table, les larmes lui coulant sur les joues, il a de la difficulté à reprendre son souffle. À chaque fois qu'il commence à se calmer, en voyant la figure de son père, il repart de plus belle.

— Excuse-moi, Frank, dit-il enfin. Je ne ris pas de toi, mais de la situation.

— Je sais Mike, j'avais compris, le rassure Frank. Es-tu venu pour faire de la motoneige?

— Je suis surtout venu parce que j'étais inquiet. Je n'avais pas de vos nouvelles, et vous avez quitté la ville depuis au moins un mois.

— Comme tu vois, à part mon agressivité matinale tout va pour le mieux, mais puisque tu es ici, prends donc quelques jours de vacances.

— Je ne peux vraiment pas, Frank. Je dois être de retour au travail dès demain matin. J'ai seulement une journée de congé, c'est pour cette raison que j'arrive si tôt, je veux en profiter au maximum.

— Mike, ton ami Philippe vient souper ici samedi prochain, l'informe Maureen. Frank voulait le remercier personnellement. Veux-tu te joindre à nous?

— Avec plaisir! Je serai vraiment content de le revoir.

* * *

Frank et Maureen, malgré le grand besoin qu'ils ont de se retrouver seuls tous les deux, reprennent lentement leur vie sociale. Les visites se succèdent, Kathy et Jean-Pierre, Jean-Marc et son épouse, Mike, et de temps en temps, Philippe.

Les premiers jours du printemps arrivent enfin. Les corneilles s'égosillent à qui mieux mieux pour annoncer le retour du beau temps.

Assise près de la fenêtre, Maureen éprouve un immense plaisir à voir fondre les glaçons qui pendent sur le bord du toit. Chaque gouttelette d'eau qui tombe, la rapproche lentement des jours chauds de l'été. La sonnerie de l'appareil téléphonique la fait sursauter et la tire de ses rêveries.

— Allo!

— Bonjour Maureen.

— Bonjour Philippe, comment vas-tu?

— Très bien et toi?

— Je me porte à merveille! De toute ma vie, jamais je n'ai été aussi heureuse.

— J'espère que je ne te dérange pas trop, dit timidement Philippe.

— Pas du tout. Je regardais fondre les glaçons, j'ai vraiment hâte à l'été.

— Oui, moi aussi. En attendant ces beaux jours chauds dont tu rêves, est-ce que tu aimerais venir à la cabane à sucre?

— Oh! oui! Certainement! J'aime beaucoup la tire d'érable. Frank m'accompagnera sûrement avec plaisir.

— Dans ce cas, je vous attends tous les deux samedi prochain, poursuit Philippe. Mike sera peut-être de la partie. Il n'était pas sûr d'être libre à cause de son travail, mais il m'a dit qu'il ferait tout son possible pour se dégager de ses obligations.

— En tout cas, tu peux compter sur Frank et moi.

— Je serai très heureux de vous revoir, à samedi prochain.

Frank entre dans le chalet au moment précis où Maureen raccroche le téléphone.

— Déjà de retour? s'étonne Maureen.

— Oui, il fait plus froid que je pensais, je suis venu chercher un gilet de laine. Tu es certaine que tu ne veux pas venir avec moi? C'est très beau dans le bois tu sais.

— Non merci. Je n'ai pas du tout l'intention de me faire geler. Je préfère la chaleur du foyer.

— Je me ferai un plaisir de te réchauffer, dit Frank en la prenant dans ses bras.

Maureen le repousse.

— Ah! Tu es plein de neige! Tu vas mouiller mes vêtements! Regarde, tes bottes ont laissé plein de traces sur le plancher!

Frank pouffe de rire.

— J'ai toujours su que tu étais une fille romantique, dit-il en la reprenant dans ses bras.

Cette fois, elle ne peut pas résister. Elle succombe à son charme et l'embrasse passionnément.

— Alors, c'est oui? Tu m'accompagnes dans le bois?

— Je t'ai dit non, Frank. N'essaie pas de me convaincre, tu perds ton temps.

— Comme tu veux, c'est toi la pire, tu ne sais pas ce que tu manques.

— Toi non plus, dit-elle en riant.

— À qui parlais-tu avant que j'arrive? demande Frank en montrant le téléphone du doigt.

— Ah! J'allais presque l'oublier avec toutes tes histoires! Philippe vient d'appeler. Il nous invite à la cabane à sucre samedi prochain. Mike viendra s'il peut se libérer, il n'était pas certain.

— Ça va nous rappeler des souvenirs, à Mike et à moi. Tout petit, à chaque printemps je l'amenais dans une cabane à sucre. Il aimait ramasser l'eau d'érable. Il travaillait sans arrêt. Il est pourtant très gourmand, j'étais toujours surpris de voir qu'il avait plus de plaisir à ramasser l'eau qu'à venir manger de la tire près de la cabane. Il était tellement fatigué à la fin de la journée qu'il s'endormait toujours dans la voiture sur le chemin du retour. Ce n'est que le lendemain matin qu'il prenait le temps de se sucrer le bec. Il mangeait un peu de tout, une bouchée de tire, du sucre mou et pour finir, du sirop avec du pain. À chaque année c'était pareil. J'ai hâte de voir s'il a changé. Tel que je le connais, il va travailler toute la journée et repartir de là avec ses provisions pour le lendemain.

— J'espère alors qu'il ne s'endormira pas au volant.

— Sûrement pas, avec tout le café qu'il boit.

* * *

Maureen et Frank arrivent à la cabane en même temps que Mike. Philippe vient à leur rencontre.

— Bonjour mes amis! Je suis si heureux de vous revoir, bienvenue à la cabane! Venez, je vais vous faire visiter. Au temps où mon grand-père s'occupait de la ferme, il faisait toujours *les sucres*, comme il disait, mais le jour où mon père l'a remplacé, il trouvait que c'était trop de travail pour le peu que ça rapportait; il a tout laissé tomber. L'ambiance que l'on retrouve dans une cabane à sucre me manquait beaucoup, c'est pourquoi cette année j'ai décidé d'entailler mes érables.

— Tu parles d'une bonne idée! s'exclame Mike. Si tu as besoin d'aide, tu peux compter sur moi.

— Merci, c'est gentil, j'apprécie beaucoup ton offre, mais je me débrouille. Cependant si tu veux venir pour ton plaisir, tu es le bienvenu aussi souvent que tu le veux. Vous êtes tous les bienvenus!

Frank et son fils s'amusent comme des enfants. Ils ont beaucoup de plaisir à ramasser l'eau d'érable ensemble.

Maureen, qui est un peu plus frileuse, retourne à la cabane pour se réchauffer. La senteur de la sève qui bout lui plaît beaucoup.

Philippe va la retrouver à l'intérieur. Il s'occupe à différents travaux. Il retourne ensuite près de la porte et jette un coup d'oeil à l'extérieur pour s'assurer que Frank et Mike ne l'ont pas suivi. Ils sont encore loin et apparemment très occupés. Philippe regarde Maureen. Il est indécis. Finalement, il va s'asseoir près d'elle. Il toussote nerveusement et replace une mèche de cheveux qui lui obstrue partiellement la vue.

— Maureen, je voudrais te dire quelque chose.

— Tu as l'air sérieux, Philippe. Qu'est-ce qui se passe?

— Écoute, Maureen, j'ai beaucoup hésité avant de me décider à te parler. Je ne voudrais surtout pas briser notre amitié en te faisant ces confidences, mais il faut absolument que tu le saches, je t'aime, Maureen. Depuis notre première rencontre, je n'ai pas cessé de penser à toi. Jour et nuit, je pense à toi. C'est pour te le dire que je vous ai invités ici aujourd'hui. Je voulais avoir la chance d'être un peu seul avec toi, je savais que Frank et Mike seraient souvent à l'extérieur et que toi tu viendrais souvent dans la cabane. Mike m'a informé que tu devais épouser son père cet été. Ne fais pas ça, Maureen. Donne-moi une petite chance. Laisse-moi encore un peu de temps pour essayer de conquérir ton coeur. Frank est trop vieux pour toi, tu ne seras pas heureuse avec lui.

Maureen n'a pas le temps de répondre, Frank et Mike arrivent en riant et en se poussant comme des gamins.

Maureen est bouleversée, elle ne sait pas quoi faire. Elle a beaucoup d'amitié pour Philippe. Elle lui doit son bonheur, sans lui, Frank ne serait pas là aujourd'hui, il serait mort au bout de son sang. Pauvre Philippe, elle ne veut pas lui faire de peine. Comment lui expliquer sans le blesser que Frank est l'homme de sa vie, que jamais elle ne pourrait vivre sans lui.

Frank qui ne se doute de rien, s'approche de Maureen et l'entoure de ses bras d'un air possessif.

— Salut mon amour, tu me manquais déjà.

— Hé! Philippe! Veux-tu qu'on rentre un peu de bois? propose Mike, qui n'aime pas l'inaction.

— Bonne idée Mike, répond Philippe en essayant de cacher ses émotions.

— Attendez-moi, les jeunes! leur crie Frank. Je vais vous aider, je suis encore capable pour mon âge, vous allez voir!

7

Une rencontre imprévue

Maureen quitte la cabane pendant que les trois hommes sont affairés à rentrer le bois. Elle a besoin d'air frais. Elle sort sans les regarder, elle a trop peur de rencontrer le regard anxieux de Philippe. Elle veut préparer sa réponse, elle veut trouver les meilleurs mots, les mots qui pourront lui faire comprendre son amour pour Frank sans le blesser. Elle avance à grands pas sur la route, complètement concentrée sur ce qu'elle devra dire à Philippe.

Pour éviter de se mettre les pieds dans une flaque d'eau ou sur une plaque de glace, Maureen marche la tête basse et les yeux rivés au sol. Elle se doit d'être prudente, car avec toute cette neige qui fond, la rue est pleine d'embûches.

Un homme marche à la rencontre de Maureen, il s'avance rapidement vers elle. Il attendait ce moment depuis longtemps. La chance lui sourit enfin. Cette fois, Maureen ne lui échappera pas. Ils ont des problèmes à régler tous les deux.

Maureen est tellement préoccupée, qu'elle ne voit pas le type qui n'a plus que quelques pas à faire pour la toucher. Ils sont pratiquement nez à nez.

— Je te retrouve enfin! dit-il. Le hasard fait bien les choses, n'est-ce pas?

Cette voix, c'est impossible, Maureen a l'impression que le sol se dérobe sous ses pieds.

* * *

Frank regarde partout et ne voit Maureen nulle part.

— Mike, est-ce que tu as vu Maureen? demande-t-il.

— Je crois qu'elle est avec Philippe.

— Dans ce cas, il n'y a pas de problème. C'est fou, j'ai toujours peur qu'il lui arrive quelque chose quand elle est seule. Je suis resté marqué par cette histoire. Je sais que ce Wolf est en prison, mais c'est plus fort que moi.

— Tu peux relaxer, Frank. Wolf est à l'ombre pour un bon bout de temps.

— Tu as raison. Je suis vraiment content que tu aies pu venir aujourd'hui. Nous n'avons pas la chance de te voir souvent, tu travailles trop.

— Je sais, avoue Mike, un peu honteux de négliger ainsi son père.

— Ce n'était pas un reproche, le rassure Frank qui sait que son fils a sa propre vie à vivre.

— On va retrouver Philippe et Maureen? propose Mike en lançant une balle de neige à son père.

— Certainement!

Ils retournent sur leurs pas et rencontrent bientôt Philippe. Frank est surpris de le voir seul.

— Maureen n'est pas avec toi? demande-t-il.

— Mais non, je ne l'ai pas revue depuis que nous avons rentré le bois dans la cabane, je croyais qu'elle était avec toi, Frank.

— Mais enfin, où est-elle? s'inquiète Frank.

Mike voit les raquettes de Maureen près de la cabane.

— Elle n'est sûrement pas dans le bois, dit-il, ses raquettes sont ici. Frank, viens avec moi, prenons ma voiture, allons voir sur la route. Maureen a peut-être décidé de prendre une marche. Toi Philippe, reste ici au cas où elle reviendrait.

* * *

Philippe se retrouve seul à la cabane, complètement démoralisé. Il se culpabilise. Il n'aurait peut-être pas dû avouer son amour à Maureen. Elle s'est probablement isolée à cause de ce qu'il lui a dit. Elle est si sensible et délicate, qu'elle a dû s'éloigner d'eux pour que Frank ne s'aperçoive pas de son trouble et de ses émotions. Comme c'est dommage qu'il n'ait pas eu plus de temps pour lui parler, pour lui expliquer. Il a fallu que Mike et son père arrivent juste au moment où elle allait lui répondre. Où est-elle maintenant? S'il fallait qu'il lui arrive quelque chose, il ne se le pardonnerait jamais.

N'en pouvant plus d'attendre sans rien faire, Philippe cherche aux alentours de la cabane. Il crie le nom de Maureen à maintes reprises pour la ramener dans la bonne direction. Il espère qu'elle pourra l'entendre.

Les seaux accrochés aux érables débordent presque tous, mais Philippe s'en fout. Il donnerait tout ce qu'il possède, y compris cette ferme, si cela pouvait faire revenir Maureen saine et sauve.

Philippe retourne dans la cabane. Maureen a oublié son foulard sur le banc où elle était assise lorsqu'il lui a fait sa déclaration. Il ramasse l'écharpe et y enfouit son visage. Comme il sent bon ce bout de tissu! Le parfum de Maureen y est imprégné. Philippe le plie soigneusement. Il le manipule avec la déférence accordée aux objets de valeur.

Mike et Frank circulent dans tous les sens. Ils vérifient toutes les routes des alentours, il n'y a aucune trace de Maureen. Ils reviennent à la cabane à sucre espérant y retrouver la jeune femme, mais elle n'y est pas. Il n'y a personne.

— Mais où est cet abruti? s'emporte Frank. Nous lui avions dit de rester ici.

Pour se défouler, Frank donne un violent coup de pied dans une chaudière oubliée près de la porte. Sous la force de l'impact, elle traverse la cabane d'un bord à l'autre et termine sa course sur le mur opposé, presque à hauteur des yeux, en produisant un vacarme incroyable. La chaudière retombe finalement sur le sol en continuant son tintamarre. L'eau qu'elle contient se répand un peu partout.

— Ne t'énerve pas, Frank, l'encourage Mike. Philippe est probablement chez lui avec Maureen.

Frank entre chez Philippe en claquant la porte, il est furieux.

— Où est Maureen?

— Je ne sais pas, Frank.

— Alors qu'est-ce que tu fais ici? Mike t'avait demandé de rester à la cabane au cas où Maureen reviendrait.

— Elle ne reviendra pas, Frank, elle serait déjà ici, dit Philippe d'une voix mal assurée. Je suis venu mettre mes amis et mes voisins au courant. Ils seront ici d'une minute à l'autre. Nous allons faire des recherches dans le bois avec les motoneiges. Toi, tu continueras de circuler en voiture dans les alentours, nous finirons par la retrouver.

Frank a l'impression de devenir fou, il suffoque. Maureen est toute sa vie, il l'aime tellement. Il se sent responsable. Il aurait dû rester près d'elle, la tenir par la main, lui donner des baisers d'amoureux, la prendre dans ses bras. Que peut-il lui être arrivé? À chaque fois qu'elle a besoin de lui, il est loin d'elle.

— Mike, communique à Québec, ordonne Frank d'un ton autoritaire. Informe-toi à la prison, je veux savoir si Wolf s'y trouve toujours. Il s'est peut-être évadé. Si tel est le cas, il essaiera sûrement de se venger. Essaie de savoir si ce gibier de potence a des amis dans le coin. Moi, je retourne à la recherche de Maureen.

— Calme-toi, Frank, dit Mike, surpris par le comportement inhabituel de son père. Je vais appeler pour te rassurer, mais

je suis certain que Wolf est toujours en prison. De toute façon, il ne connaît même pas Philippe, comment veux-tu qu'il
soit venu ici à la cabane?

— Avec ce salaud-là, tout est possible!

— Frank, je suis convaincu que Maureen est en forme,
déclare Mike. Elle s'est probablement égarée, elle ne connaît pas beaucoup l'endroit. Avec tout ce monde pour la
rechercher, nous allons bientôt la retrouver, ne t'en fais pas.

Frank regarde sa montre. Il cherche des yeux l'horloge de
Philippe. Il y en a sûrement une dans cette maison. Il la
repère enfin! Elle est juste derrière lui, accrochée au mur
entre deux vieilles photographies en noir et blanc, probablement les grands-parents de Philippe. Frank soupire. Sa montre fonctionne donc à merveille. Il avait espéré qu'elle soit
défectueuse. Complètement découragé, il se retourne vers
son fils.

— Mike, Maureen est partie depuis au moins deux heures
et demie, peut-être trois, ce n'est pas normal. Je sais qu'il
lui est arrivé quelque chose. Tu téléphones oui ou non?

— Oui, je le fais immédiatement. Retourne faire un tour
dans les rues du voisinage pendant que je m'informe, tu la
trouveras j'en suis certain.

* * *

Les voisins et amis de Philippe arrivent presque tous en
même temps. Philippe n'aurait jamais cru qu'une pareille
histoire puisse lui arriver. Il a l'impression de faire un
cauchemar. La femme qu'il aime, celle qu'il a attendue toute sa vie, elle était là chez lui il y a à peine deux heures et
maintenant, elle est disparue. Il n'y comprend rien. Il est
tellement bouleversé qu'il entend à peine ce qu'on lui dit.
Il la décrit à ses amis et voisins, n'oubliant aucun détail pour

qu'ils la retrouvent plus facilement. Il la revoit dans ses pensées. Fermant les yeux, il leur parle de sa grandeur, de la couleur de ses yeux, de ses cheveux et même des vêtements qu'elle porte. Sa voix trahissant son émotion, il a l'impression de se trahir lui-même. Tout le monde doit remarquer à quel point il est ému. Son amour pour elle, qu'il avait si longtemps réussi à cacher, il veut le garder secret au fond de son coeur; il doit se reprendre, il doit se ressaisir.

Philippe et ses amis partent à la recherche de Maureen.

Mike reste chez Philippe, au cas où Maureen reviendrait. Il en profite pour avoir un peu plus d'informations sur Wolf à la prison de Québec.

Le temps passe, toujours rien.

Philippe et ses amis reviennent les uns après les autres. Frank revient le dernier, aucune trace de Maureen.

— Et la vieille Caron. Quelqu'un est allé voir chez elle?

Cette phrase lancée du fond de la cuisine rompt momentanément le silence qui régnait dans la pièce. Tous les regards se tournent vers l'auteur de cette boutade. Il s'agit d'un homme dans la cinquantaine dont le vieux chapeau cache à peine un début de calvitie, et dont le manteau ne peut contenir une grosse bedaine mise en évidence par des bretelles un peu sales. Apparemment très fier de son idée, il replace avec satisfaction une vieille pipe dans sa bouche édentée.

Philippe regarde ses amis les uns après les autres. Tous font non de la tête. Personne n'y est allé et pour cause.

Frank bondit de sa chaise, il ne sait pas qui est cette vieille dame qui terrorise ainsi les voisins de son ami, mais il est prêt à l'affronter. Si c'est le seul endroit où ils n'ont pas vérifié, alors c'est que Maureen est là.

— Qui est cette vieille Caron? demande-t-il. Pourquoi personne n'ose s'y aventurer? Je vais m'y rendre moi, dites-moi seulement où elle se trouve.

— Frank, calme-toi. Je suis certain que Maureen n'est pas
là, affirme Philippe.

Frank s'impatiente.

— Philippe, dit-il en le regardant de travers, c'est le seul
endroit où nous ne sommes pas allés, Maureen est sûrement
là.

— Impossible! répond Philippe.

— Pourquoi? s'entête Frank.

Tout le monde se tait. Personne n'ose parler. On dirait
que le sujet est tabou.

Un jeune homme plutôt corpulent, boutonneux et à la
propreté douteuse, renifle bruyamment. Tous les regards se
tournent vers lui au moment même où il s'essuyait le nez
avec la manche de son gilet. Intimidé, il rougit légèrement.

Ce petit incident passe vite à l'oubli, car présentement,
Frank, Mike et Philippe sont le centre d'intérêt de cette
réunion.

Le grincement d'une chaise berçante devient presque
intolérable à supporter, on n'entend plus que lui.

Frank attend toujours sa réponse. Il veut savoir pourquoi
Philippe est convaincu que Maureen n'est pas chez la Caron.

— La Caron est une vieille folle, dit finalement Philippe.
Elle vit seule dans une ferme délabrée au bout du rang. Sa
terre est clôturée tout le tour par des barbelés. Imagine-toi,
elle élève des loups. C'est une famille de cinglés.

— Si sa terre est au bout du rang, comment se fait-il que
je ne l'aie pas vue? s'obstine Frank.

— Elle est légèrement en retrait, nous ne pouvons pas la
voir de la rue.

— Et tu dis qu'elle vit seule.

— Maintenant oui. Autrefois elle vivait avec son frère. Ils
ne parlaient à personne. Un jour il a quitté la ferme pour al-

ler vivre en ville et elle est restée seule. Elle passe presque toutes ses journées dans le bois. Il faut croire qu'elle préfère la compagnie des animaux à celle des hommes. Lors d'une de ses promenades dans la forêt, elle a trouvé une louve blessée et elle l'a ramenée chez elle pour la soigner. La louve qui attendait des petits, les a eus à la ferme, et puisqu'elle était très faible, la Caron prit soin des petits. À la mort de la louve, la vieille s'était attachée aux louveteaux et elle les garda. Son frère et quelques amis à lui sont venus poser les barbelés. Il n'y avait que lui qui rendait visite à la vieille.

— Philippe, pourquoi dis-tu rendait visite, il ne vient plus?

— Non. Nous ne l'avons pas vu passer par ici depuis au moins deux mois.

Frank et Mike se regardent sans dire un mot. Ils se comprennent. Deux mois, ça fait exactement deux mois que Wolf a été arrêté. Se pourrait-il que Wolf soit le frère de la vieille Caron? Cela expliquerait pourquoi il avait un loup apprivoisé qui le suivait partout. Les poings serrés, le regard menaçant, Frank sait ce qu'il doit faire maintenant.

— Philippe, est-ce que tu as un fusil?

— Un fusil, pour quoi faire?

— Je vais chez la Caron et ce n'est pas sa meute de loups qui va m'arrêter, tu peux me croire. Je vais chercher Maureen.

Philippe n'en croit pas ses oreilles. Abasourdi, il regarde Frank comme s'il arrivait d'une autre planète.

— Relaxe mon vieux, dit-il enfin, pourquoi veux-tu que Maureen soit là? Il y a des barbelés tout le tour du terrain, l'entrée est barrée à clé et de toute façon, c'est beaucoup trop loin d'ici, Maureen n'aurait sûrement pas pu marcher jusque-là.

Frank sort de ses gonds.

— Philippe, dit-il, si tu as déjà oublié Wolf, moi pas. Passe-moi ton fusil et cesse de discuter. Ça presse!

— Je n'ai pas d'armes, déclare Philippe. Je suis contre la violence.

Décidément, qu'il le fasse volontairement ou pas, Philippe irrite de plus en plus les nerfs de Frank. Celui-ci se contient difficilement.

* * *

Une automobile est stationnée devant la ferme de la vieille Caron. Le capot de la voiture est ouvert et un homme essaie en vain de la faire démarrer.

— Des problèmes?

La voix de Frank près de lui, fait sursauter l'homme dans le véhicule.

— Nerveux? ironise Frank.

— Oh! Excusez-moi, je ne vous avais pas vu venir, j'étais concentré sur ma voiture. Je pense que c'est la batterie qui est foutue.

— Qu'est-ce que vous faites ici? demande Frank.

— Je suis venu voir Mme Caron.

— Qui êtes-vous? continue de questionner Frank.

— Dites donc l'ami, je ne suis pas sur votre terrain que je sache, je suis sur un chemin public, devant la propriété d'une personne que je suis venu rencontrer. Je n'ai donc aucun compte à vous rendre en ce qui concerne mon identité, que cela vous plaise ou non.

Il n'en faut pas plus, pour que Frank réagisse comme une grenade que l'on vient de dégoupiller.

— Écoute-moi, petit blanc-bec! dit-il en le regardant droit dans les yeux. Si tu crois m'impressionner avec tes grands airs, c'est que tu ne me connais pas encore. Des gars dans ton genre, j'en ai vu plus d'un dans ma vie, et aucun d'eux n'oserait se mesurer à moi une fois de plus. Alors, tu vas me dire immédiatement qui tu es, et ce que tu fais ici, sinon, je devrai employer la manière forte.

– Frank! Mike! Qu'est-ce que vous faites ici? Comment m'avez-vous retrouvée?

Les trois hommes se retournent vers Maureen, oubliant momentanément leurs différends.

– Je vois que vous avez déjà rencontré Paul, dit-elle ingénument. Je n'aurai donc pas besoin de faire les présentations. J'espère que vous n'étiez pas trop inquiets. Je serais revenue beaucoup plus tôt, mais l'automobile de Paul est tombée en panne.

Paul sort de sa voiture. Il se rapproche de Maureen et l'entoure d'un bras protecteur, ce qui a pour effet de quadrupler la colère de Frank.

– Maureen, peux-tu m'expliquer ce que tu fais ici? explose Frank. Tous les hommes du village te recherchent. Nous étions tous très inquiets. Qui est cet homme? D'après ce que je vois, vous avez l'air de vous entendre à merveille. Si tu voulais être seule avec lui, au moins tu aurais pu nous avertir de ton départ.

– Frank, ne te fâche pas, implore Maureen. Je vais tout t'expliquer. Paul est mon mari, pardon, mon ex-mari. Ce n'est pas de notre faute si la voiture est tombée en panne.

– Premièrement, qu'est-ce que tu faisais dans ce véhicule, alors que tu aurais dû être à la cabane à sucre avec nous?

– J'étais partie prendre une marche pendant que vous ramassiez du bois. Paul qui devait aller rencontrer Mme Caron, avait stationné sa voiture près de chez Philippe. Il venait demander des informations, car il ne trouvait pas la ferme de cette dame. Nous nous sommes rencontrés par hasard. Depuis notre divorce, nous n'avions pas eu l'occasion de parler tous les deux, et j'ai cru que c'était le moment idéal pour le faire. Il ne devait rester chez Mme Caron que quelques minutes, alors je lui ai proposé de l'accompagner.

— Comment savais-tu où était cette ferme? demande Frank surpris et inquiet tout à la fois.

— Philippe m'en avait déjà parlé, se vante Maureen, très fière de savoir quelque chose qu'il ignore, lui qui prétend toujours tout connaître.

Frank reste bouche bée.

— Je crois que Philippe vit dans la peur que les loups de la vieille se rendent jusque chez lui, poursuit Maureen. D'après ce qu'il m'a dit, ces loups terrorisent aussi tous ses voisins, surtout ceux qui ont des enfants.

— Tu savais que cette femme élevait des loups et tu ne m'en avais jamais parlé! tonne Frank. Pourquoi?

— En ta compagnie, Frank, ce n'est pas à cette dame que je pense, répond Maureen.

— Ne ris pas, Maureen, je suis sérieux. Tu n'as pas pensé qu'elle pouvait avoir un rapport avec Wolf? Tu es venue te jeter dans la gueule du loup sans réfléchir.

— Mme Caron n'a aucun lien avec Wolf, c'est une vieille dame qui vit seule, se défend Maureen. Elle est très gentille tu sais.

La naïveté de Maureen exaspère Frank.

— Maureen, dit-il en soupirant, il n'y a que le frère de cette femme qui a la permission de pénétrer dans cette tanière. Sais-tu depuis quand il n'est pas venu ici?

— Oui, ça fait deux mois.

— Et d'après toi, Maureen. Wolf est en prison depuis combien de temps?

— Frank, je sais que l'arrestation de Wolf remonte à deux mois, mais je t'assure que ce n'est qu'une coïncidence, il n'y a aucun rapport entre les deux.

— Tu crois vraiment ce que tu dis? Comment peux-tu en être certaine?

— Parce que le frère de Mme Caron est à l'hôpital avec le père de Paul. C'est une longue histoire, et si tu n'y vois pas d'inconvénient, j'aimerais mieux te la raconter dans un endroit où il fait plus chaud. Je suis gelée. Peux-tu nous aider pour la batterie?

— Parce que maintenant, *nous*, c'est toi et lui! s'emporte Frank.

Maureen se retourne vers Mike, elle espère recevoir son soutien. Si quelqu'un peut lui venir en aide face à la colère de Frank, c'est bien lui.

Mike la prend en pitié. Il connaît le caractère de son père. Il a un coeur d'or, mais il a un tempérament explosif. Ses émotions se manifestent toujours à l'excès. S'il est heureux, tout le monde s'en aperçoit, mais quand il se fâche, sa colère est terrible. Mike décide donc d'intervenir, tout en essayant de rester neutre.

— Maureen, tu peux t'asseoir dans ma voiture si tu as froid, dit-il en plaçant sa main sur le bras de Frank pour lui faire comprendre que l'incident est clos. Moi, je vais m'occuper de la voiture de Paul.

— Merci Mike, tu es gentil, répond Maureen.

Elle apprécie de plus en plus la compagnie de Mike. Il sait prendre sa place, tout en restant discret. Il est présent dans leur vie, sans jamais les déranger et surtout, il sait contourner les sautes d'humeur de son père avec habileté; un vrai diplomate.

Légèrement embarrassée, Maureen scrute le regard de son ex-mari, elle n'y décèle aucun sentiment de colère. Paul sait qu'elle n'est nullement responsable du comportement de Frank, et il ne lui en tient pas rigueur.

— Paul, dit-elle en lui tendant la main, je suis vraiment contente de t'avoir revu. Maintenant que nous avons réglé certains problèmes, j'espère que nous pourrons rester amis.

— Certainement, avec le plus grand plaisir, s'empresse de répondre Paul en l'embrassant sur la joue.

* * *

Le retour chez Philippe se fait en silence. Frank est tellement en colère, qu'il préfère se taire, de peur de dire des choses qu'il pourrait regretter plus tard. Il mâchouille nerveusement un cure-dents qu'il a trouvé dans le fond de ses poches. Le petit bout de bois casse sous la pression. Frank le retire de sa bouche et le regarde avec mépris.

Autrefois, les cure-dents étaient beaucoup plus solides, pense-t-il en lui-même.

Il entrouvre la fenêtre et le jette dehors.

Mike essaie de se faire le plus discret possible, car il ne veut pas se mêler de leur vie privée. Pour alléger un peu l'atmosphère, il allume la radio. Il conduit en essayant de se concentrer sur la musique, il se permet même de siffler.

Maureen, quant à elle, est partagée entre deux sentiments. Elle est irritée par la réaction de Frank. Il aurait pu être plus gentil avec Paul, ce qui est arrivé n'était vraiment pas de sa faute. Elle se sent soudain toute petite à la pensée de tous ces hommes qui attendent son retour chez Philippe. Elle a l'impression d'être comme une fillette prise en faute. Elle devra leur expliquer ce qui s'est passé et elle se sent un peu honteuse. De plus, elle devra affronter le regard de Philippe et cela la rend vraiment inconfortable.

La mine déconfite de Maureen attendrit immédiatement Philippe et il la prend tendrement dans ses bras, oubliant momentanément Frank qui l'observe d'un oeil critique. Le parfum de Maureen l'enivre. Il voudrait la garder plus long-temps contre lui, mais déjà elle lui échappe. Il sent qu'elle le repousse doucement.

— Maureen, tu n'as rien? demande-t-il d'une drôle de voix. Tu n'es pas blessée? J'étais tellement inquiet.

Toujours très en colère, Frank répond à la place de Maureen.

— Non elle n'a rien! Madame était tout simplement partie faire une balade avec son ex-mari. Il semblerait qu'elle n'ait pas jugé utile de nous avertir de son départ.

— Tant mieux s'il ne s'agit que d'une telle insignifiance, se réjouit Philippe, j'avais imaginé le pire.

— Continue! Encourage-la tant qu'à y être! hurle Frank. Madame peut se permettre n'importe quoi. Tous les hommes du village partent à sa recherche laissant leur boulot de côté et pendant ce temps madame se paye une balade d'amou-reux avec son ex-mari.

— Frank, je n'étais pas partie faire une promenade d'amoureux comme tu dis, rectifie Maureen, tu es injuste.

Maureen se retourne ensuite vers Philippe. Elle n'ose pas le regarder dans les yeux, car elle a peur que Frank s'aper-çoive de son trouble. Avec tout ce qui vient d'arriver, elle n'a pas eu le temps de se préparer mentalement à ce nou-veau face à face avec Philippe. Elle s'adresse à lui la tête basse, en fixant le plancher. Là seulement, elle se rend compte qu'elle a encore ses bottes aux pieds et qu'une gros-se flaque d'eau sale l'entoure. La neige qui les recouvrait avait fondu. Elle est doublement incommodée.

— Philippe, dit-elle en faisant de gros efforts pour ne pas pleurer, je m'excuse pour tout le trouble que j'ai causé, ce n'était vraiment pas mon intention. J'étais seulement partie pour quelques minutes avec mon ex-mari, mais nous avons eu une panne de voiture. Frank m'a dit que toi et tes amis vous m'aviez cherchée partout. J'espère que vous voudrez me pardonner. Je ne sais vraiment pas quoi dire.

— Ne t'en fais pas, Maureen, tu es de retour, c'est le principal, lui dit doucement Philippe.

Frank déplace brusquement la chaise qu'un des amis de Philippe venait de lui apporter. Elle glisse sur le plancher en produisant un son strident. Il n'a pas du tout envie de s'asseoir et de bavarder avec eux. Les mondanités lui ont toujours déplu, et aujourd'hui, plus que jamais.

* * *

Les amis de Philippe quittent la maison les uns après les autres. Ils ont également des cabanes à sucre, beaucoup d'ouvrage, et surtout, ils devinent que Philippe et ses amis ont des problèmes personnels à régler entre eux.

Frank quitte la pièce en claquant la porte. Il a besoin d'air frais, pas à cause de la fumée qui lui irrite les yeux, ni de la senteur nauséabonde des différents tabacs utilisés par les voisins de Philippe, mais parce que ses émotions l'étouffent. En arrivant dehors, il se sent déjà un peu mieux. Il s'assoit sur une pile de bois de chauffage que Philippe avait entassé près de la maison. Le dos appuyé contre le mur, les yeux fermés, il ne cesse de penser à Maureen et à la dispute qu'ils venaient d'avoir.

Un vieil homme au dos courbé ne semble pas vouloir quitter la maison de Philippe. Il se berce et semble réfléchir intensément. Il se lève enfin et prend Philippe par le bras pour l'amener un peu à l'écart. Étant presque sourd, il parle très fort et ne se doute pas que Maureen et Mike peuvent entendre tout ce qu'il dit.

— Philippe, ton père était mon meilleur ami et je t'aime comme si tu étais mon fils. J'ai cru remarquer dans tes yeux une petite étincelle que je n'aime pas beaucoup. Méfie-toi de ces filles de la ville, elles n'amènent que le trouble avec elles. Dans mon temps, les femmes étaient plus dociles. Elles savaient qui était le chef dans la maison, elles faisaient leur devoir et ne rouspétaient jamais. Le monde a changé. Fais attention, mon petit Philippe, fais bien attention!

Le vieil homme entoure l'épaule de Philippe d'un bras qui se veut protecteur et lui fait un clin d'oeil complice. Il s'en va en laissant derrière lui une forte odeur de tabac.

Mike, qui ne peut se retenir davantage, éclate de rire. Il avait failli s'esclaffer devant le vieillard, seul un terrible effort de volonté l'avait empêché d'être grossier. Dans le fond, le pauvre vieux était venu ici pour rendre service, il aurait été dommage qu'il se sente ridiculisé, mais maintenant qu'il est parti, Mike s'en donne à coeur joie.

— Non, mais tu parles d'un vieux con, dit-il, ce n'est pas possible.

Mike rit tellement qu'il en a mal au ventre.

— Maureen, tu as entendu ce qu'a dit le bon monsieur? bredouille-t-il entre deux hoquets. Tu es mieux d'être une femme docile à l'avenir ou gare à toi. Ah! C'est trop drôle! Il faut que je raconte cette anecdote à mon père. Je vais le retrouver dehors, avec cette histoire-là, je suis certain de le dérider.

Mike quitte Philippe et Maureen en continuant de rire aux larmes, il en marche presque plié en deux et il doit se redresser de temps à autre pour reprendre son souffle. Son rire se répercute à travers toute la maison pour ne laisser qu'un profond silence derrière lui.

Dehors, Frank fait les cent pas, visiblement accablé par tout ce qui vient d'arriver. Il voit Mike qui s'avance vers lui, et il va le rejoindre.

— Ne fais pas cette tête, Frank, lui dit Mike. Sois heureux, tu as retrouvé Maureen. Heureusement rien de fâcheux ne lui est arrivé, pourquoi tu t'en fais ainsi?

— Mike, penses-tu que Maureen m'en veut beaucoup pour ce que j'ai dit tout à l'heure? C'était plus fort que moi, je crois que c'est la tension des dernières heures qui sortait. J'étais tellement inquiet pour elle et pendant tout ce temps où je m'inquiétais, elle était avec son idiot de mari.

— Aurais-tu préféré qu'elle soit avec Wolf? ironise Mike.

— Non, bien sûr que non, voyons.

Mike et son père discutent ainsi comme ils l'ont fait si souvent. Avec les années, ils ont appris à se comprendre.

Philippe essaie de tirer profit de ces quelques instants où il est seul avec Maureen. Il sait que Frank et Mike vont bientôt arriver et il n'a pas une minute à perdre.

— Maureen, je sais que le moment est mal choisi, mais j'aimerais beaucoup reprendre la conversation que nous avions lorsque Mike et son père nous ont interrompus. C'est peut-être la dernière chance que j'ai d'être seul avec toi et je veux en profiter. Je t'aime, Maureen.

— Philippe, j'ai beaucoup d'amitié pour toi, mais je suis amoureuse de Frank, tu le sais.

— Maureen, Frank est beaucoup trop âgé pour toi. Il ne te comprend pas. Tu as vu tout ce qu'il t'a dit tout à l'heure, il est stupide! Il ne te mérite pas. Il est vieux jeu et en plus, il est jaloux.

— Philippe, je croyais que Mike et Frank étaient tes amis. Pourquoi agis-tu ainsi? Je t'en prie, ne brise pas l'amitié qu'il y a entre nous tous. Frank te doit la vie et pour cette raison je vais essayer d'oublier tout ce que tu as dit de lui aujourd'hui, mais ne recommence jamais Philippe, sinon notre amitié serait définitivement brisée.

178

— Maureen, essaie de comprendre, je ne te parle pas d'amitié, je te parle d'amour. Je t'aime comme un fou, Maureen. Viens près de moi, regarde-moi dans les yeux, laisse-moi te serrer, tu verras que nous sommes faits l'un pour l'autre. Ton coeur et ta raison peuvent te mentir, mais ton corps lui ne te mentira pas. Tu réaliseras si tu viens dans mes bras que tu as besoin d'un homme de ton âge. Ce que tu recherches en lui, c'est la sécurité et la protection. Avec lui, tu as l'impression d'être à l'abri de tout, mais moi aussi je peux te protéger et en plus de la protection, je t'offre l'amour.

Ils sont encore une fois interrompus par l'entrée tapageuse de Frank. Il enlace Maureen et l'embrasse avec tendresse.

— Ma belle petite femme de la ville, tu n'es pas très docile, mais je t'aime quand même. Je m'excuse pour ma remontrance de tout à l'heure, j'espère que tu voudras me pardonner.

— Ne t'en fais pas, Frank, c'est déjà oublié. Si ça ne te fait rien, j'aimerais retourner au chalet, je suis vraiment fatiguée.

— Comme tu veux, mon amour, c'est toi le patron.

Philippe ne veut pas que Maureen s'en aille. Il a encore trop de choses à lui dire. S'il la laisse partir maintenant, il a peur de ne jamais la revoir. Pour le moment, il a un avantage sur Frank, puisque celui-ci n'est pas encore au courant de ce qu'il a dit à Maureen, mais peut-être que demain les choses seront différentes. Il ne croit pas vraiment que Maureen le trahira en rapportant leur conversation à Frank, mais il ne veut pas prendre de chance. Il essaie donc de plaider sa cause.

— Non, non, s'il vous plaît, ne partez pas tout de suite, supplie-t-il. J'avais préparé un bon souper pour vous trois à la cabane à sucre. Je serais vraiment désappointé si vous partiez tous les deux.

— Philippe a raison, Maureen, admet Frank. Restons encore un peu. Tu vas voir, après un bon souper, tu ne sentiras plus ta fatigue.

Ne pouvant pas expliquer à Frank pourquoi elle veut retourner au chalet tout de suite, Maureen se résigne. Elle se promet toutefois de ne pas s'éloigner de Frank. Il n'est pas question pour elle de se retrouver encore une fois seule avec Philippe. Comment se fait-il que Frank, d'habitude si perspicace, ne s'aperçoive de rien? Comment peut-il être si aveugle? Et Mike, surtout après les allusions du vieil homme qui disait voir une étincelle dans les yeux de Philippe. Comment se fait-il qu'il ne voit rien, lui non plus? Encore une fois, Maureen se sent seule en face d'un problème un peu trop gros pour elle.

Le reste de la journée se passe sans anicroche. Soulagée Maureen quitte enfin cet endroit. Elle a hâte de se retrouver seule avec Frank et de se blottir dans ses bras près du foyer. Lui qui est si franc, si fidèle en amour comme en amitié, comme il serait déçu s'il savait ce qui s'est passé ici aujourd'hui. Ne pas lui dire est comme une trahison, mais la vérité le blesserait davantage. Comme elle voudrait que son amie Kathy soit près d'elle pour la conseiller, quoique pour Kathy, des situations semblables sont monnaie courante et elle ne se casse pas la tête avec ces choses-là. En parler avec Mike risquerait de briser l'amitié qu'il y a entre Philippe et lui, et malgré ce que Philippe a fait aujourd'hui, elle ne peut oublier que c'est lui qui a sauvé la vie de Frank.

Arrivé au chalet, Frank se dépêche de mettre du bois dans le foyer comme s'il avait lu dans les pensées de Maureen. Lui aussi semble heureux de se retrouver seul avec elle.

— Tu veux boire quelque chose? demande-t-il d'une voix douce.

— Non, merci. Frank, viens t'asseoir près de moi, j'ai envie d'être dans tes bras, je t'aime tellement.

Frank ne se fait pas prier. Il acquiesce à sa demande avec plaisir. Pendant quelques instants, il fixe une bûche qui flambe dans le foyer. Le crépitement du bois qui brûle lui a toujours plu. Maureen le caresse et il sent le désir monter en lui. Il la repousse doucement.

— Et maintenant Maureen, si tu me racontais tout.

— Je te l'ai dit, Frank, j'ai rencontré Paul par hasard et...

— Non, non, l'interrompt Frank, pas ce qui est arrivé avec Paul, ce qui s'est passé entre Philippe et toi. Je te connais assez pour savoir que quelque chose te tracassait aujourd'hui. J'ai vu de quelle façon il te regardait à ton retour de chez la Caron, et après que Mike vous ait laissés seuls tous les deux, j'ai constaté que tu fuyais Philippe. Que s'est-il passé Maureen? Est-ce qu'il t'a manqué de respect?

— Frank, tu te fais des idées, je ne fuyais pas Philippe, j'avais tout simplement envie d'être près de toi. Je t'aime. Tu ne veux pas plutôt savoir pourquoi Paul était chez Mme Caron?

— Pour te dire la vérité, c'est surtout Philippe qui m'intrigue.

— Et moi, c'est de Paul que je veux te parler. Cet après-midi tu me reprochais de ne pas t'avoir parlé de Mme Caron et de ses loups, car tu avais peur qu'il y ait un rapport entre elle et Wolf. Il n'y en a pas, et je veux te le prouver. Le père de Paul a été hospitalisé d'urgence il y a deux semaines, à la suite d'un malaise cardiaque. Il partage sa chambre d'hôpital avec un homme qui a eu un accident de voiture. Ce pauvre homme est hospitalisé depuis deux mois et pense devoir rester là encore un bon bout de temps. Il accepte assez bien son sort, mais une chose cependant l'inquiétait beaucoup. Sa soeur qui vit seule, restait sans nouvelles de lui depuis tout ce temps. Il a demandé à Paul de venir l'avertir de son accident et de vérifier si tout était normal chez elle.

— Il n'avait qu'à lui donner un coup de fil, objecte Frank.

— Mme Caron n'a pas le téléphone.

— Ouais! Tu crois une telle absurdité?

— Pourquoi pas? Kathy non plus n'a pas de téléphone dans son chalet, pourtant tu trouves que c'est normal.

— Ce n'est pas pareil, Maureen, Kathy ne vient au lac qu'à l'occasion, tandis que la vieille Caron vit à l'année dans cette ferme.

— Frank, voyons, tu ne penses tout de même pas que Paul aurait inventé cette histoire?

— Je ne sais pas, il y a quelque chose qui me turlupine dans cette affaire-là. Quelque chose ne tourne pas rond. Au moment où Paul est sorti de ta vie, Wolf est arrivé avec son loup. Wolf en prison, c'est Paul qui revient avec plusieurs loups. Se pourrait-il qu'il y ait un rapport entre ces deux hommes?

— Frank, ce que tu dis n'a aucun sens. Tu sais autant que moi que Wolf s'acharnait à me coincer parce qu'il pensait que j'avais en ma possession la pellicule photographique qui l'incriminait dans un meurtre. Paul n'a rien à voir là-dedans.

— Il est peut-être de mèche avec Wolf, réfléchit Frank à voix haute. Est-ce que ta mort peut lui rapporter quelque chose? Tes assurances-vie sont-elles toujours à son nom?

— Frank, te rends-tu compte de ce que tu viens de dire?

— Je trouve qu'il y a trop de coïncidences dans cette affaire. Chez toi, lorsque tu as eu si peur et que tu as perdu conscience, Paul était près de toi lorsque Kathy est arrivée. Les clés qu'il a prétendu avoir laissées chez toi et que tu n'as jamais retrouvées, où sont-elles? Il savait que tu étais au chalet de Kathy et tout à coup, comme par hasard, c'est Wolf qui arrive.

— Frank, si Wolf m'a retrouvée au chalet, c'est probablement parce qu'il avait suivi Kathy et Jean-Pierre.

— Je ne sais pas, Maureen, je ne sais pas. As-tu vraiment confiance en Paul?

— Ben oui, voyons.

— Maureen, tu n'as pas encore répondu à la question que je t'ai posée en ce qui concerne tes assurances-vie. Sont-elles toujours à son nom?

— Ben oui.

— Paul a-t-il besoin d'argent, serait-il possible qu'il essaie de te supprimer pour de l'argent?

— Non. Jamais il ne ferait une chose semblable, je le connais trop. Paul est aussi bon que toi. D'ailleurs, je n'ai presque rien comme assurance, et il le sait. Je n'ai pas d'argent non plus, c'est pour cette raison que je travaille pour Jean-Pierre.

— Tu es certaine que Paul n'a aucune raison de vouloir ta mort?

— Certaine. C'est vraiment pour rendre service au frère de Mme Caron qu'il s'est rendu chez elle aujourd'hui, et c'est tout à fait par hasard que nous nous sommes rencontrés.

— Tu oublies les loups, ils ne sont pas là par hasard.

Maureen en a assez de cette discussion qui ne mène à rien. Tout au long du trajet entre la ferme de Philippe et le chalet de Frank, elle avait pensé au bonheur qu'elle ressentirait quand Frank la prendrait dans ses bras. Elle avait imaginé plusieurs scénarios, mais pas celui-là. Elle est vraiment déçue.

— Frank, je t'assure que j'ai pleine confiance en Paul. Je m'excuse si je t'ai inquiété aujourd'hui, ce n'était vraiment pas mon intention. Je ne m'éloignerai plus jamais de toi sans t'avertir. Oublie mon ex-mari, oublie Wolf, oublie toute cette histoire et prends-moi dans tes bras, embrasse-moi, je t'aime.

— Tu as raison, viens un peu par ici, je vais te montrer que même si je ne suis pas aussi jeune que Paul et Philippe, je suis encore très bon pour mon âge.

— Je sais, Frank, tu l'as déjà prouvé, c'est pour ça que je reste avec toi.

— Ah! oui!

— Frank, je t'aime. Je suis si bien dans tes bras, je voudrais m'y blottir jusqu'à la fin de mes jours.

— Je n'ai rien contre. Viens plus près, mon amour, embrasse-moi.

Leur amour est si grand, qu'ils oublient leurs inquiétudes. Ils ont besoin l'un de l'autre, et jamais personne ne pourra les séparer, ils en ont la certitude. Au petit matin, épuisés mais heureux, ils s'endorment enfin.

Lorsque Maureen se réveille, elle est seule dans le chalet. Frank et Whisky sont dehors. Les jappements de Whisky et le rire de Frank lui laissent supposer qu'ils ont beaucoup de plaisir. Elle s'étire paresseusement et se lève avec regret. De la fenêtre, elle les voit s'éloigner. Quelques instants plus tard, on frappe à la porte. Frank a probablement oublié quelque chose.

— Philippe!

Maureen est très surprise, elle reste figée devant lui sans rien dire. Elle referme d'un geste maladroit sa robe de chambre qu'elle n'avait pas pris le temps d'attacher. Il est vraiment regrettable que Frank se soit éloigné avec le chien.

— Bonjour Maureen, puis-je entrer?

— Oui bien sûr, entre.

— Maureen, il faut que je te parle. Je n'ai pas fermé l'oeil de la nuit, il fallait que je te voie. Mike m'avait dit que

184

Frank allait marcher avec son chien tous les matins, j'ai donc
attendu leur départ pour venir te rencontrer.

Maureen n'aime pas les situations compliquées. S'il fallait
que Frank revienne pendant que Philippe est là, seul avec
elle alors qu'elle n'est presque pas vêtue, il pourrait s'imaginer plein de choses.

— Philippe, j'aime Frank tu le sais, nous allons bientôt
nous marier et je...

— Attends, attends ne te fâche pas, je t'en prie, laisse-moi
parler. Ce que j'ai à te dire, j'y ai pensé toute la nuit. Je
dois te parler avant le retour de Frank. Écoute. Je sais que
je n'ai aucune chance de gagner ton coeur à la façon dont tu
le regardes. Maureen, je ne veux pas tout perdre, je t'aime
trop. Promets-moi de me pardonner tout ce que j'ai fait et
tout ce que j'ai dit. Je te jure que plus jamais je n'essaierai
de te séparer de lui, mais laisse-moi au moins ton amitié. De
sentir ton ressentiment hier m'a brisé le coeur, je ne peux
pas supporter de te savoir en colère contre moi. Je vais continuer de t'aimer en secret, sans jamais t'en parler ni en
parler à personne, mais tu dois savoir que si un jour tu as
besoin de moi, pour quoi que ce soit, je serai toujours là
pour toi et je ne demanderai rien en retour, je te le promets.

— Philippe, il serait peut-être préférable qu'on ne se
revoie plus. Je ne veux pas te faire de peine, et si tu m'aimes
autant que tu le dis, de me voir heureuse avec Frank, te fera
souffrir et je ne le souhaite pas.

— Non, non, au contraire, ce qui me ferait le plus souffrir,
c'est de ne pas te voir. Maureen, j'aimerais te demander
quelque chose. Une fois, une seule fois. Je voudrais t'enlacer.
Je sais que c'est ma dernière chance de le faire, ne dis pas
non je t'en supplie. Je n'exigerai rien de plus, Maureen.
N'aie pas peur, je désire seulement t'étreindre une fois. S'il
te plaît, Maureen, ne dis pas non. Si tu acceptes, je serai le

plus heureux des hommes et je garderai toujours précieusement ce souvenir enfoui au plus profond de mon coeur.

Émue par les paroles de Philippe et surtout par ses yeux remplis de larmes, Maureen s'approche de lui. Il la prend dans ses bras et la serre tendrement contre lui.

— Philippe, il serait préférable que tu partes maintenant.

Elle essaie de se dégager, mais il la retient contre lui. Doucement, tout doucement, avec beaucoup d'amour, il se permet de l'embrasser. Sans que ni l'un ni l'autre n'y puisse quoi que ce soit, ce qui n'était au début qu'un baiser d'adieu, se transforme soudainement en un baiser passionné. À ce moment précis Frank les surprend.

— Maureen! Philippe! Qu'est-ce que vous faites? Je me doutais qu'il se passait quelque chose entre vous deux.

— Frank, ce n'est pas ce que tu crois. Je vais tout t'expliquer, je...

Maureen n'a pas le temps de finir sa phrase, Frank est déjà parti. Elle reste là, près de Philippe, sans dire un mot, complètement anéantie. Elle ne comprend pas ce qui est arrivé, pourquoi a-t-elle succombé ainsi aux avances de Philippe? Frank ne pourra jamais lui pardonner, jamais il n'oubliera ce qu'il vient de voir. Comment lui expliquer?

— Philippe, je ne sais pas quoi dire sur ce qui vient de se passer. Je veux dire le baiser, j'aime Frank.

— Je sais, Maureen. Je sais.

— Philippe, il vaudrait mieux que tu partes maintenant.

Philippe la quitte à contrecoeur. Il se sent terriblement coupable. Maureen est malheureuse à cause de lui. Il ne voulait pas causer un tel drame, mais ce qui est fait est fait et malgré lui, il recommence à espérer. Si Frank et Maureen se quittent, il a peut-être une petite chance.

Frank ne revient au chalet qu'à l'heure du souper. Il semble fatigué et nerveux. Il fait les cent pas dans la cuisine sans parler.

— Frank, je sais que les apparences sont contre moi, mais je t'assure que je n'avais pas du tout l'intention de te tromper avec Philippe.

— Maureen, j'ai besoin de temps, j'ai besoin de réfléchir. Écoute, il y a un de mes amis qui demeure aux États-Unis. Il m'a souvent invité chez lui. Cet après-midi, je lui ai téléphoné pour lui dire que j'acceptais son offre. Je suis venu chercher quelques affaires, je pars immédiatement.

— Frank, tu ne peux pas faire ça!

— J'ai averti Kathy de mon départ, elle sera ici demain matin. Elle dit que tu peux te réinstaller dans son chalet si tu le veux, mais je crois qu'il serait préférable que tu retournes chez toi.

Frank ramasse un livre qui traîne sur la table et fait semblant de le feuilleter pour se donner une certaine contenance.

— Frank, je t'en prie, laisse-moi au moins le temps de t'expliquer ce qui s'est réellement passé.

Frank lance le bouquin au bout de ses bras. Le livre passe juste au-dessus de la tête de Whisky. La couverture arrache en touchant le sol.

— Maureen, il n'y a rien à dire, je t'ai vue dans ses bras, je t'ai vue l'embrasser.

— Frank, ne t'en va pas. Je t'en supplie reste avec moi. Je t'aime et je veux devenir ta femme, notre mariage...

— Notre mariage, tu aurais pu y penser avant.

— Frank, tu pars pour combien de temps?

— Je ne sais pas.

Maureen éclate en sanglots. Elle s'approche de Frank et le prend par le bras. Elle sait qu'il ne sert à rien de discuter avec lui, elle le connaît, il ne reviendra pas sur sa décision. Elle appuie sa tête sur l'épaule de Frank. Comme elle voudrait le retenir!

— Frank, tu vas revenir n'est-ce pas?

— Oui, un jour, je suis chez moi ici.

Pleine d'espoir, Maureen se déplace un peu pour lui faire face. Elle lui entoure la taille de ses bras et se blottit contre lui.

— Frank, dans ce cas, je vais t'attendre, je ne retournerai pas chez moi. Je veux rester ici jusqu'à ce que tu reviennes, je t'aime.

Frank la repousse brusquement.

— De cette façon, tu seras plus proche de Philippe, c'est pratique n'est-ce pas?

— Frank, tu n'as pas le droit de m'accuser de la sorte, tu n'es pas juste. Je t'aime, tu le sais.

— Je croyais le savoir, maintenant je ne suis plus sûr de rien.

Frank va dans la chambre à coucher, prend quelques vêtements qu'il jette pêle-mêle dans un sac de voyage et se dirige vers la porte.

— Viens, Whisky, nous partons.

Maureen essaie désespérément de gagner du temps.

— Tu amènes Whisky avec toi?

— Non, je vais le laisser chez Jean-Marc.

— Frank, laisse-le-moi.

— Non. Maureen, je veux que tu quittes mon chalet. Va où tu veux, mais ne reste pas ici. Je suis peut-être fou, mais pas au point de fournir un abri à vos amours.

— Si je comprends bien, c'est vraiment fini entre nous.

Frank ne répond pas tout de suite. Il ne sait plus du tout où il en est, tout est confus dans sa tête.

— Je ne sais pas, Maureen. Je te l'ai dit, j'ai besoin de réfléchir. Viens Whisky.

Maureen se retrouve seule. Frank est sorti sans se retourner, comme si elle ne comptait plus. Elle le regarde s'éloigner en pleurant. Elle voudrait courir après lui, essayer de le retenir, mais elle sait que ce serait inutile. Le chandail préféré de Frank est resté sur la petite table près du foyer. Elle le prend et le tient serré contre elle. La fragrance qui s'en dégage lui rappelle Frank. Le chalet semble très vide sans lui. Ne pouvant supporter davantage cette solitude, Maureen décide d'aller se coucher. Frank a oublié ses pantoufles près du lit. Elle les ramasse et sourit malgré elle en voyant qu'elles sont encore une fois pleines de bave. Frank et Whisky auraient encore une dispute. Elle se couche du côté du lit où Frank a l'habitude de dormir, ainsi elle se sentira un peu plus près de lui. Où est-il présentement? Souffre-t-il autant qu'elle?

8

La séparation

En quittant Maureen, Frank a envie d'aller chez Philippe pour lui dire ce qu'il pense de lui, mais sa colère est si grande, qu'il a peur de perdre son sang-froid. De toute façon, Philippe n'est pas le seul coupable. Frank est vraiment déçu, il avait tant confiance en Maureen. Tout seul pour voyager, car il a laissé Whisky chez Jean-Marc, le policier à la retraite n'arrête pas de penser et de repenser à ce qu'il avait vu en entrant chez lui. Maureen embrassait Philippe, jamais il n'oubliera cette scène. Il a l'impression de devenir fou. Il voyage toute la nuit, les mains crispées sur le volant. Ils auraient pu être heureux, tout allait si bien, ils avaient même décidé de se marier au mois de juillet. Si au moins elle avait été franche avec lui quand il avait essayé de savoir s'il y avait quelque chose entre elle et Philippe.

Il arrive chez son copain aux petites heures du matin. Voyant de la lumière à l'intérieur, il décide de frapper.

Une femme très belle et très sexy s'approche de lui un verre à la main.

— Salut mon lapin, je t'attendais.

Interloqué, Frank recule d'un pas. Cet accueil imprévu lui paraît plutôt singulier.

— Je m'excuse, dit-il, il doit y avoir une erreur. Je suis venu rendre visite à un vieux copain et...

— Il n'y a pas d'erreur, mon lapin, c'est toi que j'attendais.

La femme se passe la langue sur les lèvres d'une manière très sensuelle et plus que provocante.

Frank n'a plus aucun doute en ce qui concerne les intentions de cette voluptueuse beauté. Il ne sait pas trop comment réagir. Un collégien encore puceau ne serait pas plus gauche que lui. Il se sent ridicule.

Amusée par l'embarras de Frank, elle s'approche de lui un sourire moqueur aux lèvres.

— N'aie pas peur, mon lapin, je ne mords pas.

— Je crois qu'il serait préférable que je revienne un peu plus tard, dit Frank.

— Pourquoi? Tu n'aimes pas les femmes? Je ne te plais pas?

Elle pivote sur elle-même pour qu'il puisse admirer son corps aux courbes parfaites. Chacun de ses gestes dégage une grande sensualité.

— Tu es très belle, mais...

Elle ne lui laisse pas le temps de finir sa phrase.

— Alors laisse-toi faire, je vais m'occuper de toi, je sais rendre un homme heureux.

— Je n'en doute pas un instant. Mais présentement, ce que je veux, c'est voir mon copain. Il est ici?

— Ne sois pas si pressé, mon lapin. Tu aimes mes cheveux?

D'épais cheveux bruns, presque noirs, lui descendent jusqu'aux fesses. Elle est très belle. Une mèche entre les doigts, elle se dandine devant lui.

— Viens, mon lapin. Ne sois pas timide.

Du fond de la pièce provient un rire tonitruant.

Le copain de Frank sort de sa cachette. Il n'a rien manqué du spectacle, et il s'est amusé comme un fou. De voir Frank se débattre ainsi pour défendre sa vertu, lui a fait perdre tout contrôle, et il s'est esclaffé. Ce qui a mis un terme définitif à cette mise en scène plutôt hilarante.

— Ne te donne pas tant de misère inutilement, ma belle, dit-il en continuant de rire. Je crois que Frank est rendu trop vieux pour apprécier ton charme. À bien y penser, ce qui ne fait plus effet sur lui, produit une impression terrible sur moi, va donc m'attendre dans la chambre.

Après le coup pendable que son ami vient de lui faire, Frank aurait le droit de se mettre en colère, mais il ne peut s'en prendre qu'à lui-même, car il aurait dû être plus méfiant. Ce n'est pas le premier tour, et sûrement pas le dernier, que lui joue son copain.

— Jacques, tes blagues ne sont pas drôles! proteste Frank.

— Bonjour Frank, heureux de te revoir. Au téléphone, tu m'avais dit que tu avais une peine d'amour. Il n'y a rien comme une belle femme pour t'en faire oublier une autre, crois-en mon expérience.

— Comme je peux voir, tu n'as pas du tout changé, tu aimes toujours la belle compagnie.

— Tu parles! Tu fais pitié à voir, mon vieux Frank. Ne te laisse pas aller, tu vas voir, tu vas l'oublier.

— Je ne pourrai jamais oublier cette femme, jamais!

— On dit ça, et puis finalement on oublie. Si tu veux dormir un peu, il y a une chambre au fond du couloir.

— Je ne dirai pas non, j'ai conduit toute la nuit et je commence à ressentir ma fatigue.

* * *

Frank entre dans la chambre. Il n'y a rien de luxueux dans cette pièce, mais c'est propre et accueillant. La décoration laisse deviner la personnalité exubérante de son ami. L'endroit est vraiment chaleureux, Maureen s'y plairait.

Frank s'étend sur le lit, sans même prendre le temps d'enlever ses vêtements et s'endort presque aussitôt. Son sommeil est agité. Il rêve qu'il est tombé dans la rivière où Wolf avait jeté un cadavre. C'est la nuit, il fait très noir et l'eau est glacée. Il n'arrive pas à regagner la rive, il est très fatigué et le courant est trop fort. Maureen est debout sur la plage, son beau visage éclairé par le reflet de la lune. Elle le regarde se noyer en souriant. Un homme s'avance lentement vers elle, il s'approche d'elle et lui prend la main. C'est Philippe. Elle se blottit dans ses bras et ensuite l'embrasse passionnément. Derrière eux arrive un homme armé, dont il est incapable de voir le visage. Frank se sent entraîné par le courant, il crie pour les avertir, mais il est trop loin et ils ne l'entendent pas. Il ne les voit plus dans le noir et il est trop loin. Puis il entend un coup de feu.

— Non!

Il se réveille. Le coeur battant à grands coups, il s'assoit sur le bord du lit. Machinalement, il se passe la main dans les cheveux pour les replacer. Il est couvert de sueurs, mais pourtant il frissonne.

— Elle va me rendre fou.

Frank ne sait plus où il en est. Il a peut-être fait une erreur en quittant Maureen. Il aurait peut-être dû lutter pour sauver son bonheur. En venant ici, il laisse toutes les chances à Philippe. Par contre, il est certain que si Maureen lui revient, ce sera parce que c'est vraiment lui qu'elle aime. Il doit lui laisser la liberté de choisir sans s'imposer. Où est-elle à présent? Est-ce que Kathy est déjà arrivée? Est-ce que Philippe est revenu la voir?

Des bruits de pas dans le couloir annoncent la venue de son copain. On frappe à la porte.

— On peut entrer?

— Oui. Tu es chez toi.

Frank a répondu pour rien, puisque de toute façon, son ami Jacques se trouve déjà au milieu de la chambre. Apparemment, il se moque des cérémonies et des bonnes manières.

— Tu aimes toujours les randonnées en forêt? demande Jacques.

— Oui, bien sûr.

— Alors amène-toi. Il n'y a rien de mieux que l'exercice pour oublier. Tu as deux minutes pour te préparer, nous t'attendons.

— Nous?

— Oui, j'ai invité quelques potes. Des gars qui travaillaient avec nous. Ils sont de passage et ont hâte de te revoir.Grouille-le-toi un peu, Frank, ils n'aiment pas attendre.

Frank se réjouit de retrouver ses anciens compagnons de travail. Il avait presque oublié la franche camaraderie qui existait entre eux. Malgré les années qui se sont écoulées depuis qu'ils se connaissent, ils n'ont pas beaucoup changé. Jacques est peut-être celui que le temps a le plus épargné. Il a gardé un corps d'athlète, ses cheveux sont toujours aussi fournis, et il semble plein d'énergie. Avec ses six pieds et sa grosse voix rauque, personne ne doit s'opposer à lui. Claude n'a pas beaucoup changé lui non plus, quoique ses cheveux soient devenus blancs. Petit, toujours aussi maigre, très intelligent, il est encore le boute-en-train du groupe. René, le bricoleur, souffre de calvitie. Il a une grosse moustache un peu jaunie par la fumée des cigarettes qu'il fume sans arrêt, il est un peu ventru, mais apparemment très en forme. Gaston lui, semble toujours accorder autant d'intérêt à son apparence, car il cherche constamment à faire des nouvelles conquêtes. Et il y a Simon, celui qu'ils ont surnommé *Le décontracté*, à cause de son allure générale. Ébouriffé, mal rasé et les vêtements fripés, il va son chemin, sans s'occuper de leurs commentaires désobligeants. Il reste cependant très amical et très attachant.

Revoir Frank après tant d'années enthousiasme ses amis. Il est toujours comme un frère. Ils ont travaillé si longtemps en équipe, ils ont risqué leur vie si souvent ensemble, qu'un lien s'est formé entre eux. Si un événement malheureux bouleverse Frank, ils feront tout leur possible pour le consoler.

* * *

Ils marchent dans un sentier étroit et très accidenté. Sans leur bonne condition physique et leur goût de l'aventure, ils ne se risqueraient pas dans un tel endroit. Ils avancent, sans se parler, chacun étant plongé dans ses pensées.

Claude rompt soudainement le silence.

— Les gars, j'ai une idée. C'est réellement plaisant de se retrouver tous les six comme dans le bon vieux temps, on devrait le faire plus souvent. Pourquoi on ne formerait pas un club ou quelque chose du genre? On pourrait se rencontrer régulièrement.

Simon lui réplique aussitôt qu'ils n'ont pas besoin d'un club pour se rencontrer, ils n'ont qu'à se parler de temps en temps, comme Jacques vient de le faire en les invitant pour quelques jours.

Loin de laisser tomber son idée, car il a besoin d'action et de compagnie, Claude revient à la charge avec une autre suggestion.

— J'ai quelque chose à vous proposer, les gars, j'y pense depuis un bon bout de temps. On est encore tous dans la cinquantaine, c'est trop jeune pour rester à rien faire.

René lui coupe la parole.

— Peut-être que toi, tu restes inactif, Claude, mais moi j'ai beaucoup d'occupations. Je suis en train de construire un chalet avec mon fils. Si tu voyais notre terrain, juste au bord d'une rivière.

— Très bien René. Tu construis ton chalet, mais après tu fais quoi?

— Quelle idée, je pêche!

René s'imagine déjà assis au milieu de sa chaloupe, un grand chapeau sur la tête, la canne à pêche dans une main et une belle grosse truite dans l'autre. Il la voit presque se débattre, il entend même le bruit qu'elle fera en s'agitant dans le panier, et avant même qu'elle cesse de bouger, il remettra sa ligne à l'eau.

Qu'est-ce qu'un homme peut désirer de plus? pense-t-il en lui-même.

— Et tout l'hiver, tu fais quoi? s'entête Claude.

René soupire. Claude venait de le ramener à la réalité. Quel dommage!

— Je trouverai quelque chose, dit-il en haussant les épaules, j'ai toujours des réparations à faire sur la maison.

Claude ne se laisse pas démonter.

— J'ai mieux que ça à vous proposer, les gars, dit-il. Écoutez, comme je vous le disais tantôt, nous sommes tous dans la cinquantaine. Frank est le plus vieux de notre groupe et il n'a que cinquante-huit ans. Vous savez quoi? On devrait s'ouvrir une agence de détectives privés.

Cette fois, Gaston réplique, agacé par cette perte de temps. Il est venu ici pour marcher, pas pour parler.

— Claude, nous discuterons de ton idée ce soir, à la brasserie, devant une bonne bouteille de bière. Pour le moment, j'apprécierais grandement continuer notre marche.

Jacques qui n'avait encore rien dit, mais à qui l'idée plaisait beaucoup, intercède en faveur de Claude.

— Laissez-le donc parler. Je trouve son idée excellente. Pensez-y un peu. Depuis que nous avons pris notre retraite, chacun d'entre nous aurait eu la possibilité de régler une ou plusieurs affaires où un enquêteur aurait été le bienvenu. Tout en marchant, essayez de vous remémorer un fait quelconque, n'importe quoi, qui soit arrivé à vous, à votre famille, à des amis, où, en tant que détective, vous auriez pu aider. Comme le disait Gaston tout à l'heure, ce soir, nous pourrons discuter de notre projet devant une bonne bière.

Frank n'avait pas encore dit un mot. Tout au long de la conversation entre ses amis, il n'avait pas cessé de penser à Maureen. Un détective. Lui! un détective! Il se demande quelle sorte de détective il ferait. Au moment où Maureen lui avait demandé de l'aide, il ne l'avait même pas crue. Et quand finalement il a su qu'elle disait vrai, Wolf était déjà chez elle, mais lui, il n'y était pas. Elle aurait pu se faire tuer à cause de lui.

Voyant que son ami broie du noir, Jacques le prend amicalement par les épaules et le pousse doucement vers le sentier tortueux.

— Continuons notre marche, dit-il. Tu vois cette grosse côte devant nous? À son sommet il y a une énorme pierre. Je te parie ce que tu veux, que lorsque tu arriveras en haut de cette côte, moi je serai déjà assis sur cette pierre en attendant ton arrivée, vieux pantouflard.

— C'est ce que nous allons voir, riposte Frank, qui relève le défi avec plaisir.

— Hé! les gars! Si j'arrive au sommet de cette côte avant Frank, c'est lui qui devra payer la bière ce soir, affirme Jacques.

La course vers le sommet commence aussitôt. Frank et Jacques sont stimulés par les cris d'encouragement de leurs amis et par l'orgueil. Rien ne peut les arrêter. Ni arbres déracinés qu'ils doivent enjamber pour avancer, ni les égratignures qu'ils se font aux mains en tassant des branches, ni la boue qui les fait parfois glisser. Ils aiment la compétition, ils veulent vaincre, pour eux, c'est une question d'honneur.

Frank arrive le premier. Il ressent un plaisir presque enfantin à s'asseoir sur la grosse pierre pour attendre l'arrivée de son copain. C'est la première fois depuis qu'il a surpris Maureen et Philippe ensemble, qu'il arrive à chasser cette image de sa pensée. Pour quelques instants seulement, il a eu l'impression d'être heureux. Mais il les revoit sans cesse en train de s'embrasser passionnément, il n'arrive pas à oublier.

Il entend ses amis qui approchent. Il doit faire un effort car jusqu'à maintenant, il ne leur a pratiquement rien dit. Il n'a vraiment pas envie d'être sociable, il préférerait être seul. Il sait néanmoins que Jacques a invité les gars pour lui, pour essayer de lui changer les idées. Il essuie donc ses yeux du revers de la main, prend un air insouciant et sourit à son ami Jacques qui arrive en haletant.

— Pas trop mal mon vieux Jacques, encore un peu d'entraînement et tu pourras me suivre. Tu avais raison, cette pierre est vraiment confortable. Tu veux t'asseoir un peu pour reprendre haleine?

— Non merci!

— Tu devrais. Tu souffles aussi fort qu'un vieux phoque qui sort de l'eau.

Jacques s'assoit par terre et s'essuie le visage avec le bas de son gilet. Son orgueil vient d'en prendre un coup. Puisqu'il vient s'entraîner ici à tous les jours ou presque, Jacques ne croyait pas que Frank pourrait le battre si facilement sur son propre terrain. Malgré cette profonde blessure à son amour-propre, il ne perd pas sa bonne humeur et taquine amicalement son vieux camarade.

— Tu sais, Frank, je suis persuadé que ce n'est pas ta forme physique qui t'a fait grimper si vite, c'est la peur de payer la bière ce soir.

— Mon pauvre Jacques, si cette accusation mesquine peut sauver ton orgueil, tu peux toujours le croire, se moque Frank. Qu'est-ce que vous en pensez, les gars?

Simon répond pour le groupe.

— Nous, ce qui nous intéresse, c'est d'avoir notre bière gratuitement.

Des sifflements, des applaudissements et des cris de joie accompagnent cette réflexion. Elle est approuvée à l'unanimité.

Jacques sort son portefeuille et compte son argent. Il fronce les sourcils. Joueur de tours incorrigible, il surveille avec satisfaction la mine déçue de ses amis, qui croient avoir perdu cette tournée dont il avait lui-même parlé. Il est si content de se retrouver avec eux, qu'il est incapable de les faire languir plus longtemps.

— Vous l'aurez votre bière, les gars! affirme-t-il en exhibant son argent. Vous l'aurez, faites-moi confiance!

Dès qu'ils reprennent la marche, René s'approche de Frank et lui parle tout bas pour ne pas se faire entendre des autres.

— Frank, il faut que je te parle.

René fait encore quelques pas et s'effondre en criant.

— Ma cheville. Ma cheville! Je me suis foulé une cheville.

Ils reviennent tous vers lui, prêts à l'aider.

— Non, non, ne vous occupez pas de moi, continuez votre excursion, leur dit René. Je vais vous attendre ici et me reposer un peu. À votre retour, je serai probablement capable de marcher, je crois que c'est juste un peu forcé.

Frank s'assoit près du supposé blessé. Il dit à ses amis de poursuivre leur randonnée et de ne pas s'en faire, car il va rester avec René pour s'assurer que tout va bien.

Jacques, qui connaît le sentier, dit à ses copains qu'il reste à peu près une demi-heure de marche à faire pour le compléter. Il les laisse libres de décider s'ils veulent le faire au complet ou arrêter et retourner immédiatement avec René.

— Non, non, continuez, insiste René. Je vais en profiter pour récupérer un peu. Je ne voudrais surtout pas aggraver mon mal en repartant tout de suite.

Frank connaît René depuis assez longtemps pour savoir qu'il ne ferait pas toutes ces manigances pour rien. Il doit sûrement avoir quelque chose de très important à lui dire pour se comporter de la sorte.

Quelques minutes seulement se sont écoulées depuis le départ de leurs amis que déjà, René semble un peu mieux. Il entame la conversation.

— Frank, je dois repartir pour Québec demain matin et je voulais te parler de quelque chose avant mon départ. Comme je savais qu'avec les copains je n'aurais jamais la chance d'être seul avec toi d'ici là, j'ai joué cette petite comédie dont je ne suis pas très fier pour que nous puissions discuter un peu toi et moi.

— Tel que je te connais, René, ce que tu veux me raconter doit être très grave, autrement tu n'agirais pas ainsi.

René passe sa main sur son crâne dégarni, geste qu'il fait habituellement lorsqu'il veut cacher son embarras.

— Oui et non. Je voulais parler de nos jeunes.

— De nos jeunes? s'étonne Frank. As-tu des problèmes avec tes enfants?

René fait tourner entre ses doigts les longs poils raides et jaunis de sa moustache. Il les tire tellement fort, qu'il en é-prouve de la douleur.

— Et toi Frank, avec Mike ça va?

— Oui, bien sûr.

— Vous êtes toujours bons copains tous les deux? insiste René.

— Quelle question! Où veux-tu en venir, mon vieux?

René n'en peut plus. Il fouille dans ses poches et en retire un paquet de cigarettes. Il s'était pourtant promis d'abandonner cette mauvaise habitude, en découvrant qu'il avait de la difficulté à suivre ses copains dans le sentier. Il cherche ses allumettes et ne les trouve pas. Il s'impatiente. Il sent que Frank l'observe, et cela l'énerve encore davantage.

Enfin! Les voilà!

Elles étaient dans la poche arrière de son pantalon. Il allume sa cigarette d'une main tremblante.

— Frank, est-ce que Mike t'a dit qu'il venait souvent chez nous depuis un petit bout de temps?

— Oui, et je peux même te dire qu'il y a chez vous quelqu'un qui l'attire tout particulièrement.

— Alors tu es au courant, Frank?

— Ben oui.

— Et tu n'y vois pas d'objection? Cette situation ne te dérange pas?

Frank commence à se demander si son copain n'est pas un peu dépressif.

— Au contraire René, j'en suis heureux, pas toi?

— Pour être franc avec toi, au début ma femme et moi, nous avons eu beaucoup de peine. Avec le temps, nous avons fini par accepter.

— Là, j'avoue que j'ai de la difficulté à te suivre. Nous avons souvent parlé de nos jeunes et du bonheur que nous aurions à les voir sortir ensemble. Claudine et Mike sont faits pour s'entendre.

René se gratte le ventre et reboutonne sa chemise qui est partiellement détachée. La pression que subit le tissu est trop grande, car René a pas mal engraissé depuis quelque temps. Le bouton arrache et la chemise se déchire.

Frank se retient pour ne pas rire. Son ami n'est visiblement pas dans son état normal, et il préfère ne pas se moquer de lui, de peur de le blesser.

René met le bouton dans la poche de son manteau et poursuit.

— Tu n'es donc pas au courant?

— Au courant de quoi? s'impatiente Frank.

— Pour Mike et Gaétan, répond René.

— Ils se sont disputés?

René soupire. Décidément, Frank ne lui rend pas la tâche facile.

— Non, au contraire. Frank, c'est Gaétan que Mike vient voir, pas Claudine.

— Quoi?

René s'allume une autre cigarette, il en a grand besoin.

— Ils sont homosexuels, Frank. Ils veulent s'installer ensemble. Le chalet que je construis, c'est pour eux.

Frank se montre tolérant, mais là, René dépasse les limites. Il a beau avoir des problèmes émotionnels, c'est malheureux pour lui, mais ce n'est pas une raison pour partir des ragots semblables. La colère de Frank est telle, qu'il a l'impression qu'elle pourrait lui sortir par les pores de la peau. Il se sent comme une bombe sur le point d'exploser.

— Ils sont bons copains, c'est tout! hurle-t-il. Tu as sûrement mal interprété ce qu'ils t'ont dit! Ils aiment le grand air et le sport, c'est normal qu'ils aient goût d'un chalet au bord d'une rivière pour la pêche et la natation, mais quand même, n'exagère pas!

— Frank, ton fils et le mien sont amoureux l'un de l'autre, ils me l'ont dit. Je m'excuse de te l'apprendre si brusquement, mais de toute façon, il fallait bien que tu le saches un jour ou l'autre.

— Ce n'est pas possible! Je ne te crois pas!

Complètement atterré, Frank s'éloigne un peu de son ami. Il respire avec peine. Ce qui lui fait le plus mal, ce n'est pas de découvrir que son fils est homosexuel, c'est de l'apprendre de cette façon, par René. Mike aurait dû savoir qu'il pouvait lui parler, que l'important était son bonheur, qu'il l'acceptait et l'accepterait toujours tel qu'il était, sans conditions. Frank a l'impression que tout s'écroule autour de lui. Il se sent terriblement seul. D'abord trahi par Maureen, il apprend ensuite que son fils n'a pas confiance en lui. Il ne lui reste rien.

De loin lui parviennent des cris et des rires. Ses copains reviennent. De les voir si heureux, lui fait sentir davantage la profondeur de son chagrin. Les voix se rapprochent, ses amis arrivent.

Jacques s'avance vers Frank.

— Frank, nous étions justement en train de rigoler à tes dépens. Je racontais à ces gentils messieurs, ton arrivée chez moi ce matin. Si tu avais vu la tête que tu faisais. Je n'ai pas pu m'empêcher de rire, tu étais trop drôle. Si vous l'aviez entendu, les gars, il disait: «Je crois qu'il serait préférable que je revienne un peu plus tard». Il avait vraiment l'air idiot devant la belle Carole. Ne t'en fais pas, Frank, je réserve le même comité d'accueil à tous ceux qui viennent me voir. Tu me connais, je suis très moqueur. Vous y êtes tous passés, chacun votre tour, mais le plus drôle, ce fut Gaston.

Cette fois, Gaston prend la parole. Il veut raconter lui-même son aventure.

— Moi, j'étais arrivé chez Jacques très tard dans la soirée. Vous connaissez tous Carole, vous pouvez imaginer la scène. Elle était venue m'ouvrir la porte. Elle était vêtue d'un jean très serré et d'une blouse noire, presque transparente. Vous connaissez tous mon attirance pour les belles femmes, et celle-là n'avait pas un défaut; elle était parfaite de la tête aux pieds. Elle m'invite à entrer, me dit que Jacques est absent pour une bonne partie de la nuit. Elle m'offre une bière, puis une autre, nous bavardons de choses et d'autres, elle met de la musique, nous dansons. Mais vous me connaissez, de la bière, de la musique, une belle femme... Carole était un peu trop provocante, j'aurais dû me méfier. C'était trop beau pour être vrai. Toujours est-il qu'elle se colle tout contre moi en me disant qu'elle manque d'affection, et moi, comme un idiot, je l'ai suivie dans la chambre. Elle s'allonge sur le lit, j'en fais autant, je la prends dans mes bras et c'est à ce moment précis que Jacques fait irruption dans la chambre en criant: «Espèce de salaud! Qu'est-ce que tu fais avec ma femme? Et dans mon lit en plus!» Je reste figé sur place comme un imbécile. C'était la première fois de ma vie qu'il m'arrivait une aventure semblable. Je devais faire toute une tête parce que Jacques a éclaté de rire en me voyant. Vous connaissez tous son rire, c'est quelque chose à entendre, surtout dans une situation comme celle-là. Rien qu'à y penser, Jacques s'esclaffe.

— Je vous le dis, les gars, je ne sais pas ce que j'aurais donné à ce moment-là pour avoir une caméra vidéo. J'aurais tant aimé pouvoir vous montrer ça. Bon, allons-y maintenant! René, est-ce que ton pied va mieux? Es-tu capable de marcher?

René qui s'était assis sur une souche, se lève sans difficulté. Il secoue son pantalon et fait quelques pas devant Jacques qui le surveille en plissant les yeux. René aimerait savoir ce que cache ce regard énigmatique.

— En principe, je devrais être capable de vous suivre, sans trop de problèmes, dit-il en rougissant légèrement. Je me suis trouvé une grosse branche pour me soutenir.

Jacques jette la brindille qu'il mordillait en regardant marcher René et il crache dédaigneusement un petit morceau d'écorce resté coincé dans sa bouche.

— Alors, en route!

Après cette longue promenade en forêt, Frank et ses amis se rendent à la brasserie. Jacques a promis de payer la bière et il le fera. Frank aurait préféré rester seul, mais ils n'ont jamais voulu le laisser partir. Il les a suivis à regret. L'amoureux éploré voit arriver Carole et quelques-unes de ses amies.

Jacques leur fait signe de venir les rejoindre.

— Salut les filles! Heureux de vous voir! Approchez-vous, le *party* ne fait que commencer.

Carole vient s'asseoir près de Frank.

— Salut! Tu ne m'en veux pas trop pour ce matin? demande-t-elle.

— Non, ce n'était pas ta faute, c'était une idée à Jacques.

— Oui, mais j'aime souvent me moquer des gens, moi aussi.

— Je m'en suis aperçu.

Frank ne se sent pas du tout à sa place dans cette réunion. Tout le monde s'amuse, tout le monde rit, mais lui, il n'a vraiment pas le coeur à la fête. Il souhaiterait être seul mais il reste avec eux pour ne pas être impoli. Il écoute leurs blagues, il sourit, mais ne pense qu'à une chose; sortir de là et se retrouver enfin seul. Au bout d'une heure, il n'en peut plus et les quitte malgré leurs protestations.

Il marche sans but précis, appréciant sa solitude et le silence qui l'entoure. Comment peut-on être si malheureux? Comment se fait-il que tout bascule autour de lui? Sa vie tombe en ruine, sans qu'il puisse y changer quoi que ce soit. Le hurlement d'un chien le fait tressaillir, malgré lui il pense au loup. Que fait Maureen présentement? Il regrette d'être venu chez Jacques. Son ami est plein de bonne volonté, mais toute cette gaieté, cette agitation, ce brouhaha ne font qu'attiser sa peine. Plus les gens s'égayent autour de lui, plus il constate à quel point il est malheureux. Il a l'impression que plus jamais il ne sera capable de prendre du bon temps comme le font ses copains, plus jamais!

Des petits pas précipités se font entendre derrière lui.

— Frank!

Un peu surpris, il se retourne.

— Carole! Qu'est-ce que tu fais ici?

— Je t'ai suivi. Je sais ce qui t'arrive et je ne voulais pas que tu restes seul.

Frank s'efforce de rester poli. Il n'a rien contre cette fille, mais il estime avoir droit à sa vie privée.

— C'est Jacques qui t'envoie?

— Non, la peine que tu vis présentement, je l'ai déjà vécue, je sais ce que c'est. Laisse-moi t'accompagner. Si tu n'as pas envie de parler, marchons en silence. Si tu désires te confier, je suis là pour t'écouter. Je veux seulement que tu saches que tu n'es pas seul, Frank. Tu peux avoir confiance en moi, je suis ton amie.

Frank n'aime pas qu'on le prenne pour un imbécile. Il sait que Carole n'est pas son amie, elle le connaît à peine. Il sait que c'est Jacques qui l'envoie. Elle n'a qu'à retourner à la brasserie où Jacques l'attend sûrement. Lui, il n'a pas besoin d'elle ni de personne, sauf de Maureen et elle est loin, trop loin.

— Carole, ton ami c'est Jacques, pas moi. Je suis assez grand pour me débrouiller tout seul. Va le retrouver et dis-lui de ne pas s'inquiéter.

— Frank, je ne suis pas la petite amie de Jacques, lui et moi, nous sommes copains, rien de plus.

— Ce n'est pas l'impression que j'ai eue ce matin.

— Jacques est mon meilleur ami, tout simplement. Il est toujours là si j'ai besoin de lui, et vice versa. Mais ce n'est pas ce que tu crois, je ne suis pas la femme de sa vie.

Ils marchent en silence. Une pluie fine commence à tomber. Carole ne sait pas trop quoi faire. Frank a l'air très malheureux. Elle n'aime pas le voir souffrir ainsi, cela lui rappelle trop de souvenirs.

— Tu as des enfants, Frank?

Frank ne répond pas tout de suite. À vrai dire, il n'a pas envie de répondre du tout. Il préférerait être seul et il voudrait qu'elle s'en aille. Il accélère le pas mais elle le suit. Il se sent un peu honteux de se conduire comme le dernier des goujats. Il a des remords en voyant son air déçu. En plus, elle semble essoufflée.

— J'ai un fils, dit-il en ralentissant un peu son allure.

— Moi aussi j'ai un fils, il s'appelle John. Il a douze ans maintenant. Je vis seule avec lui, il est toute ma vie.

— Tu es divorcée?

— Non, pour divorcer il aurait fallu que je sois mariée, ce n'était pas le cas. Je vivais avec un homme depuis presque deux ans au moment où je suis tombée enceinte. Lorsque je lui ai appris la nouvelle, il voulait que je me fasse avorter. Je n'ai pas voulu. Il était égoïste et ne pensait qu'à lui. Il disait que ce bébé bouleverserait notre vie et il n'était pas prêt à prendre tant de responsabilités. Il est resté avec moi jusqu'à l'accouchement, mais dès qu'il a su que l'enfant avait un handicap, il a décidé de me quitter. Je ne l'ai jamais revu. Frank, si tu savais comme j'ai souffert, sans le petit je crois que je serais morte de chagrin. Mais il était là et il avait besoin de moi. Il était si petit et sans défense. Alors je l'ai pris dans mes bras, je l'ai serré très fort et j'ai décidé de vivre pour lui, d'être à la fois son père et sa mère.

— Il n'y a jamais eu personne d'autre dans ta vie, je veux dire un autre homme?

— Non, jamais. Tu vas sûrement me trouver idiote, mais tu sais, j'ai toujours espéré le voir revenir.

– S'il voulait un jour, voir son fils?

– Peut-être.

Un chat de gouttière, probablement apeuré par le son de leur voix, bondit devant eux en miaulant. Carole sursaute et s'accroche instinctivement au bras de Frank. Elle aimerait entendre quelques mots gentils pour la réconforter, mais il n'en fait rien, il reste de marbre. Frank n'est pas d'humeur à parler. Il est trop triste, trop malheureux pour entretenir une conversation. Ils reprennent leur marche en silence.

Le vent se lève et la pluie devient plus abondante.

– Carole, tes vêtements sont trempés, tu vas prendre froid. Retourne auprès de ton fils, ne t'en fais pas pour moi, je ne ferai pas de bêtises, c'est promis.

– Toi aussi, tu es trempé, Frank.

– J'ai déjà vu pire.

Carole lui prend timidement la main.

– Frank, j'aimerais que tu viennes chez moi.

– Pas ce soir, Carole, une autre fois peut-être.

Carole ne sait pas trop pourquoi, mais elle ne veut pas le quitter. Frank est vraiment bel homme, cette pluie qui dégouline sur son visage le rend encore plus attirant, mais il y a plus que cela, elle le sent.

– Frank, tu ne peux pas rester sous la pluie toute la nuit.

– Je vais bientôt retourner chez Jacques, ne sois pas inquiète.

– Tu sais que tous tes copains sont chez lui? Jacques les a tous invités. Tel que je le connais, ils vont fêter toute la nuit.

– Je crois que j'ai fait une erreur en venant ici, dit Frank. Je vais retourner à Québec.

– Quand veux-tu repartir?

– Ce soir.

Carole se rapproche de Frank. D'un geste presque maternel, elle essuie une goutte d'eau qui lui pendait au bout du nez.

— Ne pars pas ce soir, Frank, tu es trop fatigué.

Frank doit se rendre à l'évidence. Carole a raison, c'est vrai qu'il est fatigué, il ne peut pas conduire dans cet état, ce serait dangereux. Il ne veut pas non plus retourner chez Jacques et revoir ses copains. Ils vont boire, puis reparler de leur agence de détectives et essayer de le convaincre de s'associer à eux. Ils se raconteront des blagues idiotes et feront les cons jusqu'à l'aube. De plus, il ne veut pas rencontrer René.

Devant son désarroi évident, Carole le prend doucement par le bras, et l'invite à son domicile encore une fois.

Ne sachant pas trop quoi répondre, Frank la regarde sans parler. Elle est là, devant lui, trempée de la tête aux pieds, souriante et amicale. La chaleur de son sourire a finalement raison de sa réticence.

Ils arrivent enfin devant chez Carole. Elle habite une maison très petite, mais très propre. À l'intérieur, quelqu'un joue du piano. Attendrie, elle sourit.

— C'est mon fils que tu entends.

— Il joue très bien.

— Oui, il a beaucoup de talent. Il ne tient sûrement pas de moi, car même avec un seul doigt sur le clavier, j'arrive à jouer faux.

Aussitôt qu'ils entrent à l'intérieur, la musique s'arrête.

— Bonjour John! N'aie pas peur, c'est moi! Comment vas-tu mon poussin?

— Bien.

Frank regarde autour de lui. Il a l'impression, pour ne pas dire la certitude, que Jacques n'est pas étranger à la décoration intérieure. Carole a beau dire le contraire, il y a certainement quelque chose entre elle et Jacques.

— J'ai amené de la visite, John, dit Carole d'une voix douce. Viens, je vais te présenter.

Frank est un peu surpris de voir que Carole et son fils se parlent en français. Il lui en fait la remarque.

— Je savais que tu parlais français, Carole, mais je suis étonné de voir que ton fils se débrouille si bien dans cette langue. Je croyais que par ici la langue officielle était l'anglais.

— Oui, nous sommes dans un milieu anglophone, mais moi je voulais que mon fils puisse s'exprimer dans les deux langues, alors à la maison toutes nos conversations se font en français.

John vient les retrouver. Il embrasse sa mère avec affection.

— Tu es toute mouillée! dit-il en la repoussant gentiment.

— Je sais. Je te présente Frank, c'est un ami.

— Salut Frank!

— Salut John! Je suis vraiment content de te rencontrer, ta maman m'a beaucoup parlé de toi. Tu es vraiment bon musicien, je te félicite.

— Tu parles comme oncle Jacques. Tu viens de Québec?

— Oui.

Le sourire de John s'agrandit. Il est ravi d'avoir de la visite qui vient de si loin. Il aime la voix de Frank.

— Je peux te toucher le visage? Je voudrais voir à quoi tu ressembles.

— Vas-y, répond Frank.

Le petit garçon aveugle s'approche de Frank et lui touche le visage. Son inspection terminée, il fait un sourire à sa mère.

— Il est plus beau qu'oncle Jacques.

John retourne à son piano. Sa musique est mélancolique.

— Pauvre John, il s'ennuie, dit Carole. À part jouer du piano, il n'a pas grand-chose à faire. Je fais mon possible pour le distraire, mais parfois je me sens complètement dépassée, je voudrais tellement qu'il soit heureux. Si son père était ici, ce serait probablement différent.

— Peut-être.

— Viens, Frank, je vais te donner des vêtements secs. Tu ne peux pas rester ainsi, tu es trempé.

Frank réalise alors que sa chemise lui colle à la peau. Il pourrait presque la tordre.

— Je ne crois pas pouvoir entrer dans tes vêtements, dit-il.

— Non, mais ceux de Jacques vont te faire.

— Jacques a des choses ici? ironise Frank.

— Ne t'en fais pas, Frank, ce n'est pas ce que tu crois. Je fais son lavage tout simplement.

Elle le prend par la main et l'entraîne dans la chambre à coucher. Elle lui dit de choisir ce qui lui plaît dans la penderie, et elle le quitte en riant.

Frank enlève ses vêtements mouillés. Il pense à Maureen. Il aimerait qu'elle soit là, près de lui, il la prendrait tendrement dans ses bras. Il ne peut pas oublier le petit visage triste qu'elle avait lorsqu'il est parti.

La porte de la chambre s'ouvre tout doucement.

Frank se dépêche d'enfiler son pantalon.

— Tu n'as pas besoin de t'habiller à la hâte, le rassure John, je ne vois rien.

— Ah! c'est toi! J'avais peur que ce soit ta mère, avoue Frank.

— Maman m'a dit de venir te chercher, elle a préparé des sandwichs.

— J'arrive tout de suite, John.

Frank se sent ridicule dans le linge de Jacques, c'est beaucoup trop grand pour lui. Il roule les manches de la chemise et fait la même chose avec le bas du pantalon pour ne pas marcher dessus.

— Pourquoi tu es si triste, Frank?

— Qui te dit que je suis malheureux?

— Je l'ai vu en touchant ton visage.

— J'ai beaucoup de peine parce que je me suis disputé avec ma petite amie.

— Ah! Dans ce cas ce n'est pas grave. Des fois, il m'arrive également de me disputer avec mes amis.

Carole, les attendait à la cuisine. Un plateau de sandwichs est placé au centre de la table. Une bonne odeur de café envahit la pièce.

Frank réalise soudain à quel point il a faim et combien cette femme est maternelle. Sa voix devient très douce lorsqu'elle s'adresse à son fils. Elle écoute attentivement tout ce qu'il raconte et elle s'affaire autour de lui pour qu'il ne manque de rien. Frank, qui jusqu'à ce jour lui était un parfait étranger, est surpris de voir qu'elle lui manifeste autant d'attention. Elle semble trouver son bonheur en faisant celui des autres. Il préfère de beaucoup cette Carole à celle qu'il avait rencontrée chez Jacques ce matin.

Frank est profondément ému de voir que John fait tout son possible pour devenir son ami. L'enfant semble le prendre pour un héros car il a une admiration sans bornes pour les policiers. Frank sourit malgré lui en pensant à son ami Jacques. Tel qu'il le connaît, il a dû raconter au petit garçon pas mal d'histoires un peu forcées où lui et ses amis étaient des héros arrêtant d'horribles malfaiteurs.

Après le repas, John retourne à son piano. Carole et Frank vont le retrouver au salon. La musique du petit garçon est très douce, presque nostalgique.

Confortablement installé dans un fauteuil, les yeux fermés, Frank se laisse bercer par la mélodie. Il se détend enfin en pensant à Maureen. Il veut partir très tôt demain matin pour aller la retrouver. Il sera bientôt près d'elle et jamais plus il ne la quittera. Depuis qu'il l'a laissée, il n'a pas cessé d'éprouver du regret pour sa décision irréfléchie. Cette journée, qu'il vient de passer loin d'elle, fut très difficile.

Pour Maureen, ce jour sans Frank avait été très long et triste. En se levant ce matin, elle s'était assise dans le fauteuil préféré de son ami. Un café à la main, elle avait regardé longtemps la porte par où il était sorti. Frank devait sûrement être rendu chez son ami maintenant. Il était vraiment démoralisé en la quittant. Très inquiète pour lui, lorsque la sonnerie du téléphone avait retenti, elle s'était précipitée pour répondre, mais c'était Kathy. Incapable de faire quoi que ce soit tellement elle avait le coeur gros, Maureen avait passé la journée assise dans le fauteuil de Frank, gardant précieusement dans ses bras le gilet qu'il avait oublié de prendre en partant. Frank lui avait dit de quitter son chalet, mais elle ne pouvait pas le faire. En restant chez lui, elle avait un peu l'impression d'être avec lui.

Elle est toujours à la même place et dans la même position lorsque, tard dans la soirée, le téléphone sonne de nouveau. Encore une fois, elle se précipite pour répondre.

— Allo!

— Bonsoir Maureen, c'est moi.

— Frank! Je suis si contente que tu appelles. Comment vas-tu?

— Ça va.

Frank est bouleversé. Le fait d'entendre la voix de Maureen lui enlève toute son assurance. Il a tant de choses à lui dire, mais il ne trouve pas les mots. Son silence inquiète immédiatement Maureen. Elle a peur qu'il raccroche.

— Frank, Frank, tu es toujours là?

Le pauvre homme tortille le fil téléphonique entre ses doigts. Il le laisse finalement retomber en voyant qu'il est sur le point de l'arracher. Il se passe nerveusement la main dans les cheveux.

— Écoute, Maureen, je ne sais pas ce qu'il y a entre toi et Philippe, et je ne désire pas le savoir. Il y a cependant une chose dont je suis certain, c'est que je t'aime et que je ne veux pas te perdre.

— Frank, il n'y a rien entre Philippe et moi. C'est toi que j'aime.

— Tu es certaine?

— Oui. Je t'aime, Frank. Je t'attends.

Assise par terre, le récepteur collé sur l'oreille, Maureen pleure à chaudes larmes. Elle regarde fixement le gilet de Frank qui pend au bord de son fauteuil. Elle le voit tout embrouillé, un battement de paupières chasse le trop plein de larmes et sa vision s'éclaircit un peu. Une crampe dans la jambe droite l'oblige à se relever. Debout sur la pointe des pieds, elle aperçoit un insecte qui passe à côté d'elle. Elle l'écrase dédaigneusement et secoue son pantalon pour s'assurer qu'il n'y en a pas un qui grimpe sur elle.

Frank reste silencieux.

Maureen commence à paniquer, son coeur bat si fort qu'elle a l'impression de l'entendre. Elle a peur que Frank raccroche, elle sent son hésitation. Elle ne sait même pas où il est, s'il interrompt abruptement la conversation, elle ne pourra pas le rappeler. C'est peut-être la dernière chance qu'elle a pour le convaincre de revenir. Mais tout comme lui, elle est trop bouleversée pour trouver les mots à lui dire. Elle reprend la parole d'une voix tremblante et incertaine.

— Frank, tu veux bien revenir?

— Oui.

— J'espère que tu ne resteras pas chez ton copain trop longtemps. J'ai besoin de toi. Je m'ennuie de toi.

— Je vais partir d'ici très tôt demain matin. Je dois arrêter à Québec en passant, j'ai un petit problème à régler avec Mike. Si tu veux toujours de moi, je peux arriver au chalet dans la soirée.

— Demain! Frank, tu ne peux pas savoir comment tu me fais plaisir. J'ai tellement envie de te serrer dans mes bras, de t'embrasser et de te prouver que c'est toi que j'aime.

— Kathy est avec toi?

— Non, elle a des problèmes avec son automobile. Elle ne pourra pas venir avant trois ou quatre jours.

Frank griffonne sur un bout de papier qu'il vient de trouver près de lui. Il crayonne n'importe quoi, des ronds, des étoiles, des lignes, des maisons, des lettres et des chiffres, tout ce qui lui passe par la tête.

— Maureen, je n'aurais pas dû te laisser toute seule au chalet, ce n'était pas prudent. S'il y a quoi que ce soit qui te semble anormal, appelle Jean-Marc.

— Ne t'en fais pas, Frank, je suis en sécurité, il n'y a personne dans le coin.

— Maureen, c'est justement cet isolement qui m'inquiète. Verrouille et vérifie ta porte.

— Et toi Frank, sois prudent sur la route.

— À demain, Maureen.

— Mon amour, je t'aime.

Frank avait appelé Maureen dans l'intimité de la chambre de Carole. D'avoir parlé avec Maureen le soulage beaucoup, sa peine est déjà moins grande. Mike occupe ses pensées. Demain, il devra discuter avec lui. Il s'assoit sur le lit, ferme les yeux et essaie, sans succès, de trouver ce qu'il devrait dire à son fils. Désespéré, il soupire.

Carole entre dans la chambre et vient s'asseoir près de lui.

— Quel gros soupir! Ça va comme tu veux?

— Oui. Je suis fatigué tout simplement.

Elle replace avec beaucoup de douceur une mèche de cheveux qui se tenait à la verticale sur la tête de Frank. Son geste est presque une caresse.

— Ne reste pas tout seul à broyer du noir. Viens nous retrouver.

Frank la suit, bien malgré lui.

John arrête de jouer du piano à l'instant même où Frank entre dans le salon. Il attend que l'homme se choisisse un fauteuil et va s'installer près de lui.

— Frank, demande candidement John, est-ce que ta petite amie est encore fâchée contre toi?

— Non.

— Alors tu vas retourner la voir à Québec?

— Oui.

Frank prend la tasse que lui tend Carole. Ce café, il en avait grandement besoin. Il en savoure chaque gorgée.

— Oncle Jacques m'a promis qu'il m'amènerait à Québec cet été, déclare fièrement John. Est-ce que je vais pouvoir aller chez toi?

— Oui, si tu le veux.

La joie de John est indescriptible. Il s'imagine déjà, vivant de palpitantes aventures en compagnie de ses deux héros. Que de choses il pourra raconter à ses copains en revenant chez lui!

— C'est comment chez toi, Frank?

Le petit veut connaître tout ce qui fait partie de la vie de son nouveau héros. Avec patience, le visiteur répond à toutes ses questions. John porte un intérêt tout particulier à Whisky.

Il aime beaucoup les chiens, mais Carole ne veut pas qu'il en garde un à la maison.

La conversation s'étire ainsi entre eux depuis plus d'une demi-heure lorsque Carole, prenant en considération la grande fatigue de Frank, décide d'intervenir.

— Écoute, John, Frank est fatigué. Il a besoin d'une bonne nuit de sommeil, comme toi d'ailleurs. Va te coucher, tu continueras ton interrogatoire demain matin.

— Tu couches ici, Frank? s'informe John.

— Oui.

— Oncle Jacques couche ici des fois. Toi aussi tu vas coucher dans le lit de maman?

— Non.

Embarrassée, Carole pousse John vers sa chambre. Il est grand temps qu'il aille se coucher celui-là. Elle revient un peu plus tard avec des couvertures et un oreiller. Frank, allongé sur le divan, est déjà endormi. Déçue, Carole le borde avec tendresse. Elle aurait voulu être un peu seule avec lui.

Frank dort toujours profondément lorsque Carole et son fils quittent la maison, le lendemain matin. Ne voulant pas le réveiller, Carole lui laisse un petit mot sur la table pour lui souhaiter un bon voyage de retour, beaucoup de bonheur, et surtout pour lui dire que si pour une raison ou une autre il a besoin d'une amie, elle sera toujours là.

9

L'attente

Frank est brusquement tiré de son sommeil par Jacques qui le secoue violemment. Il ne comprend pas trop ce qui se passe. Pourquoi son ami est-il si agité?

— Frank, réveille-toi! Viens vite! Carole et son rejeton ont eu un accident de voiture.

— Quoi?

Jacques lui enlève ses couvertures et les jette par terre.

— Carole et le gamin ont eu un accident.

Frank bondit sur ses pieds, cette fois, il est bien réveillé.

— C'est grave?

— Je ne sais pas encore. Je viens de recevoir un appel de l'hôpital, Carole gardait mon numéro sur elle en cas d'urgence. En sortant de chez moi, j'ai vu que ton camion était toujours là. Je me doutais que tu avais passé la nuit ici, c'est pourquoi je suis venu te chercher. Je ne voulais pas être seul au cas où ce serait grave, tu comprends?

Pendant que son copain lui donne des explications, Frank se dépêche d'enlever les vêtements trop grands que Carole lui avait prêtés. Il remet les siens à la hâte. Carole les avait soigneusement pliés et placés près de lui.

— Je suis prêt! dit Frank. Allons-y!

Dans une salle d'attente, John pleure en silence. Son petit visage pâli par l'émotion est couvert de larmes. Il attend des nouvelles de sa mère.

Jacques, d'habitude si sûr de lui, est soudainement décontenancé à la vue du petit. Ne sachant pas trop quoi faire, il pousse Frank vers John.

Le bruit de leurs pas attire l'attention du petit garçon, il relève la tête.

— Ne t'inquiète pas, John, lui dit Frank en se rapprochant, c'est ton oncle Jacques et moi. Nous sommes venus aussi vite qu'il était possible de le faire.

Rassuré par la présence des deux hommes, John, qui comme un grand garçon s'était retenu le plus longtemps possible, éclate en sanglots.

Frank le prend dans ses bras.

— Pleure, petit John, laisse-toi aller, après tu te sentiras beaucoup mieux.

— Avez-vous des nouvelles de maman?

— Non, pas encore, lui répond Frank. On s'est informé en arrivant à l'hôpital, ils nous ont dit d'attendre ici. Et toi, tu es sûr que tu n'as rien? Tu as mal quelque part?

— Ça va.

Cette longue attente dans une salle froide et impersonnelle, exaspère Jacques. La patience a des limites. Il boit café sur café, marche de long en large, se lève et se rassoit, prend une revue, en tourne les pages sans les regarder et la repose aussitôt, il soupire, il rouspète, il ne tient plus en place.

Quelqu'un vient finalement les avertir que Carole est hors de danger. Elle a cependant plusieurs fractures et devra être hospitalisée un certain temps.

Sur le chemin du retour, John, épuisé par cette journée pleine d'émotions, s'endort dans la voiture de Jacques. Celui-ci en profite pour parler avec Frank.

— Écoute, Frank, j'ai un grand service à te demander. Peux-tu prendre soin du petit pour deux ou trois semaines?

Pour calmer un peu sa nervosité, Jacques mord à belles dents dans une pomme qu'il s'est achetée à la cafétéria de l'hôpital. Il se retourne vers Frank pour voir sa réaction.

— Jacques, c'est impossible. J'étais supposé repartir très tôt ce matin. J'ai retardé mon départ à cause de l'accident, mais j'ai l'intention de repartir ce soir. Maureen m'attend, nous avons un problème à régler, c'est trop important, je ne peux pas rester. Pourquoi, tu ne t'occupes pas de lui, toi?

Jacques croque dans sa pomme. Il en prend un très gros morceau. Il répond la bouche pleine. Il est à peine audible.

— Frank, je te l'avais dit, je dois partir pour Las Vegas dans deux jours.

— Tu n'as qu'à annuler ton voyage, tu iras plus tard.

— Je ne peux pas, Frank, nous sommes plusieurs amis à prendre part à ce voyage.

Jacques semble désespéré. Il soupire et tambourine avec impatience sur son volant. N'ayant plus rien à grignoter, il s'en prend à ses ongles.

— Écoute, Jacques, Carole est ton amie, elle doit sûrement être plus importante à tes yeux qu'un voyage.

— Elle est une amie, c'est vrai, mais pas ma petite amie, il y a une différence. Je suis prêt à lui rendre service de temps en temps, mais pas à lui consacrer toute ma vie.

Frank secoue la tête de gauche à droite en signe de désapprobation. Il n'aurait jamais cru que Jacques puisse être si égoïste. Il ne s'en fait que pour son voyage, alors que Carole est à l'hôpital, gravement blessée.

— Carole n'a pas de famille? demande Frank.

— Pas que je sache.

— Le petit a des amis, une famille, où il pourrait aller? insiste Frank.

— Non, il est toujours seul avec sa mère.

— Alors je vais l'amener à Québec avec moi, conclut Frank.

— Non, je ne veux pas quitter ma mère! s'écrie John.

Surpris, Jacques et Frank se retournent. Ils pensaient le petit endormi.

— Écoute, John, dit Frank d'une voix douce, Jacques doit aller à Las Vegas, moi je dois retourner chez moi, ta mère est à l'hôpital, tu ne peux pas rester tout seul.

— Je n'abandonnerai pas ma mère à l'hôpital!

— John, ta mère sera soulagée de savoir qu'il y a quelqu'un qui s'occupe de toi. Tu pourras lui téléphoner tous les jours, si tu veux. Elle sera heureuse d'apprendre que tu t'amuses avec Whisky et que tout va sur des roulettes pour toi.

— Non, je n'irai pas chez toi! Je veux rester ici! Je n'ai pas besoin de toi!

Attendri par les larmes de John, Frank décide de rester avec lui jusqu'au retour de Jacques. Après tout, il ne s'agit que de trois semaines et dans le fond, c'est peut-être mieux ainsi.

Tard dans la soirée, après que le gamin se soit endormi, Frank appelle Maureen.

— Allo!

— Bonsoir Maureen, c'est moi.

— Où es-tu, Frank? J'étais inquiète.

Frank relève un tout petit cadre tombé sur la table du salon et le replace près de la lampe. La base de cette dernière semble avoir été maladroitement recollée. Carole doit beaucoup y tenir à cette vieille lampe, pour la conserver malgré tout. Ce doit être un souvenir de son ex-ami ou de sa famille.

— Je suis toujours aux États-Unis, poursuit Frank.

— Mais tu avais dit que tu serais de retour ce soir, je ne comprends pas.

Frank lui raconte alors en détail tout ce qui s'était passé depuis son arrivée chez Jacques, sauf ce que René lui avait révélé à propos de Mike. Il préfère d'abord en parler avec son fils.

— Et tu as couché chez cette putain!

— Maureen, ne dis pas ça, Carole n'est pas ce que tu crois.

Frank reprend le cadre. À l'intérieur trône une photographie de Carole et de John assis côte à côte sur un banc public. Ils ont l'air heureux.

— Alors pourquoi tu restes avec elle au lieu de venir me rejoindre? s'emporte Maureen.

— Maureen, Carole est à l'hôpital, ce n'est pas avec elle que je reste, c'est avec son fils. Il a vraiment besoin de moi.

— Moi aussi j'ai besoin de toi, Frank.

— Maureen, ne fais pas l'enfant, il ne s'agit que de trois semaines.

— Alors je vais aller te retrouver là.

— Je t'avoue que j'y ai pensé. Mais je crois qu'il est préférable que tu ne viennes pas, Maureen.

— Pourquoi?

Frank hésite, il ne répond pas tout de suite. Comment lui expliquer ce qu'il éprouve, alors qu'il ne se comprend pas lui-même. Il y a quelques heures à peine, il voulait s'envoler vers elle et maintenant, il ne sait plus.

— Dans le fond, ces trois semaines vont te donner le temps de réfléchir, Maureen. Je veux dire, de faire ton choix entre Philippe et moi. Si je t'ai téléphoné hier pour t'annoncer que je revenais, c'était parce que j'avais peur de te perdre. Philippe peut profiter de mon absence pour nous séparer définitivement. Mais, plus j'y pense, plus je trouve qu'il est important que tu puisses prendre ta décision, sans que je sois là pour t'influencer. À mon retour, tu me diras si tu veux toujours m'épouser ou si tu préfères tout annuler.

— Frank, tu n'es pas sérieux?

— C'est mieux ainsi, Maureen, crois-moi.

— Qu'est-ce que cette putain a fait pour réussir à te retenir comme ça, Frank? Et d'ailleurs, qu'est-ce qui me prouve qu'elle est vraiment à l'hôpital?

— Tu n'as pas le choix, Maureen, tu dois te fier à moi. Si vraiment tu m'aimes assez pour m'épouser, alors il faut que tu aies confiance en moi.

— Frank, la confiance ça va dans les deux sens. Je te ferai remarquer que tu doutes de moi et de l'amour que je ressens pour toi.

— À qui la faute?

Maureen est tellement en colère contre lui qu'elle raccroche, geste qu'elle regrette aussitôt. Maintenant, elle n'a plus aucun moyen de le rejoindre. Elle devra attendre que ce soit lui qui rappelle, mais le fera-t-il?

* * *

Pour Maureen, le temps qui passe devient presque insupportable. Le tic-tac de l'horloge lui rappelle, sans cesse, le temps que Frank passe auprès d'une autre femme. Il y a déjà dix jours qu'il est parti, et elle est toujours sans nouvelles de lui. Elle avait espéré qu'il lui donne un coup de fil, mais il ne l'a pas fait. Mettant son orgueil de côté, elle appelle chez Mike. Frank et lui sont si proches l'un de l'autre, il est impossible que Frank soit parti, sans lui dire où il allait. Malheureusement, la réponse de Mike est décevante, il ne sait pas du tout où est son père.

Quelques heures après que Maureen eut téléphoné chez Mike, un bruit de pas près de la porte, la fait sursauter.

— Salut, c'est moi!

— Kathy!

— Je t'avais dit que je viendrais dès que possible, me voilà enfin! Tu n'as pas l'air contente de me voir, Maureen. Est-ce que je t'ai fait quelque chose?

— Non, non bien sûr. Lorsque j'ai entendu des bruits de pas près de la porte, j'ai pensé que c'était Frank qui revenait. J'avoue que je suis un peu déçue.

Kathy entre dans le chalet de Frank comme si elle entrait chez elle. Elle passe à côté de Maureen, prend une pomme dans le plat à fruits et se laisse choir sans façon dans le fauteuil de Frank. Elle déboutonne son manteau, soupire d'aise et se retourne enfin vers Maureen.

— Toujours sans nouvelles de lui?

— Oui.

Mine de rien, Kathy jette un coup d'oeil autour d'elle. Elle n'aime pas les musées et ce chalet ressemble maintenant à ce genre d'établissement. Maureen a mis en évidence tous les objets préférés de Frank. C'est ridicule! On ne vit pas dans le passé, on va de l'avant!

— Maureen, tu l'as assez attendu, ça suffit! Tu vas revenir en ville avec moi et tout de suite! Fais ta valise, nous partons.

— Non. Je veux rester ici. Frank va peut-être appeler et je veux être ici pour répondre.

— Maureen, tu n'es tout de même pas idiote à ce point. Si Frank avait voulu te parler, il l'aurait déjà fait. Tu l'attends ici, isolée au fond des bois depuis déjà dix jours, et il n'a toujours pas donné signe de vie. C'est assez!

Maureen en a par-dessus la tête de se faire manipuler par tout le monde, surtout par Kathy. Il y a des limites tout de même.

— Kathy, ce n'est pas la première fois que je reste seule à cet endroit. Je te rappelle que la première fois, c'était même une de tes idées.

— Maureen, quand tu es venue t'installer dans mon chalet, tu n'étais pas aussi solitaire que tu le croyais, Frank était tout près, et je savais qu'il prendrait soin de toi; il me l'avait promis. Ne reste pas ici, on ne sait pas ce qui peut arriver. Ne prends pas de risques inutiles. De toute façon, si Frank veut vraiment entrer en contact avec toi, il sait où tu restes et il a ton numéro de téléphone. Ne t'en fais pas, il te trouvera. S'il ne le fait pas, c'est qu'il ne tient pas à toi. Ne t'impose pas à lui, tu vaux mieux que ça.

* * *

Kathy est retournée seule à la ville après avoir discuté avec Maureen pendant plus d'une heure. Rien ni personne ne fera sortir Maureen de ce chalet avant qu'elle ait parlé à Frank.

Après le départ de Kathy, Maureen se rend dans le hangar, car elle a besoin de bois pour le foyer. Soudainement elle a l'impression d'être surveillée. Elle ramasse le bois à la hâte et retourne vite à l'intérieur. Les jambes tremblantes et le coeur battant très fort, elle s'appuie contre la porte. Elle reprend finalement son souffle et rit de sa peur. C'est Kathy qui l'a effrayée en lui disant que c'était dangereux de rester ici. Mais elle sait qu'il n'y a aucun danger. Wolf est en prison et il va y rester encore un bon bout de temps. Depuis qu'elle vit ici, personne n'est venu à part leurs amis et il n'y a personne dans le coin. Le vent se lève, ce soir il va y avoir de l'orage. Un sifflement sinistre remplit le chalet. De petites branches se frappent contre la fenêtre. Un coup de tonnerre la fait sursauter. Quelle atmosphère! Maureen décide d'aller se coucher, elle est fatiguée. Elle a de la difficulté à se décontracter. Elle repense à tout ce que lui a dit Kathy. Puis à Mike. Il lui a sûrement menti, il doit savoir où est son père. La pluie tambourine sur le toit. Cette pluie va sûrement faire fondre le peu de neige qui reste. Épuisée, la jeune femme finit par s'endormir.

Un loup hurle dans la nuit, son cri est lugubre. Maureen se réveille en sursaut. Le hurlement continue. Elle pensait avoir fait un cauchemar, mais réalise avec stupeur que le hurlement est tout à fait réel. Prise de panique, elle veut allumer la lumière, mais il n'y a plus de courant. Elle a l'impression que quelqu'un marche près de la maison. Elle essaie d'appeler chez Jean-Marc, mais l'appareil est en panne. Sans faire de bruit, elle s'approche de la fenêtre et regarde à l'extérieur. Elle voit le loup, il est bel et bien là, elle ne rêve pas. Elle ferme les yeux un instant et puis les ouvre à nouveau. De l'autre côté de la vitre, face à elle, Wolf est là, la fixant avec mépris.

Maureen a dû perdre conscience, car le lendemain matin lorsqu'elle se réveille, elle est couchée sur le sol près de la fenêtre.

Quelqu'un frappe à la porte.

Maureen a trop peur pour aller ouvrir, elle s'assoit sur le plancher, le coeur battant à grands coups. Elle entend finalement un bruit de clé dans la porte et, avec soulagement, entend Mike qui l'appelle.

— Maureen, tu es là?

Maureen voudrait répondre, mais aucun son ne sort de sa bouche. Elle reste là, assise sur le plancher, la tête appuyée sur le rebord de la fenêtre. Elle qui croyait que cette histoire-là était finie! Et Frank qui est si loin! Que va-t-elle faire? Heureusement, Mike arrive! Elle éclate en sanglots.

Mike vient la retrouver dans la chambre et l'aide à se relever. Il voudrait pouvoir comprendre ce qui s'est passé pour qu'elle soit dans un état semblable.

Maureen se blottit dans les bras de Mike et s'accroche à lui avec l'énergie du désespoir. Le manteau de Mike est détrempé par la pluie, mais Maureen n'y accorde aucune importance. À vrai dire, elle ne s'en rend même pas compte.

— Mike! Il est revenu!

— Mon père est de retour?

— Non, pas ton père, Wolf. Il est ici. Je l'ai vu. Il était là, derrière la fenêtre avec son loup.

— Quand?

— Cette nuit.

Mike la prend par les épaules et la force à s'éloigner de lui. Il veut la regarder dans les yeux pour lui parler. Il aime voir la figure des gens lorsqu'il s'adresse à eux.

— Maureen, tu as dû rêver. Wolf est en prison et son loup est mort.

— Il n'est plus en prison! Je n'ai pas rêvé! J'ai essayé d'appeler chez Jean-Marc, mais le téléphone était en panne.

Mike est content d'être venu au chalet. D'après ce qu'il peut voir, il est arrivé au bon moment. Il en veut énormément à son père. Frank n'aurait jamais dû laisser Maureen toute seule dans le bois.

Mike reprend Maureen dans ses bras et la serre contre lui pour la rassurer un peu. Il ne sait pas quoi dire, alors il reste silencieux.

Maureen pleure tout son soûl. Elle n'en finit plus de déverser sa peine.

— Maureen, viens avec moi dans la cuisine, je crois que nous avons tous les deux besoin d'un bon café.

— Il n'y a plus de courant.

Mike entre dans la cuisine et allume la lumière. Il y a du courant. Il se dirige ensuite vers le téléphone, compose le numéro de Jean-Marc sans difficulté.

— Salut Jean-Marc, tout va bien?

— Oui bien sûr, et toi?

— Ça peut aller. Écoute, Jean-Marc, je suis présentement au chalet de mon père et je voulais savoir si tu avais manqué de courant cette nuit.

— Non, pas du tout.

— Tu es certain?

Tout en parlant avec le copain de son père, Mike regarde autour de lui et s'aperçoit, non sans inquiétude, que Maureen joue à faire semblant. Tous les objets favoris de Frank sont éparpillés ici et là dans le chalet, comme si Frank était présent et qu'il laissait traîner ses affaires. Mike est tellement surpris par cet état de choses, qu'il doit faire un effort pour saisir ce que dit Jean-Marc.

— Certain. Je n'ai pas dormi de la nuit à cause de l'orage. Tu me connais, Mike, j'ai le sommeil fragile. J'ai donc lu une bonne partie de la nuit, je voulais finir le livre que tu m'avais prêté.

— Et ton téléphone, il fonctionnait? s'informe Mike.

— Oui, ma voisine a téléphoné trois fois, son toit coulait et elle voulait que j'aille l'aider. Je lui ai dit de mettre des chaudières et de me laisser lire en paix.

— Jean-Marc! Tu n'es pas sérieux, j'espère! Tu n'as tout de même pas fait un tel affront à cette charmante dame?

— Pourquoi pas, Mike? Elle me tombe sur les nerfs celle-là.

Après son appel chez Jean-Marc, Mike va faire le café. Il travaille en silence. Il refait machinalement des gestes cent fois répétés. Il met l'eau dans la cafetière, place le papier filtre, y dépose le café et calcule les quantités désirées, sans vraiment s'y arrêter.

Maureen garde le silence. Il semble évident que les événements bouleversants de la nuit n'étaient qu'un cau-

chemar. Elle a pourtant l'impression qu'ils étaient authenti-
ques.

Mike dépose distraitement les deux cafés sur la table et
s'assoit près de Maureen.

— Maureen, quand tu m'as téléphoné, tu avais l'air
tellement malheureuse que j'ai décidé de venir te voir. Je
connais assez mon père pour savoir qu'il n'y a rien entre lui
et cette femme dont tu m'as parlé. Il t'aime, Maureen. Je ne
sais pas trop ce qui s'est passé entre vous deux et je ne veux
pas le savoir, ce n'est pas de mes affaires. Mais je suis
certain d'une chose, c'est qu'il t'aime autant que tu l'aimes. Si mon père tarde tant à revenir, je crois que c'est
également un peu de ma faute.

— Je ne comprends pas, pourquoi ce serait de ta faute?

— Est-ce que mon père t'a parlé de moi lorsqu'il t'a
téléphoné?

— Non.

— Tu es certaine? C'est important, Maureen, est-ce qu'il
t'a parlé de moi?

— Non, il m'a seulement dit qu'il arrêterait te voir en
passant parce qu'il avait un petit problème à régler avec toi,
rien de plus.

Mike rougit légèrement.

Maureen constate que Mike semble mal à l'aise, mais elle
ne dit rien. Elle ne veut pas qu'il se sente obligé d'expliquer
quoi que ce soit, si tel n'est pas son désir. Elle n'aime pas
mettre les gens au pied du mur.

Une fois de plus, Mike admire Maureen. Il l'apprécie de
plus en plus. Il connaît des gens qui se seraient empressés de
poser des questions pour connaître la raison de son embarras.

— Maureen, je ne sais pas ce que tu as fait à mon père
pour qu'il aille se réfugier chez son copain, mais je peux te

dire une chose, je crois que je l'ai blessé encore plus que toi.

— Je ne comprends pas. Lors de votre dernière rencontre, vous aviez l'air de bien vous entendre.

— Écoute, Maureen, il faut que je t'avoue une chose. Il n'y a pas seulement toi et mon père qui aviez des projets de mariage. Moi aussi j'avais décidé de vivre avec quelqu'un que j'aime beaucoup.

— Pourquoi Frank t'en voudrait pour une raison semblable? Au contraire, te savoir heureux le rendra heureux à son tour.

— Il est certainement profondément blessé. Il l'a appris par un de ses copains, dit Mike d'une voix triste. J'aurais dû le lui apprendre moi-même.

— Pourquoi tu n'en as jamais parlé avec lui?

— Je ne savais pas comment aborder le sujet, j'avais peur de sa réaction.

— Pourquoi?

— Parce que je suis homosexuel.

Maureen ouvre grand les yeux puis se ressaisit.

— Mike, tu aurais dû faire confiance à ton père, il aurait compris.

— Si tu savais combien de fois, j'ai amené ce problème dans la conversation. Lorsque je parlais d'homosexualité, il avait toujours une histoire drôle à conter là-dessus. Je riais alors de ses blagues, ou plutôt, je faisais semblant de rire et je remettais alors mes confidences à plus tard.

— Frank ne pouvait pas deviner, Mike. Si tu lui avais dit la vérité, il aurait agi différemment.

— Je sais qu'il aurait changé d'attitude. Il aurait probablement accepté, mais je ne suis pas certain qu'il aurait compris.

Maureen se lève et va se placer debout derrière la chaise de Mike. Elle met ses mains sur les larges épaules du jeune homme. Comme elle voudrait le réconforter. Elle n'aime pas voir souffrir les gens, surtout ceux qu'elle aime. Elle reste là, sans dire un mot.

Mike apprécie ce geste, c'est tout ce dont il a besoin. Ils restent ainsi un bon moment, silencieux et malheureux.

Maureen est la première à rompre le silence.

— Mike, tu ne sais vraiment pas où est ton père?

— Je pourrais toujours le trouver si je le voulais vraiment, mais je pense qu'il vaut mieux lui laisser un peu de temps.

— Toi, tu peux te permettre d'attendre, Mike, mais moi j'ai peur de le perdre. Frank est avec une putain présentement, et je t'avoue franchement que cette situation ne me plaît pas du tout.

Mike va la retrouver, les rôles sont inversés, c'est à son tour de réconforter Maureen. Elle se retourne vers lui. Il la regarde droit dans les yeux.

— Fais-lui confiance, Maureen, il te reviendra.

— Je l'espère.

Mike attire Maureen contre lui. Elle appuie sa tête sur son épaule, et ils restent là, immobiles et désemparés. Ils ne savent pas trop quoi faire pour regagner l'amour et la confiance de Frank.

Maureen éclate d'un rire nerveux.

— Qu'est-ce qui te fait rire, Maureen?

— Mike, s'il fallait que ton père arrive maintenant, juste au moment où je suis dans tes bras, qu'est-ce qu'il pourrait penser?

Mike relâche aussitôt son étreinte.

— Je ne voudrais surtout pas provoquer un tel drame, dit-il en riant. Je me fais un autre café, tu en veux?

— Non.

— J'ai deux jours de vacances, Maureen, est-ce que ça te dérangerait beaucoup si je restais à coucher ici?

— Non au contraire, Mike, je me sentirai beaucoup plus rassurée si tu es là. Avec ce qui est arrivé cette nuit, je t'avoue que j'avais un peu peur de coucher seule ici ce soir.

— Ce n'était qu'un cauchemar, Maureen.

— Je sais.

Mike argumente un bon bout de temps avec Maureen et réussit finalement à la convaincre de sortir du chalet. Seuls quelques nuages dispersés, ici et là, témoignent encore des orages de la nuit précédente. Le temps est magnifique. Ils font une longue promenade dans le bois. Mike profite de l'occasion pour parler de Gaétan, il veut que Maureen sache tout. Il est heureux de pouvoir enfin se confier à quelqu'un. Il garde son secret enfoui au fond de son coeur depuis trop longtemps, il a besoin de s'ouvrir.

Maureen écoute attentivement tout ce que lui dit Mike. Malgré les nombreuses questions qu'elle voudrait lui poser, elle se retient de l'interrompre.

Deux heures plus tard, Mike et Maureen reviennent au chalet. À son tour Maureen fait la conversation. Elle lui raconte ce qui s'est passé entre Philippe et elle, comment Frank les avait trouvés enlacés tous les deux, et finalement, comment ils s'étaient disputés au téléphone.

Mike et Maureen deviennent de vrais amis. Tous les deux sont malheureux, tous les deux aiment Frank, et c'est cet amour qu'ils ont pour lui qui les unit si profondément. Ils profitent pleinement des deux jours de congé que Mike a pris, pour mieux se connaître. Maureen aimerait qu'il reste plus longtemps. Elle apprécie chacun des moments qu'elle passe en sa compagnie.

Mike insiste pour ramener Maureen à Québec avec lui, mais sur ce point, elle demeure inébranlable. Il n'est pas question qu'elle quitte ce chalet avant le retour de Frank.

Encore une fois, Maureen se retrouve seule au chalet. Les jours qui suivent le départ de Mike lui semblent tristes et monotones. Ses éclats de rire lui manquent beaucoup. Il avait le tour de dédramatiser la situation. Avec lui, elle se sentait en confiance. Sans lui, elle n'arrête pas de broyer du noir. Elle commence à penser que Kathy avait raison. Si Frank avait voulu lui parler, il aurait déjà téléphoné et s'il avait voulu la voir, il serait déjà revenu. Il serait peut-être préférable qu'elle retourne chez elle, mais elle n'en a pas le courage.

* * *

Vers la fin du mois d'avril, Maureen reçoit la visite de Paul. Après leur rencontre chez Mme Caron, il avait souvent pensé à elle. Il en avait finalement parlé avec Kathy qui avait cru bon de lui conseiller d'aller la retrouver.

— Paul! Je suis vraiment contente de te voir! Comment vas-tu?

— Bien Maureen, et toi?

— J'ai vu pire.

Maureen n'en revient pas. Ils s'étaient promis de se revoir, mais elle n'y croyait pas vraiment. Cela lui fait tout drôle de se retrouver face à face avec son ex-mari, de parler avec lui, de le voir là, devant elle, dans le chalet de Frank, souriant comme s'ils ne s'étaient jamais quittés. Elle ne sait pas trop s'il est de mise ou pas de l'embrasser. Dans le doute, elle s'abstient.

— Qu'est-ce qui t'amène dans le coin, Paul?

— Kathy m'a dit que ton ami était parti aux États pour quelque temps. Je savais que tu étais seule ici, c'est pourquoi je suis venu te voir, je voulais te parler.

Maureen vient de perdre ses dernières illusions. Paul n'est pas venu la voir par amitié, ni par désir de la rencontrer, il est venu sur commande.

— J'aurais dû y penser! C'est Kathy qui t'envoie? demande-t-elle d'un ton sec.

— Non. En réalité, si j'ai pris la peine de me rendre jusqu'ici, c'est parce que je ne suis qu'un égoïste. J'ai des problèmes, Maureen et j'avais besoin d'en parler avec quelqu'un.

— Alors tu aurais dû en parler avec Kathy, puisque vous semblez de si bons amis.

— Maureen, c'est avec toi que je voulais parler.

— Tu veux un café?

— Volontiers.

— Tu as l'air vraiment démoralisé, Paul. Qu'est-ce qui se passe?

— Il se passe que je ne suis qu'un con. Je n'aurais jamais dû te quitter, Maureen.

— Je ne comprends pas, Paul. Un peu après notre séparation je t'avais demandé de revenir, tu m'avais répondu que ton amie attendait un enfant, que vous étiez amoureux l'un de l'autre, et que tu ne reviendrais jamais. La dernière fois que nous nous sommes rencontrés, chez Mme Caron, nous a-vons longuement parlé ensemble. Rappelle-toi. Tu m'as assurée que tu nageais dans le bonheur parce que tu avais enfin cette petite famille dont tu avais toujours rêvé. Quand je t'ai parlé de Frank, tu étais content de voir que j'avais enfin trouvé le bonheur. Je ne comprends vraiment pas pourquoi soudain, tu regrettes de m'avoir quittée.

— Maureen, lorsque je suis parti de chez nous pour aller vivre avec cette femme, c'était parce qu'elle m'avait avoué qu'elle était enceinte. Mon rêve d'avoir un enfant se réalisait enfin. Je savais que je te blessais profondément en te laissant, mais rien ni personne n'aurait pu m'empêcher d'aller la retrouver. Je voulais tellement avoir un enfant, vivre avec lui, le regarder grandir.

— Et maintenant tu l'as ton enfant, alors pourquoi es-tu si malheureux?

Paul ne répond pas tout de suite. Il a peur d'éclater en sanglots devant Maureen. Oui, il a cet enfant! Oui, il l'aime comme un fou!

Paul sait que Maureen attend une réponse. Elle l'observe, comme elle le faisait chaque fois qu'ils discutaient ensemble mais il continue de fixer le plancher. Elle doit savoir la vérité, il n'a pas le choix, il en a déjà trop dit. De toute façon, c'est pour en parler qu'il est venu ici. Il s'allume une cigarette.

Maureen est surprise. Elle ne savait pas que Paul avait pris cette mauvaise habitude. Ce doit être tout récent, car chez Mme Caron, il n'avait pas fumé une seule fois.

— L'enfant n'est pas de moi, dit finalement Paul.

— Quoi?

— J'ai appris cette semaine que l'enfant n'est pas de moi.

— Tu en es certain, Paul?

— Oui. Je sais même qui est le père de l'enfant. Écoute, Maureen, je ne peux pas continuer comme si de rien n'était. J'ai décidé de quitter cette femme. J'ai demandé à mon patron si je pouvais être transféré à notre succursale de Montréal.

— Il a accepté?

— Oui.

Maureen touche les joues de Paul du bout des doigts, geste qu'elle faisait souvent lorsqu'ils vivaient ensemble. Elle a l'impression de le perdre pour la deuxième fois. Elle sait que c'est idiot puisque de toute façon ils ne se voient jamais,

mais cela la bouleverse énormément de savoir qu'il s'en va dans une autre ville. Elle voudrait garder son visage plus longtemps entre ses mains, mais elle est incapable de soutenir son regard. Elle a envie de pleurer.

— Quand pars-tu, Paul?

— Le plus tôt possible. Maureen, j'espère qu'un jour tu pourras me pardonner tout le mal que je t'ai fait. Aujourd'hui, c'est à mon tour de souffrir, et je réalise enfin à quel point j'ai été cruel avec toi. Je sais que présentement tu es heureuse, mais si un jour tu as besoin de moi, je serai toujours là pour toi. J'aimerais que nous restions amis, Maureen.

— Je ne suis pas heureuse, Paul, et mon mariage est annulé.

— Que s'est-il passé?

— Tu sais ce qui s'est passé. Je suis certaine que Kathy s'est fait un plaisir de tout te raconter. Ce n'est pas le hasard qui t'a fait venir ici aujourd'hui. Je sais que c'est Kathy qui t'a demandé de venir. Je n'aime pas qu'on me prenne pour une imbécile!

— Maureen, je ne comprends pas de quoi tu parles. Pourquoi es-tu fâchée contre moi?

— Parce que tu me mens, Paul. Tu l'as toujours fait d'ailleurs, ce n'est pas nouveau. Mais tu vois, je suis un peu moins naïve qu'autrefois.

— Maureen, je ne comprends vraiment pas de quoi tu parles. Quand j'ai vu Kathy, je lui ai dit que je pensais souvent à toi depuis notre rencontre chez Mme Caron. Je lui ai raconté ce qui m'arrivait. Je lui ai dit que je partais pour Montréal et que j'aimerais te rencontrer avant de partir parce que je réalisais maintenant à quel point j'ai pu te faire mal et que je voulais te demander pardon. Elle m'a conseillé de venir te voir, mais je t'assure qu'elle ne m'a pas rapporté ce qui s'était passé entre ton ami et toi. Si elle était au courant de tes problèmes, elle ne m'en a pas parlé. Elle avait un drôle de sourire en me disant de venir te voir mais, comme d'habitude, j'étais tellement concentré sur mes propres soucis, que je n'ai même pas soupçonné que tu pouvais être dans l'embarras également. Je ne suis qu'un égoïste, tu devrais pourtant le savoir à présent. Je ne pense qu'à moi, jamais aux autres. Si je suis venu ici, c'est uniquement pour te parler de mes tracas à moi. Je savais que tu comprendrais ma peine puisque tu avais déjà eu la même. Je ne suis qu'un grand enfant qui voulait se faire consoler.

— Je ne te crois pas, je sais que c'est Kathy qui t'envoie.

— Ce n'est pas Kathy qui m'a dit de venir, Maureen, mais puisque j'y suis, profites-en pour me dire ce qui se passe.

Sans entrer dans tous les détails comme elle l'avait fait avec Mike, Maureen lui raconte qu'elle s'était disputée avec Frank et que pour le moment le mariage était annulé.

Paul émet un long sifflement. Pour une nouvelle, c'est toute une nouvelle! Il ne sait vraiment pas quoi lui dire. Il en veut à Kathy de ne pas l'avoir prévenu. Il se rallume une autre cigarette pour se donner le temps de réfléchir.

Maureen prend le paquet de cigarettes. Elle essaie de le faire tenir en équilibre sur une orange.

— Je pense à quelque chose, Maureen. J'ai une idée. Écoute, il faut que j'aille à Montréal pour me chercher un logement, tu veux venir avec moi?

— Non, mais si tu me laissais à Québec en passant, tu me rendrais vraiment service.

— Viens avec moi, Maureen, nous sommes malheureux tous les deux, ce voyage va nous changer les idées. Tu sais, ce n'est pas très drôle d'aller visiter des logements tout seul. Nous en profiterons pour sortir un peu. Tu te rappelles le bon vieux temps? Nous irons magasiner, nous irons au cinéma et nous mangerons dans de beaux restaurants. Nous profiterons de ces quelques jours pour cimenter notre amitié. Veux-tu m'accompagner?

Paul lui prend la main, il le faisait toujours lorsqu'il lui demandait quelque chose. Ils restent surpris tous les deux. Le temps s'arrête l'espace d'un instant. Ils ont l'impression d'être de nouveau dans leur appartement en ville, comme si rien ne s'était passé, comme s'ils ne s'étaient jamais laissés. Maureen revient vite à la réalité. Rien ne sera plus comme avant. Maintenant, elle ne ressent que de l'amitié pour Paul, c'est Frank qu'elle aime, elle le sait. Paul a beau déployer tout son charme, il ne réussira pas à la convaincre.

— J'aimerais t'accompagner, Paul. Je t'avoue que l'idée me plaît beaucoup, mais je préfère rester chez moi au cas où Frank voudrait me rejoindre.

— Écoute, Maureen. Nous serons partis seulement deux ou trois jours. Tu seras probablement revenue avant lui. De toute façon, lui, il ne s'est pas gêné pour te faire attendre. Dis oui, nous avons tous les deux besoin d'un peu de changement, ces retrouvailles nous seront salutaires.

— Je regrette, Paul, je ne peux pas.

— Pourquoi?

— J'ai peur que Frank soit fâché, s'il apprend que je suis partie avec toi.

— Quand même Maureen, ne sois pas ridicule. Je ne suis pas un étranger, je suis ton mari.

— Ex-mari, Paul.

— C'est la même chose.

— Pas tout à fait.

Paul ne comprend pas pourquoi Maureen fait tant de chichis. Il n'y a pourtant rien de malhonnête dans la proposition qu'il lui a faite. Il est vrai que Frank semble avoir un caractère plutôt difficile, mais ce n'est pas une raison. Maureen ne devrait pas rester cloîtrée ainsi.

— Nous sommes amis, oui ou non? insiste Paul.

— Oui mais...

— Il n'y a pas de mais, tu as fini de t'ennuyer toute seule ici. Fais tes bagages, Maureen, nous partons pour l'aventure.

* * *

Tout comme Maureen, Mike a beaucoup de peine. Il commence à trouver que son père reste trop longtemps aux États-Unis. Il devrait peut-être essayer de le retrouver et discuter franchement avec lui. Il y a une autre chose qui le préoccupe beaucoup. Il écoute pour une seconde fois le message que Maureen lui a laissé sur le répondeur. Il ne sait pas pourquoi, mais il est inquiet pour elle. Qu'est-ce qui lui est passé par la tête, pour partir ainsi avec ce Paul? Il a l'impression que le fossé se creuse de plus en plus entre Maureen et son père. Quelqu'un frappe à sa porte, Mike a un peu peur que ce soit son père. Il serait préférable que Maureen revienne avant lui.

— Philippe! Quelle surprise! Entre donc.

— Je ne dérange pas trop?

— Mais pas du tout Philippe, au contraire, tu sais que tu es toujours le bienvenu.

— Mike, il faut que je te parle.

Philippe est mal à l'aise, il ne sait pas par où commencer. Il n'a pas eu de nouvelles de Maureen depuis le jour où il l'a embrassée. Il se sent coupable, il n'aurait pas dû aller chez Frank. Mike est son meilleur ami, comment a-t-il pu trahir ainsi le père de son meilleur ami? Est-ce que Mike lui en veut? Est-il au courant? Philippe marche de long en large en se grattant la tête d'un geste nerveux.

— Mike, je voudrais te dire quelque chose. Je sais que je vais te décevoir, mais il faut que je t'en parle. J'ai fait une connerie.

— Je sais, Philippe.

— Ah! Tu sais déjà?

— Oui.

Mike n'a jamais vu Philippe aussi triste. Il fait pitié à voir. Il a beaucoup maigri, et malgré qu'il soit très fier, il ne semble pas s'être occupé de son apparence depuis un bon bout de temps.

— Tu m'en veux beaucoup, Mike?

— Philippe, tu as fait de la peine à mon père, beaucoup de peine, mais tu n'es pas le seul à lui avoir brisé le coeur. Je lui ai fait du mal, plus que toi peut-être. Je ne t'en veux pas, Philippe, je sais que tu es malheureux.

— Mike, tu me dis que tu as fait souffrir ton père, tu affirmes même l'avoir blessé plus que moi, cependant je ne crois pas que ce soit possible. Je sais que tu essaies de me déculpabiliser, mais tu n'y arriveras pas.

— Non Philippe, je n'invente rien pour te déculpabiliser. Mon père a appris pour mon homosexualité.

— Mike, ton père t'aime assez pour te comprendre, de plus, il a l'esprit ouvert, je suis certain qu'il ne t'en veut pas parce que tu es gai.

— Tu as raison, Philippe. Frank ne m'en veut sûrement pas pour si peu... mais le problème est qu'il l'a appris par quelqu'un d'autre.

Tout en parlant, Philippe se rapproche de la table où Mike travaille habituellement. Plusieurs photographies y sont étalées. Il les regarde distraitement. Une d'entre elles attire soudainement son attention.

— Je connais cet homme-là, je l'ai rencontré il y a deux ou trois semaines, pas très sympathique le gars. Mike, pourquoi as-tu son portrait? Qui est-ce?

— C'est Wolf, répond Mike en y jetant un coup d'oeil distrait. Tu ne peux pas l'avoir vu, il est en prison.

Philippe regarde la photographie encore une fois.

— C'est lui que j'ai vu, j'en suis certain. J'étais près de chez la vieille Caron. J'ai vu un type qui changeait un pneu sur sa voiture, je suis allé le trouver et je lui ai demandé s'il avait besoin d'aide. Il m'a répondu de me mêler de mes affaires et de lui foutre la paix.

Mike bondit hors du fauteuil dans lequel il venait de s'affaler, oubliant momentanément le dossier qu'il avait placé sur ses genoux. Les papiers concernant l'affaire qu'il étudie présentement tombent pêle-mêle sur le tapis du salon. Il s'en fout royalement. Il marche dessus et fonce vers Philippe à grands pas. Il le saisit par le bras.

— Tu es certain de ce que tu avances, Philippe? Tu es certain que c'est cet homme-là que tu as vu?

— Certain. Avec la tête qu'il a, on ne peut pas se tromper.

Mike arrache la photographie des mains de Philippe. Il veut s'assurer qu'ils parlent du même bonhomme. Il n'y a pas de doute, c'est bien Wolf que Philippe est en train d'admirer.

— Regarde ce type encore une fois, Philippe, c'est vraiment important.

Philippe s'exécute sur-le-champ. Il découvre que Mike semble inquiet.

— C'est lui.

Soudainement Mike est pris de panique. Et si Maureen n'avait pas rêvé? Si elle avait réellement vu ce Wolf à la fenêtre? Si vraiment c'était lui qui avait momentanément débranché le téléphone et coupé le courant? Est-elle véritablement partie avec son ex-mari? Est-elle en danger encore une fois? Ce Paul, il n'était peut-être pas chez la vieille Caron pour rien. Se pourrait-il qu'il y ait un lien entre Paul et Wolf?

— Philippe, cet homme, il se rendait chez la vieille Caron?

— Je suppose que oui, il était tout près de là, mais je ne peux pas l'affirmer. Avec l'humeur qu'il avait, je ne suis pas resté pour jaser avec lui.

— Il faut que je vérifie si Wolf est toujours en prison, dit Mike en fouillant frénétiquement dans son carnet d'adresses. Philippe, je crois que Maureen est en danger.

Mike vérifie. Wolf se trouve toujours derrière les barreaux. Cependant, Philippe continue d'affirmer qu'il a vu l'homme de la photo près de chez lui. Maureen, elle, l'a aperçu près du chalet de Frank. Et que vient faire Paul dans le décor?

Mike essaie de communiquer avec Kathy pour avoir des informations supplémentaires sur Paul, mais il n'y arrive pas, il ne la trouve nulle part. Cette fois, Mike n'hésite pas, c'est trop important, il doit appeler son père pour le prévenir. Maureen est en danger, et il ne sait vraiment pas où elle est. Après plusieurs appels téléphoniques chez les anciens copains de son père, Mike finit par avoir le numéro de téléphone de Carole. En fin de journée, il réussit enfin à parler avec son père.

— Frank! C'est moi.

— Mike! Comment m'as-tu retrouvé?

— Je t'expliquerai mes exploits plus tard. Frank, il faut que tu reviennes. C'est important.

— Qu'est-ce qui se passe, Mike? Tu as l'air énervé, ce n'est pourtant pas dans tes habitudes.

— Frank, je crois que Maureen est en danger.

— Comment ça, tu crois qu'elle est en danger? Qu'est-ce

qui se passe?

— Frank, la dernière fois que je suis allé au chalet, Maureen était complètement paniquée. Elle disait avoir vu Wolf. Je lui ai dit que c'était impossible et je l'ai rassurée. Je suis resté avec elle une couple de jours et quand je suis reparti, tout allait bien. Aujourd'hui, en revenant du travail, j'ai écouté les messages qu'il y avait sur mon répondeur. Maureen avait laissé un message me disant qu'elle partait pour Montréal avec son ex-mari. Je t'avoue que j'étais surpris parce que personne n'avait encore réussi à lui faire quitter ton chalet. J'ai essayé, Kathy a essayé, il n'y avait rien à faire; elle attendait ton retour. Elle ne voulait pas partir avant de t'avoir parlé. Elle ne serait sûrement pas partie de là volontairement, surtout après avoir attendu si longtemps. Il y a pire encore.

— Quoi?

— Philippe est avec moi, Frank. Lui aussi a vu Wolf.

— Quoi?

— Frank. Tu te souviens des photos que tu as trouvées dans l'ascenseur chez Kathy? Philippe les a regardées. Il est certain d'avoir vu Wolf près de chez la vieille Caron.

— Quand?

— Il y a deux ou trois semaines. Cette rencontre coïncide parfaitement avec ce que m'avait dit Maureen. Elle n'avait pas rêvé, Frank. Wolf était là.

— Mike, tu as vérifié à la prison?

— C'est là que la situation se complique, Wolf s'y trouve toujours. Je ne comprends pas ce qui se passe. Ils sont deux à l'avoir vu, et tout à coup Maureen disparaît.

— Jacques est revenu de voyage ce matin, il pourra me remplacer auprès de Carole et John. Je pars tout de suite, Mike. Je serai chez toi très tôt demain matin. Prépare le café, j'en aurai besoin.

— Frank...

— Quoi?

— Sois prudent, ne conduis pas trop vite. De toute façon nous ne pouvons rien faire cette nuit.

— Mike, essaie quand même de parler à Kathy, elle sait peut-être quelque chose. Il est possible que Maureen se soit tout simplement lassée de m'attendre seule au chalet.

— C'est possible, mais peu probable.

10

La disparition de Maureen

Frank s'inquiète pour Maureen. Mike a toujours eu beaucoup d'intuition et il n'est pas le genre de gars à paniquer pour rien. S'il pense que Maureen est en danger, il y a de fortes chances que ce soit vrai. La pluie rend la visibilité presque nulle. Frank n'a pas le choix, il doit conduire lentement malgré son désir d'arriver à Québec le plus tôt possible. Jacques avait eu une bonne idée de lui préparer un gros thermos de café.

Tout en conduisant, Frank pense à Maureen. Il se sent terriblement coupable. Il aurait dû lui téléphoner, lui faire comprendre à quel point il l'aime. Il avait souvent eu le désir de le faire, mais ne l'avait pas fait. Il voulait le lui dire en personne, il voulait l'enlacer et lui avouer qu'il avait été idiot de la quitter. Mais pour aller la retrouver, pour l'étreindre, il devait attendre le retour de Jacques. Il ne pouvait pas laisser Carole et John tout seuls chez eux, sans personne pour les aider. Quelqu'un devait absolument prendre soin d'eux. Si seulement Jacques était revenu un peu plus tôt. Mais les regrets sont inutiles. Frank doit être positif, et concentrer ses pensées sur ce qu'il peut faire pour aider Maureen, au lieu de s'apitoyer sur son sort. Ce qui est fait est fait. Il doit réfléchir et essayer de comprendre ce qui s'est passé. Il pense et repense à tout ce que Mike lui a raconté. Il y a sûrement une explication. La nuit et son voyage lui semblent interminables.

Mike attend son père avec impatience. Il s'est levé très tôt ce matin. Il a essayé d'entrer en contact avec Kathy, mais elle n'était pas chez elle. Il a téléphoné chez Jean-Pierre, lui non plus n'avait pas répondu. Mike a laissé un message sur le répondeur de Kathy, mais il sait qu'elle oublie très souvent de vérifier si elle a eu des appels. Il se sent nerveux. Frank n'était jamais resté très longtemps sans lui parler. Il sait pourquoi Frank ne lui avait pas téléphoné des États-Unis. Leur grande complicité les a toujours unis l'un à l'autre et il ne voudrait pas que cela change par sa propre faute. Est-ce que Frank lui en veut beaucoup? Il le saura bientôt. Il connaît son père. En l'accueillant il le verra dans ses yeux. Frank ne sait pas mentir.

On frappe à la porte.

Si Mike connaît son père. Frank aussi connaît très bien son fils. Quand Mike ouvre la porte, Frank comprend tout de suite que son fils est malheureux. Il le serre dans ses bras.

— Espèce d'idiot, tu m'as manqué, tu sais.

— Toi aussi.

— Toujours pas de nouvelles de Maureen? demande Frank.

— Non.

— Mike, est-ce que tu as réussi à joindre Kathy?

— Non.

— Et Jean-Pierre?

— Non plus.

Mike se sent presque honteux. Ces réponses négatives semblent tellement décevoir son père. Mike aurait préféré lui dire: «Ne t'en fais plus, Frank, j'ai retrouvé Maureen», mais tel n'est pas le cas. Il a l'impression d'avoir échoué lamentablement dans ses recherches.

Frank met sa main sur l'épaule de son fils, il ne veut pas que Mike se sente fautif. Il ne lui reproche rien, au contraire. Il apprécie son aide.

— Mike, j'y ai pensé toute la nuit en conduisant. Je crois que nous devrions commencer nos recherches chez Mme Caron.

— C'est ce que je pense, Frank.

— Le café est prêt?

— Oui.

— Tiens, Mike. Remplis le thermos, nous prendrons notre café dans le camion.

Encore une fois, Mike est impressionné par son père. Il admire sa force de caractère et son courage. Frank a conduit toute la nuit sans s'arrêter et il est là, devant lui, prêt à repartir. Le jeune homme est soulagé de voir que rien n'est changé entre eux. Frank n'est pas seulement son père, il est également son meilleur ami. D'un regard, Mike comprend les sentiments de son père et à quel point il peut aimer Maureen. S'il lui arrivait quoi que ce soit, jamais son paternel ne s'en remettrait.

— Frank, tu veux manger quelque chose?

— Non.

— Dans ce cas, partons, je suis prêt.

Frank retient Mike par le bras.

— Non, pas tout de suite, Mike. Je veux d'abord écouter le message que Maureen t'a laissé.

— Maureen ne dit pas grand-chose. Elle m'avise tout simplement qu'elle s'en va à Montréal avec son ex.

Frank regarde son fils d'un air exaspéré. Pourquoi faut-il toujours que Mike argumente quand il décide quelque chose? À la longue, cette mauvaise habitude devient agaçante.

— Mike, je veux l'écouter!

— À ta guise!

Frank prête l'oreille à la voix de Maureen une fois, deux fois, trois fois. Son fils avait raison, le message est très court et rien dans ce que dit Maureen ne peut les aider à la retrouver.

En sortant de chez Mike, Frank insiste pour prendre son camion. Il n'aime pas la voiture de son fils, il s'y sent coincé.

— Je vais conduire, Frank. De cette façon tu pourras dormir un peu.

— Je ne veux pas dormir, je veux savoir. Raconte-moi tout ce qui s'est passé depuis mon départ. Mike, pour retrouver Maureen, il faut que je sache contre quoi et contre qui je me bats.

Mike prend les clés de son père.

— Qu'est-ce que tu veux savoir?

— Tout.

— Dans le fond, je ne sais pas grand-chose moi non plus. Maureen est restée toute seule dans ton chalet. Elle t'attendait. Elle ne voyait personne et ne parlait à personne.

— Voyons, Mike, Kathy a sûrement été la voir.

— Une seule fois, une dizaine de jours après que tu sois parti. Elle n'est restée que très peu de temps, elles se sont disputées.

— Pourquoi? demande Frank.

— Kathy ne pouvait pas rester au chalet et elle ne voulait pas que Maureen y demeure seule. Elle voulait la ramener à Québec. Elle avait fait le voyage uniquement pour aller chercher Maureen. Elle s'est fâchée en voyant qu'elle s'était déplacée inutilement.

Frank se retient. Il préfère ne rien dire pour le moment, mais Kathy ne perd rien pour attendre, elle aura de ses nouvelles. Il lui en veut terriblement. Elle lui avait promis de s'occuper de Maureen. La colère de Frank se transforme rapidement en amertume. Il n'a rien à reprocher aux autres, le seul vrai coupable, c'est lui. Ce qui arrive n'est pas la faute de Kathy, mais la sienne. C'est lui qui a abandonné Maureen, pas Kathy.

— Mais toi, Mike, tu m'as dit être allé au chalet.

— Une seule fois.

— Quoi?

Mike se sent vraiment embarrassé. Les remords l'assaillent. Il avait été négligent, inconséquent et terriblement égoïste. Il aurait dû prendre le temps d'aller voir Maureen. Il répète sa réponse à voix basse, tellement il a honte.

— Je n'y suis allé qu'une fois, Frank.

— Quand? s'informe Frank, d'un ton qui laisse deviner son mécontentement.

— Une journée après Kathy, donc onze jours après ton départ.

Frank soupire. Il sait que Mike n'est pas méchant. Il n'a pas le droit de s'en prendre ainsi à lui. Si son fils n'a pas été voir Maureen plus souvent, c'est probablement parce qu'il n'a pas pu faire autrement. Lui aussi il a une vie à vivre, et quelle vie! Mike n'a pas assez de vingt-quatre heures par jour, il se dévoue entièrement à son travail. Pour lui, les journées ne sont jamais assez longues. Si Mike pouvait se priver de dormir, il le ferait. Frank se radoucit un peu.

— C'est Kathy qui t'avait demandé d'y aller?

— Non. Maureen m'avait téléphoné. Elle voulait savoir si j'avais eu de tes nouvelles. Elle semblait si malheureuse et elle ne voulait pas croire que tu étais parti sans me dire où tu allais. Moi aussi, j'étais malheureux. J'ai décidé d'aller la retrouver au chalet. Lors de mon arrivée, elle était accroupie près de la fenêtre de ta chambre. Elle sanglotait. Elle disait avoir vu Wolf et son loup. Je l'ai tout de suite rassurée, en lui affirmant qu'elle avait fait un cauchemar. Je suis resté deux jours avec elle. Nous avons beaucoup parlé, elle et moi et nous avons beaucoup marché. J'ai parcouru avec elle tous les sentiers que j'avais l'habitude de prendre avec toi. Si tu savais la misère que j'ai eue pour la faire sortir du chalet. Je voulais qu'elle respire un peu d'air frais, elle était si pâle, mais elle ne voulait pas sortir au cas où tu téléphonerais.

Frank ferme les yeux. Il revoit dans ses pensées le petit visage triste qu'avait Maureen lorsqu'il est parti.

— Pauvre Maureen, si j'avais su. Je l'avais appelée de chez Carole pour lui dire que je l'aimais et que je reviendrais, pour moi tout était réglé.

— Oui, mais le lendemain tu l'as rappelée pour lui dire que tu restais aux États-Unis avec une autre femme.

— Voyons, Mike, tu n'es pas sérieux? Carole était dans le plâtre à l'hôpital et son petit garçon est aveugle. Je ne pouvais pas les laisser seuls.

— Peut-être, mais Maureen a voulu aller te retrouver là-bas et tu lui as dit non.

— Je croyais qu'elle pensait toujours à Philippe et qu'elle hésitait entre lui et moi. Je voulais qu'elle prenne son temps, qu'elle choisisse librement. Elle savait que je l'aimais, du moins, je croyais qu'elle le savait.

Mike est heureux que Frank amène la conversation sur ce sujet. Là au moins, il peut le rassurer.

— Frank, il n'y a rien entre Philippe et Maureen.

— Elle t'a dit ce qui s'était passé avant mon départ?

— Oui.

— Mike, quand je les ai vus, ils s'embrassaient passionnément.

Mike raconte alors à son père ce qui s'était vraiment passé ce jour-là entre Philippe et Maureen. En le faisant, il n'a pas l'impression de trahir ses amis car il sait que, de toute façon, Maureen et Philippe ont le désir de clarifier la situation.

— Pauvre Maureen, je me sens tellement coupable, dit Frank. J'aurais dû lui téléphoner. Combien de fois j'ai eu envie de l'appeler, mais je me retenais. Je voulais lui laisser du temps. Si j'avais entendu sa voix, je l'aurais suppliée de venir me retrouver et je ne voulais surtout pas le faire. Je l'aime comme un fou. Elle aurait dû le savoir. Tu dis qu'elle se privait de sortir?

Mike fait signe que oui. Il aimerait mieux parler d'autre chose. On dirait que Frank cherche à se punir, il retourne sans cesse le fer dans la plaie. Mike sait que Frank le fixe, il le sent, et cela le rend mal à l'aise. Son père est ainsi fait, chaque fois qu'il pose une question, il veut une réponse. Du temps de son enfance, Mike finissait toujours par avouer ses mauvais coups lorsque Frank l'interrogeait. Il est vrai que Maureen se privait de sortir. Il est tout aussi vrai que son départ avec Paul est inquiétant. Alors, si Frank veut connaître la vérité, autant la lui dire.

— Frank, Maureen passait ses journées à côté de l'appareil téléphonique. Je l'ai appelée à plusieurs reprises, mais elle me disait toujours qu'elle ne voulait pas parler longtemps au cas où tu voudrais appeler. Elle ne me parlait que quelques minutes. Pauvre Maureen, elle faisait pitié. C'est pour ça que je suis inquiet, Frank. Elle est restée enfermée chez toi, un mois. Pendant un mois, elle s'est privée de sortir, privée de parler au téléphone, elle a refusé de revenir à Québec et, tout à coup, je reçois ce message. C'est illogique Frank! Depuis que nous la connaissons, jamais ce Paul ne lui a téléphoné, jamais il n'est venu la voir. Elle l'a revu une fois en disant que c'était une rencontre imprévue; elle le croyait du moins. Moi je n'en suis pas si sûr. Ce Paul réapparaît dans sa vie au moment où Wolf disparaît et comme par hasard, il l'amène dans la cage aux loups. Pourquoi l'a-t-il amenée chez la Caron? Que faisait-il près de chez Philippe? Savait-il que Maureen était là? Comment a-t-il eu ton adresse? Comment a-t-il retrouvé Maureen? Et surtout, pourquoi a-t-elle accepté de partir avec lui, alors qu'elle avait toujours refusé de quitter ton chalet? Elle n'est sûrement pas partie de chez toi volontairement.

— Il y a une chose que tu oublies, Mike. Paul est un parfait étranger pour toi et pour moi, mais n'oublie pas que Maureen et lui ont été mariés. Ils ont vécu ensemble. La vie de couple peut créer des liens solides entre deux personnes. Ça fait un mois que je suis parti, Maureen a peut-être pensé que je l'avais quittée définitivement. Maureen et Paul sont restés amis. Tu te rappelles comment il l'a entourée d'un bras protecteur lorsque je me suis mis en colère chez la vieille Caron? En ce moment, il est probablement la personne en qui elle a le plus confiance. C'est peut-être même elle qui lui a demandé de venir la chercher.

— Et Wolf, tu l'oublies? Ils sont quand même deux à l'avoir vu.

— Je sais, Mike. Voilà pourquoi nous devons aller chez la vieille Caron.

Frank est fatigué. Il ferme les yeux un instant. Comme il aurait besoin de dormir.

Mike a des remords. Il n'aurait pas dû parler de Wolf. De toute façon, il sera toujours temps d'envisager cette éventualité.

— Mike, je pense à quelque chose. Kathy est probablement à son chalet. Elle y va souvent avec Jean-Pierre. Si tu n'as pas réussi à les retracer, c'est sûrement parce qu'ils sont là tous les deux. J'aimerais les rencontrer avant de me rendre chez la vieille. Kathy doit savoir où est Maureen.

— C'est une bonne idée.

Encore une fois Frank ferme les yeux. Le café ne fait pas vraiment effet. Frank ne veut pas dormir, il doit réfléchir.

De temps en temps Mike jette un coup d'oeil du côté de son père. Attendri, il le voit lutter contre le sommeil. Il reste silencieux, espérant que son père puisse se reposer, il semble si fatigué.

— Mike, il y a quelque chose que je voudrais savoir.

— Quoi?

— Philippe...

À nouveau Frank ferme les yeux. Mike se demande si c'est le sommeil qui lui alourdit les paupières.

— Mike, est-ce que Philippe et Maureen se sont revus pendant que j'étais aux États-Unis?

— Non.

Frank se retourne vers Mike. Il l'observe en silence. Son fils n'a pas l'habitude de lui mentir, mais peut-être que cette fois, il le fait. Ce petit non a été dit bien vite, trop vite! Mike veut sûrement lui éviter des souffrances inutiles.

— Je veux savoir la vérité, Mike. Il faut que je sache.

— Frank. Si Philippe est venu chez moi hier, c'est parce qu'il voulait avoir des nouvelles de Maureen. Il se sentait coupable. Il voulait savoir comment ça allait entre vous deux. Il ne savait même pas que tu étais parti.

Frank ferme les yeux encore une fois. Mike continue de conduire sans parler. Comme Frank ne reprend plus la parole, Mike jette un coup d'oeil sur lui. Vaincu par la fatigue, son père s'est finalement endormi. Malheureusement, il ne pourra pas dormir longtemps, ils sont presque rendus. Soulagé, Mike constate que le chemin de terre qui conduit au chalet de Kathy n'est pas trop cahoteux. Arrivé devant chez elle, il sort du camion sans faire de bruit. À sa grande surprise, il voit son père qui bondit hors du véhicule.

— Comment! Tu ne dormais pas?

— Mike, comment veux-tu que je dorme dans des circonstances semblables? Tu dormirais toi, si Gaétan disparaissait?

Mike ne sait pas trop comment prendre cette remarque. Est-ce que Frank a fait ce commentaire pour le narguer ou tout simplement parce qu'il a accepté que Gaétan fasse partie de sa vie?

Frank prend Mike par les épaules et le pousse amicalement vers le chalet de Kathy. C'est sa façon à lui de clarifier les choses. Il n'y a rien de méchant dans ce qu'il vient de dire.

La porte du chalet s'ouvre avant même qu'ils aient le temps de frapper. Kathy est furieuse. Elle apostrophe Frank sans ménagement.

— Espèce de salaud! Qu'est-ce que tu viens faire ici?

Frank ne comprend pas pourquoi Kathy se déchaîne ainsi contre lui.

— Qu'est-ce qui te prend, Kathy? Qu'est-ce que je t'ai fait?

— Tu n'es qu'un salaud, Frank! Je ne veux plus te voir chez moi! Mike, je regrette, tu n'y es pour rien, mais quand tu voudras me voir, viens sans ton père.

Kathy referme la porte sans leur donner le temps de rajouter quoi que ce soit.

Frank, d'abord surpris par le geste imprévisible et déraisonnable de Kathy, réagit ensuite avec violence.

— Kathy, tu ouvres cette porte ou je la défonce. Je ne suis pas venu ici pour tes beaux yeux ou ton beau... tu sais quoi. Je suis venu ici parce que Maureen est en danger et que tu es la seule qui peut nous aider à la retrouver.

— Pourquoi serait-elle en danger, Frank? Parce qu'elle est partie avec un homme plus intelligent que toi, peut-être?

Mike a presque envie de rire. Kathy est la seule qui ose parler à Frank sur ce ton. Elle ne semble pas s'apercevoir qu'elle joue avec de la dynamite. Elle n'a sûrement jamais vu Frank lorsqu'il pique une colère, sinon elle ferait un peu plus attention à ce qu'elle dit.

Frank se retient avec difficulté.

— Ouvre Kathy, c'est important. Si ce n'était pas important, tu peux être assurée que je serais déjà reparti.

Elle ouvre la porte, mais ne les laisse pas entrer.

— Frank, si tu veux tout savoir, Maureen est partie avec Paul. Tu n'es qu'un imbécile. Un beau salaud! Voilà ce que tu es! Tu t'imaginais que tu pouvais t'amuser avec ton Américaine autant que tu en avais envie et que Maureen resterait ici à t'attendre, prête à t'offrir tous les bons services quand finalement tu te déciderais à revenir. Elle est partie, Frank, et elle a bien fait!

— Voyons, Kathy, Paul a une femme et un enfant. Il a quitté Maureen pour cet enfant. Tu veux dire qu'il les aurait laissés pour reprendre avec Maureen? Ton histoire ne tient pas debout.

— Pourquoi pas? Tu sais, Frank, Paul est un homme très affectueux. Avec sa nouvelle femme, côté sexe, ce n'était pas fameux.

— Qu'est-ce que tu en sais, Kathy?

Kathy le regarde en riant. Elle aime provoquer. Elle vient de toucher une corde sensible, tout le monde a ses faiblesses, même Frank.

— Écoute, Frank! Je sais beaucoup de choses, moi! Je peux même te dire que depuis qu'il a quitté Maureen, Paul est venu me voir très souvent. Si je fais la comparaison entre vous deux, je comprends pourquoi Maureen est partie avec lui.

— Maureen n'est pas comme toi! Elle ne couche pas avec tout le monde, elle! Nous nous aimons, elle et moi. Notre amour est beaucoup plus grand et plus fort que tu le crois.

— Et Philippe?

Voyant que la situation s'envenime de plus en plus, Mike intervient.

— Calmez-vous tous les deux. Ce n'est ni le temps ni le moment de se disputer. Kathy, tu me connais, je ne suis pas du genre inquiet, mais c'est moi qui ai rappelé Frank. Je lui ai demandé de revenir. Je crois sincèrement que Maureen est en danger.

— Mike, ce n'est pas parce que Maureen va à quelque part sans ton père ou sans toi qu'elle est nécessairement en danger. Ne t'en fais pas, elle survivra sans vous deux.

— Kathy. Maureen peut survivre sans nous, ce n'est pas ça qui m'inquiète. Est-ce qu'elle t'a dit qu'elle avait revu Wolf? Est-ce que tu sais que Paul va souvent chez une vieille femme qui élève des loups et que Philippe a revu Wolf près de chez cette dame?

— Voyons, Mike. Wolf est en prison. Alors s'il te plaît, essaie de trouver autre chose pour me faire parler. Je ne te dirai pas où est Maureen.

— Kathy, je suis sérieux, je sais que Wolf est en prison, mais ils sont tout de même deux à l'avoir revu. Je sais qu'il y a un rapport entre Paul, cette vieille femme et Wolf.

— Mike, Wolf est en prison et il ne peut pas être à deux endroits en même temps. Alors laisse-moi tranquille avec tes histoires à dormir debout.

Mike ne sait plus quoi faire pour la convaincre. Pourquoi refuse-t-elle de voir les faits tels qu'ils sont?

— Kathy, tu connais Maureen. Crois-tu vraiment qu'elle serait partie avant d'avoir revu mon père?

— Oui, je le crois, Mike. Justement parce que je la connais, je le crois. Paul l'a toujours dominée. Tu te rappelles comment elle était désemparée quand il l'a quittée? Maureen a besoin de quelqu'un comme lui. Paul a toujours pris les décisions à sa place, il a toujours pensé pour elle. Il la dominait complètement et je crois qu'elle aimait ça. Dans le fond, plus j'y réfléchis, plus je trouve que Frank est comme lui; dominateur et égoïste. Ce doit être à cause de cette ressemblance qu'elle s'accrochait à lui, parce qu'il était comme Paul. Elle a besoin d'un maître.

Frank est hors de lui. Si Kathy était un homme, il la frapperait. Il a de la misère à se contenir.

— Espèce de petite merde! Tu vas nous aider, oui ou non?

— Non.

Mike retient son père.

— Viens, Frank. Partons, nous perdons notre temps.

Mike entraîne Frank vers le camion. Étant donné les circonstances, il ne sert à rien de rester chez Kathy.

Kathy ne contrôle plus sa colère. N'ayant plus rien à dire au père, elle s'adresse maintenant au fils.

— Mike, la prochaine fois que tu voudras que je trahisse les confidences que Maureen m'a faites, essaie de trouver une meilleure excuse. Je sais que tu ferais n'importe quoi pour plaire à ton père, mais franchement, tu ne pensais tout de même pas que j'avalerais ton histoire.

Elle entre à l'intérieur en claquant la porte. Jean-Pierre, qui avait assisté à la scène sans dire un mot, se risque enfin à donner son opinion.

— Écoute, Kathy, je n'aime pas te contrarier, tu le sais, mais je pense que tu aurais peut-être dû écouter ce qu'ils avaient à te dire. Frank a beaucoup de défauts, je l'avoue, mais il n'est pas homme à inventer des histoires. La vie nous a prouvé que souvent l'impossible peut être possible. Tu te souviens, il n'y a pas si longtemps lorsque Maureen criait au loup, personne ne l'a crue. Elle avait pourtant raison, et pour être franc avec toi, je n'aime pas beaucoup ce Paul. Il y a quelque chose en lui qui me déplaît.

— C'est normal que Paul te déplaise, Jean-Pierre, tous mes clients te déplaisent, tu n'es qu'un vieux jaloux.

Jean-Pierre s'approche de Kathy. Il est fasciné par cette femme. Il donnerait sa vie pour elle. Les yeux de Kathy semblent encore plus verts quand elle s'emporte ainsi. Il y a dans son regard un éclat d'une sauvage beauté. D'une main hésitante, il touche ses longs cheveux roux. Il plaide encore une fois sa cause.

— Kathy, avec une belle femme comme toi, c'est normal que je sois jaloux. Si seulement tu acceptais mon aide, tu n'aurais pas besoin de voir tous ces hommes. J'ai assez d'argent pour nous deux, j'aimerais tellement prendre soin de toi.

— Jean-Pierre, j'ai besoin de liberté, tu le sais.

— Tu appelles ça de la liberté! Te soumettre ainsi au bon plaisir de tous ces messieurs qui profitent de toi. Tu appelles ça de la liberté!

— Jean-Pierre ne recommence pas. Si tu veux rester mon ami, accepte-moi telle que je suis, sinon tu es libre de partir.

— Je n'insiste pas.

* * *

Frank fulmine. Comment Kathy peut-elle être aussi inconsciente? Comment peut-elle mettre la vie de Maureen en danger avec autant d'insouciance? Le chalet de Kathy est plus éloigné que celui de Frank, et en repassant devant chez lui, Frank a le coeur gros. Lui et Maureen se sont aimés dans ce nid douillet. Ils étaient si heureux, pourquoi faut-il que la vie soit si compliquée? Il a soudain un pressentiment.

— Mike, retourne à mon chalet.

— Pourquoi? Qu'est-ce que tu veux y faire?

— Maureen m'a peut-être laissé un message.

— C'est vrai.

Frank avait raison. Maureen lui avait laissé un mot. Elle l'avait mis en évidence pour être certaine qu'il le trouverait. Il sourit en voyant ce bout de papier. Sans savoir ce qu'il y a d'écrit sur cette feuille, il retrouve un peu d'espoir.

«Salut Frank. Paul m'a offert de l'accompagner à Montréal et j'ai accepté, parce que je n'en pouvais plus d'être toute seule ici. Je ne serai partie que deux ou trois jours. Si toutefois tu arrivais avant moi, attends-moi. Ne sois pas inquiet, Frank, Paul est un ami, rien de plus. Je t'aime, Maureen.»

Comme il a l'habitude de le faire quand il est tendu, Frank se passe la main dans les cheveux. Il ne sait pas trop quoi penser. Il relit le message plusieurs fois de suite et le tend à Mike.

— Mike, je voudrais avoir ton opinion.

Tout comme son père, Mike se pose une foule de questions.

— Frank, si on se fie à ce bout de papier, on n'a pas à s'en faire. Tout laisse supposer que j'ai paniqué pour rien et que Maureen sera bientôt de retour.

Frank marche de long en large dans le chalet. Sa main passe et repasse dans ses cheveux. Mike redonne le message à son père. Frank regarde le billet, il le tient serré dans sa main comme s'il avait peur de le perdre.

— Mike, qui nous dit qu'elle a écrit de son plein gré?

— Je ne sais pas, Frank. Tu connais son écriture, te semble-t-elle normale?

— Oui.

Mike fouille dans le réfrigérateur. Il ne reste pas grand-chose, il est déçu. Il se prend une pomme.

— Qu'est-ce qu'on fait, Frank? Tu veux toujours aller chez la vieille Caron ou tu préfères attendre ici quelques jours?

— Je ne sais pas, Mike. Tout laisse supposer que Maureen est partie volontairement avec Paul. Elle l'a probablement suivi sans crainte, mais ce Paul, peut-on se fier à lui? Je voudrais savoir quel rapport il y a entre lui, le frère de la Caron et Wolf.

— Tu le sauras en allant chez la vieille.

— Et s'il n'y avait aucun rapport entre eux, Mike? Maureen m'avait dit que le père de Paul était dans la même chambre d'hôpital que le frère de la Caron. Elle disait que Paul s'était rendu chez la vieille parce que son frère était inquiet pour elle. Jusque-là, tout se tient, c'est logique.

— Oui, mais Maureen a revu Wolf ici, et Philippe l'a revu près de chez la vieille. Au même moment ou presque, Maureen disparaît.

— C'est peut-être une coïncidence, Mike. Maureen a peut-être fait un cauchemar, et Philippe a peut-être tout simplement vu quelqu'un qui ressemblait à Wolf.

Frank va s'asseoir près de la table, il tient toujours le bout de papier dans sa main. Il le regarde comme si ces quelques lignes pouvaient lui dire quoi faire.

— Mike, je ne sais plus quoi penser. Je crois que nous devrions attendre un peu. Paul sait probablement que Maureen m'a laissé un message et qu'elle a téléphoné chez toi. Il sait également que Kathy les a vus ensemble. S'il avait voulu faire du mal à Maureen, il n'aurait pas laissé tant de preuves et surtout pas de témoins.

— Tu as raison, Frank. Ce que tu viens de dire est plein de bon sens.

— Mike, dans son message, Maureen dit qu'elle ne sera partie que trois jours. Lorsque tu m'as téléphoné hier soir, il y avait déjà une journée de passée. Aujourd'hui, c'est le deuxième jour. Si on se fie à ce qu'elle a écrit, elle devrait normalement revenir demain. Je crois que je vais attendre jusque-là, avant de faire quoi que ce soit. Mais sois assuré que si Maureen n'est pas de retour demain soir, il va y avoir du grabuge.

— Frank, si tu penses qu'il est préférable d'attendre, je me fie à ton bon jugement.

Mike se dirige vers la porte.

— Où vas-tu, Mike?

— Chez Kathy.

— Sa bonne humeur te manque déjà?

Mike ne peut s'empêcher de rire. La réplique de son père était si bien placée.   Frank ne manque jamais une occasion. Quand il a quelque chose à dire, il le dit. Cette répartie était une manière comme une autre de signifier son désaccord.

— Frank, je veux tout simplement savoir quand Kathy retournera à Québec.

— Pourquoi?

— Je travaille, moi. Je dois retourner en ville.

— Voyons, Mike, je vais aller te reconduire.

— Il serait peut-être préférable que tu restes ici au cas où Maureen essaierait de te rejoindre.

— Alors prends le camion, moi je vais m'arranger avec Jean-Marc.

— C'est d'accord.

* * *

Mike reparti, Frank se retrouve tout seul dans son chalet. Les rôles sont inversés. C'est à son tour d'attendre. C'est à son tour d'être inquiet. Il se fait un bon café et va s'asseoir dans son fauteuil préféré. Il jette un coup d'oeil autour de lui. Le livre qu'il avait laissé sur la table du salon est toujours au même endroit. Il va le chercher. En ouvrant le livre, il trouve un bout de papier plié. Il y a quelque chose d'écrit sur ce papier. Frank reconnaît l'écriture de Maureen.

«Salut Frank, je t'aime. Je m'ennuie de toi, je pense à toi jour et nuit. Je ne sais pas si je serai ici quand tu reviendras, je ne sais même pas si tu reviendras, mais j'avais besoin de te le dire et comme tu n'es pas là, je te l'écris, je t'aime. Maureen.»

— Moi aussi, je t'aime.

Frank n'a plus envie de lire, il n'a plus le goût de boire son café, il n'a plus envie de s'asseoir dans ce fauteuil, il veut retrouver Maureen, il veut la prendre dans ses bras. Mais où est-elle? Par la fenêtre, il voit Mike qui revient. Il va le retrouver dehors.

Whisky bondit hors du camion et s'élance vers Frank.

— Whisky! Comment ça va, mon vieux? Tu m'as manqué, tu sais. Merci Mike, c'est gentil de l'avoir ramené.

Whisky n'avait jamais été si énervé. Il s'était ennuyé de Frank et il manifeste sa joie de le retrouver en sautant sur lui, en grattant sur ses vêtements avec ses pattes de devant et en gambadant autour de lui d'une façon étourdissante. Il remue la queue tellement vite et fort, que tout son petit corps semble suivre le mouvement. Le chien jappe et gémit en même temps. Il raconte à sa façon la peine qu'il avait eue, et la joie qu'il ressent maintenant.

Frank se sent déjà moins seul.

Mike reparti, Frank et Whisky entrent à l'intérieur. Le chien fait le tour du chalet, il semble chercher quelque chose. Frank le voit sortir de la chambre avec une pantoufle. Il sourit malgré lui.

— Whisky, sans vouloir t'insulter, je n'ai jamais vu un chien têtu comme toi. Fais ce que tu veux, le chien, moi je suis trop fatigué pour courir après toi. Si tu tiens à cette pantoufle, tu peux la garder. Moi, je vais me coucher.

Frank ressent sa fatigue. Il n'avait pas dormi de la nuit puisqu'il était sur le chemin du retour. Il n'avait pas dormi depuis qu'il avait revu Mike, mais maintenant qu'il est seul et qu'il sait Maureen en sécurité, il n'a qu'une envie, roupiller. Il s'allonge sur le lit, sans même prendre le temps de se déshabiller. Il sombre immédiatement dans un profond sommeil. Whisky, qui aimerait faire une promenade avec son maître, essaie de le réveiller à plusieurs reprises. Rien à faire, son maître dort à poings fermés.

Frank se réveille en sursaut vers la fin de l'après-midi. Whisky aboie et gratte sur la porte d'entrée.

— Qu'est-ce qui se passe, le chien? Laisse-moi dormir.

L'animal continue d'aboyer.

— Tu veux sortir, je suppose?

Frank se lève en bougonnant. Il dormirait bien encore un peu, mais les aboiements de Whisky sont insupportables.

Aussitôt la porte ouverte, Whisky s'élance vers le sentier du lac. Le chien semble nerveux, il doit manquer d'exercices. Ses promenades dans le bois doivent lui manquer.

Frank se prépare un repas léger qu'il mange sur le coin de la table, sa pensée obsédée par Maureen. Que fait-elle présentement? Des grattements sur la porte d'entrée le tirent de ses réflexions. Le chien est de retour. Après son repas, Frank regarde un peu son courrier. Maureen avait payé les comptes. Elle avait placé le courrier personnel de Frank dans une pile à part. Frank, encore une fois, passe la main dans ses cheveux. Tout ici lui fait penser à Maureen. Partout il y a des traces de son passage. Où peut-elle être? Après une longue soirée ennuyeuse en compagnie de son chien, Frank retourne se coucher. Demain, il essaiera d'être plus positif et plus actif.

Les aboiements de Whisky et des coups frappés à la porte le tirent à nouveau de son sommeil.

— Qu'est-ce qui se passe encore? Il n'y a pas moyen de dormir dans ce chalet!

Frank remet son pantalon le plus rapidement possible. Il ne trouve qu'une pantoufle pleine de bave, se cogne le gros orteil sur la patte du lit, et reçoit la porte de la chambre en plein visage lorsque Whisky s'élance vers lui pour l'avertir qu'il y a quelqu'un à l'entrée. Quand, finalement, il arrive à la cuisine, il est de mauvaise humeur. Il voit Kathy qui lui fait de grands signes. Il déverrouille la porte à contrecoeur.

— Frank, je peux entrer?

— Qu'est-ce que tu veux, Kathy? Au fait, quelle heure est-il?

— Il est six heures du matin. Frank, il faut que je te raconte quelque chose. Tu ne peux pas savoir ce qui vient de m'arriver.

— Non, mais j'ai l'impression que tu vas me le dire.

— Tout d'abord, je veux m'excuser pour mon comportement d'hier. J'étais malheureuse. J'étais furieuse contre toi, Frank. Je t'en voulais beaucoup, je t'en veux toujours d'ailleurs. C'est à cause de toi que je suis si malheureuse.

Frank la regarde d'un drôle d'air. Il ne sait pas trop comment réagir, les femmes sont tellement compliquées!

— Mais qu'est-ce que je t'ai fait, Kathy?

— Tu me connais depuis longtemps, Frank. Tu sais comment je suis. J'ai beaucoup de défauts c'est vrai, mais je ferais n'importe quoi pour mes amis. Maureen est ma meilleure amie. Je dois te dire que j'aime son mari depuis la première fois où je l'ai rencontré. Je suis folle de lui, mais jamais, jamais, je n'ai fait quoi que ce soit qui puisse nuire à leur bonheur. Je me contentais de l'aimer tout au fond de mon coeur, sans jamais le lui dire. Lorsqu'ils se sont séparés, j'ai repris un peu d'espoir. Je ne connaissais pas la nouvelle femme de Paul et je ne voulais pas la connaître. Comme je te l'ai dit, côté sexe, sa nouvelle épouse et lui, ça n'allait pas fort. Il est donc venu à moi. Il est venu souvent chez moi. J'espérais qu'un jour il resterait avec moi, mais il a fallu que tu partes. Il a fallu que tu laisses Maureen toute seule, et quand le mariage de Paul a éclaté, c'est vers elle qu'il est allé au lieu de venir vers moi, et c'est de ta faute.

— Ne t'en fais pas, Kathy. Il n'y a plus rien entre eux. Ils sont amis, tout simplement, rien de plus.

— Tu ne connais pas Paul.

— Non, mais je connais Maureen et j'ai confiance en elle.

— Tant mieux pour toi, Frank.

— Dis-moi, Kathy, pourquoi tu me réveilles à six heures du matin pour me raconter tes histoires d'amour? Tu aurais pu attendre un peu plus tard, non?

— Je ne suis pas venue ici dans ce but, j'ai quelque chose d'autre à te raconter. Me ferais-tu un bon café, Frank? J'ai un mal de tête affreux. Si tu veux savoir, j'ai la gueule de bois.

— Ça paraît. Je me demande même si tu es complètement dessaoulée.

— Toujours aussi aimable, Frank.

— Surtout le matin. Qu'est-ce que tu voulais me dire de si important Kathy?

— Hier, lorsque vous êtes repartis de chez moi, toi et Mike, j'avais le coeur gros. Je regrettais de m'être comportée ainsi, et je me suis mise à boire. Jean-Pierre a bu avec moi. Lui, il avait de la peine parce que je ne voulais pas m'installer chez lui. Nous avons picolé toute la soirée. Pauvre vieux, il a fini par s'endormir sur le divan du salon. J'ai continué de m'enivrer toute seule. J'ai levé le coude jusqu'à ce que je me sente malade. Les murs se sont mis à tourner autour de moi, j'avais envie de vomir, et je me suis dit qu'un peu d'air frais me ferait du bien. Alors je suis sortie. J'ai descendu l'escalier de peine et de misère et, fière de moi, je me suis dirigée vers la route. Comme tu peux l'imaginer, ivre comme j'étais, je ne suis pas allée loin. Je suis tombée en pleine face à terre. J'étais tellement saoule que je me suis esclaffée. Tu me connais, quand je ris, il n'y a rien à faire pour m'arrêter. J'étais là, couchée dans la terre détrempée, et je rigolais comme une imbécile. J'ai voulu me relever, mais comme je te l'ai dit, tout tournait autour de moi. Je me suis mise à quatre pattes, et comme j'allais me relever, j'ai vu, dans la boue, juste devant moi, comme surgies de nulle part, deux grosses bottes noires. Je pensais que c'était toi, alors je me suis tant dilaté la rate, que je suis retombée dans la gadoue.

— Pauvre petite madame, laissez-moi vous aider, me dit une voix masculine.

— Avant que j'aie eu le temps de dire quoi que ce soit, deux gros bras robustes m'ont soulevée de terre et remise sur pied. Devant moi se trouvait un homme tellement grand que je lui arrivais à peine aux épaules. Chancelante, j'ai relevé la tête pour voir son visage, et en le voyant le fou rire m'a repris.

— Ha! Ha! Ha! Si c'est pas le gros méchant loup en personne!

— Venez, ma petite dame, je vais vous reconduire chez vous.

— Ha! Ha! Ha! Tu sais, moi, je n'ai pas peur de toi! Moi, je n'ai peur de personne!

— Venez.

— Alors le gros monsieur m'a ramenée au chalet. Une fois à l'intérieur, il a pris une serviette et m'a lavé le visage et les mains, il m'a aidée à enlever mes vêtements et m'a éten-

due sur mon lit. Il m'a bordée comme si j'avais été une enfant. En voyant qu'il allait repartir, j'ai essayé de le retenir.

   – Tu veux coucher avec moi?

   – Non. Une autre fois peut-être. Pas ce soir.

   – Et il est reparti. Frank, en me réveillant ce matin, j'étais
certaine d'avoir rêvé à cette aventure plutôt cocasse. J'avais
mal à la tête et j'avais besoin d'un bon café fort. Je me suis
rendue à la cuisine en traînant les pieds et c'est là que j'ai
réalisé que je n'avais pas rêvé. Mes vêtements étaient restés
sur le plancher de la cuisine, entassés près de la table, et ils
étaient pleins de boue. La serviette que l'homme avait prise
pour me laver le visage était avec mes vêtements. Il y avait
des traces de pas, de la porte d'entrée à la cuisine et de la
cuisine à ma chambre. Il n'y a aucun doute possible, ces
traces étaient laissées par les grosses bottes de cet homme.
Frank, tu sais qui c'était? Tu sais qui m'a ramassée dans la
gadouille?

   – Comment veux-tu que je le sache, Kathy? C'est toi qui
l'a vu, pas moi.

   – C'était Wolf.

   – Quoi?

   – C'était Wolf, je l'ai reconnu. Quand j'ai réalisé ce qui
s'était vraiment passé, j'ai tout de suite pensé à ce que tu
m'avais dit. Je suis maintenant persuadée que Maureen et
Philippe ont vraiment vu Wolf.

Frank se passe la main dans les cheveux. Il observe Kathy
sans parler.

   – Pourquoi tu me regardes de cette façon, Frank?

   – Je me demande si tu as vraiment vu Wolf ou si tu as
rêvé à lui parce que tu étais impressionnée par ce que je
t'avais dit?

   – Je l'ai vu. N'oublie pas les vêtements entassés sur le
plancher de la cuisine, ils sont encore là, si tu veux vérifier.

— Kathy, c'est peut-être Jean-Pierre qui t'a déshabillée. Tu étais saoule, tu me l'as dit. Tu as peut-être confondu ton rêve avec la réalité.

— Frank, ce n'était pas un rêve, j'en suis certaine. Qu'est-ce qu'on fait?

— Pauvre Kathy, qu'est-ce que tu veux que je fasse? Pour le moment, le mieux que j'ai à faire est de rester ici et d'attendre. En principe, Maureen devrait revenir aujourd'hui. Si elle n'est pas de retour ce soir, j'aviserai.

— Frank, si tu as besoin de moi, si je peux t'aider, je serai heureuse de le faire.

— Je sais.

* * *

Frank s'occupe du mieux qu'il peut en attendant le retour de Maureen. Il va marcher avec Whisky, il fend du bois pour son foyer, il répare une vieille chaise berçante qu'il avait remisée dans le hangar, et il installe les chaises de parterre sur la galerie. Il fait ensuite du ménage dans le chalet pour que tout soit impeccable quand Maureen reviendra. Il lui cuisine ses petits plats préférés pour qu'elle n'ait pas d'ouvrage à faire en revenant. Il va même au village lui acheter une douzaine de roses qu'il place avec amour sur la table du salon.

Malheureusement, la troisième journée se termine et Maureen n'est toujours pas arrivée. Frank éteint les lumières, une à une, et va s'asseoir dans son fauteuil. Il ne veut pas se coucher tout de suite. Il reste là, dans le noir, attendant encore un peu. Peut-être a-t-elle été retardée par une crevaison, ou un souper au restaurant, ou par des amis qu'elle aurait rencontrés. Impitoyable, le temps passe, insensible aux souffrances de Frank. Chaque seconde, chaque minute, chaque heure qui s'écoule, le blesse un peu plus profondément. La petite inquiétude qu'il ressentait au début de la nuit se transforme peu à peu en un incroyable désespoir. Chaque tic-tac de l'horloge lui martèle le coeur. Aux petites heures du matin, l'arrivée d'un véhicule le fait bondir hors de son fauteuil. Le coeur battant à tout rompre, il s'élance vers la porte d'entrée. Une silhouette se dessine dans l'ombre. Frank sort de chez lui.

Mike vient à sa rencontre.

— Frank! Qu'est-ce que tu fais debout à cette heure-là?

— Ah! c'est toi, Mike!

— Maureen n'est pas revenue?

— Non.

Mike n'avait posé la question que par pure formalité, il connaissait déjà la réponse en voyant le visage de son père.Ils restent silencieux un bon moment. La déception de cet homme fait peine à voir. Mike ne sait pas trop quoi lui dire. Frank rompt le silence.

— Kathy a vu Wolf, elle aussi.

— Quoi?

— Kathy est venue ici, elle m'a dit qu'elle avait vu Wolf.

Mike entre dans le chalet suivi de son père. Whisky s'approche de lui en remuant la queue. Mike lui caresse la tête.

— Encore ébouriffé, le chien!

Whisky, qui croyait que Mike voulait jouer avec lui, se rapproche davantage.

— Ah! Tu pues en plus! Frank, tu devrais le laver, il est dégueulasse!

— Moi, je le trouve plutôt sympathique.

— Fais ce que tu veux, c'est ton chien après tout.

— Comme tu dis.

Mike prépare le café en silence. Il voudrait réconforter son père, mais la situation étant ce qu'elle est, ils doivent se rendre à l'évidence. Il se passe quelque chose, mais quoi? Ce que Frank vient de lui apprendre, le trouble énormément. Comment se fait-il que tout le monde voit Wolf, alors qu'il est toujours en prison?

Frank fait les cent pas dans le chalet. Il s'arrête enfin devant les roses qu'il avait achetées pour Maureen. L'une d'entre elles a déjà perdu de sa beauté, quelques-unes de ses pétales sont tombées sur la table. Frank les ramasse rageusement et les jette à la poubelle.

Kathy vient les retrouver.

— Je peux entrer? demande-t-elle timidement.

— Je crois que c'est déjà fait, bougonne Frank.

— Frank, pourquoi faut-il que tu sois toujours de mauvaise humeur? se défend Kathy.

— Je te l'ai déjà dit, Kathy, c'est mon humeur du matin. Si ma façon d'être te dérange, tu n'as qu'à revenir plus tard.

— Je vais essayer de t'endurer comme tu es, Frank. Je n'ai pas le choix. Bonjour Mike!

— Salut Kathy!

— Dites donc, les gars, vous avez eu des nouvelles de Maureen?

Ils répondent en même temps.

— Non.

— C'est ce que j'ai pensé en te voyant arriver, Mike. J'étais inquiète, alors j'ai décidé de venir vous trouver. Maureen et Paul sont peut-être restés à Québec. Avez-vous essayé d'appeler chez elle?

Mike répond aussitôt.

— J'ai essayé hier soir, elle n'était pas là. J'ai essayé encore ce matin avant de partir, toujours pas de réponse.

Kathy enlève son manteau et le tire sur le fauteuil de Frank. Elle remarque alors les roses, mais ne fait aucun commentaire.

— Écoutez, les gars, dit-elle en revenant vers eux. D'après ce que Paul m'avait dit, il devrait normalement retourner au boulot ce matin. Je connais son patron, je peux lui téléphoner pour vérifier, si vous le désirez.

Un peu surpris, Frank ne peut s'empêcher de lui demander pourquoi elle connaît l'employeur de Paul.

— Ben voyons Frank, répond Kathy d'un ton moqueur. Disons que je travaille pour son patron... à temps partiel, si tu comprends ce que je veux dire.

— Ah!

Kathy se dirige vers le téléphone en riant. La naïveté de Frank la surprendra toujours. La conversation téléphonique n'est pas longue, quelques mots seulement sont échangés. Elle regarde ses amis et ne dit rien.

Frank qui a toujours son humeur du matin, la foudroie du regard.

— Voyons, Kathy. Ne reste pas là sans rien dire. Qu'est-ce qu'il t'a dit, ton bonhomme?

— Paul a pris un mois de congé.

— Quoi? s'emporte Frank.

— Paul a pris un mois de vacances. Ce n'est pas ce qu'il m'avait dit, il m'avait parlé de quelques jours.

Frank frappe violemment sur la table de la cuisine. Il donne ensuite un bon coup de pied sur une chaise qui se trouve sur son chemin alors qu'il se déplace en vociférant. Il s'arrête momentanément devant la fenêtre, regarde à l'extérieur en soupirant et repart de plus belle.

— Je le savais! Je le savais!

Mike essaie tant bien que mal de calmer son père.

— Ne t'énerve pas, Frank. Ce n'est pas parce que Paul a pris un mois de congé, que Maureen est nécessairement en danger ou qu'elle est partie avec lui pendant tout ce temps.

Frank entre dans sa chambre, fouille dans la garde-robe et revient avec son fusil. Il se dirige vers la porte d'entrée.

Mike lui barre le chemin.

— Je peux savoir où tu t'en vas avec cette arme?

— Chez la Caron.

— Frank, tu deviens fou ou quoi?

— Non je ne suis pas fou, Mike. Mais je veux pénétrer dans cette tanière, je veux voir cette femme. Tu peux être assuré qu'elle va me dire ce qu'elle sait. Ce n'est pas sa meute de loups qui va m'empêcher de passer. Je vais les tuer un par un, s'il le faut.

— Frank, tu ne peux pas faire ça. Tu perds la raison. C'est une propriété privée. Tu ne peux pas aller chez elle avec un fusil chargé, la menacer et tirer sur ses loups. Tu vas te ramasser en prison.

— Tant mieux. Une fois en prison, je tuerai ce Wolf de mes propres mains.

— Frank, ça suffit! Donne-moi ce fusil!

— Non.

— Frank, donne-moi ce fusil!

— Mike, tu sais autant que moi, que, sans ce fusil, je ne pourrai pas visiter cette vieille folle. Tu es venu avec moi devant chez elle, tu as vu les barbelés. Philippe t'a dit lui-même qu'elle ne parle et n'ouvre à personne. Il n'y a que son frère, qui peut atteindre cette tanière.

— Écoute, Frank, si Paul a réussi à lui parler, nous aussi on pourra le faire. À ce que je sache, Paul n'est pas entré là avec un fusil, Maureen non plus.

— Non, mais Paul venait de la part de son frère.

— Tu n'as qu'à dire que tu viens de la part de son frère.

— Mike, ils doivent avoir un mot de passe.

— Peut-être pas. De toute façon, n'oublie pas que, sans son frère, cette vieille dame doit se sentir très seule.

Kathy intervient d'une petite voix tremblante.

— Écoutez, les gars, peut-être que si j'y allais moi-même, la vieille dame serait moins craintive. Je veux dire, elle aura peut-être moins peur d'ouvrir à une femme qu'à deux hommes armés.

Frank sort de ses gonds.

— Jamais! Tu entends, jamais!

— Pourquoi? insiste Kathy.

— Je n'ai pas l'habitude de me cacher derrière une femme quand je veux faire quelque chose.

Cette réplique fait sourire Kathy. Elle a l'impression que la fierté du mâle vient d'en prendre un coup. Ce n'était pourtant pas le but recherché. Le côté macho de Frank l'amuse. En d'autres circonstances elle saurait en tirer profit, mais ce n'est pas le moment.

— Calme-toi, Frank, dit-elle d'une voix douce. Je ne veux pas que tu te caches derrière moi, je désire simplement t'aider à retrouver Maureen. Je crois que j'ai plus de chances que toi, d'arriver à entrer chez cette femme. Je suis persuadée qu'elle a peur des gens. C'est probablement pour se protéger qu'elle s'isole ainsi. Elle sera plus à l'aise avec moi qu'avec toi.

Mike trouve que le raisonnement de Kathy est plein de bon sens. Il intercède en sa faveur.

— Frank, je crois que Kathy a raison. Écoute, nous allons y aller tous les trois. Laisse ton fusil ici, tu n'en auras pas besoin.

— Mike, je veux tuer ces loups!

— Frank, ces loups ne sont que de gros chiens maintenant. Ils ont été élevés comme des chiens, pas comme des loups.

Ne leur fais pas de mal sans raison. Essayons de nous rendre chez cette vieille sans violence. Si ce n'est pas possible, nous aviserons plus tard.

Frank laisse son fusil à contrecoeur. Il est persuadé que sans son arme, il leur sera impossible de rencontrer la vieille Caron. Malgré le désir qu'il a de partir seul avec Mike, il accepte d'amener Kathy avec eux. Sa mauvaise humeur ne fait qu'empirer. Dans le camion, il regarde droit devant lui et ne leur adresse pas la parole. Il conduit prudemment, mais vite. Il a l'impression d'être à des années-lumière de l'endroit où il veut aller. Il voudrait être déjà rendu.

11

Les recherches

La seule entrée possible sur le terrain de la vieille Caron est une petite porte étroite dans la clôture barbelée. Un gros cadenas maintient cette porte bien fermée. Il n'y a ni sonnette ni rien d'autre pour avertir la vieille de leur présence. Frank a l'intention de klaxonner sans arrêt pour attirer l'attention de cette femme, mais il n'a pas besoin de le faire. Probablement alertée par ses loups, elle vient à leur rencontre.

— Qu'est-ce que vous faites ici?

Kathy s'avance vers la dame et lui montre une photographie de Maureen.

— Cette jeune femme est ma meilleure amie. Je sais que vous la connaissez, elle est déjà venue vous voir. Je crois qu'elle est en danger présentement. Il y a plus de trois jours que nous ne l'avons pas vue, nous ne savons pas où elle est, et je crois que vous pouvez nous aider à la retrouver.

— Elle n'est pas ici, si c'est ce que vous croyez. Malgré toutes les rumeurs qui circulent sur mon compte, je n'ai jamais kidnappé personne.

Voyant Frank serrer les poings, Mike le tire un peu à l'écart pour l'empêcher de parler. Connaissant l'humeur de Frank et son caractère, il sait qu'il est préférable de laisser parler Kathy. Elle trouvera un moyen d'amadouer la vieille.

— Je sais qu'elle n'est pas ici, dit Kathy d'un ton rassurant. Je m'excuse si je vous ai donné l'impression que je doutais de vous, au contraire. Vous êtes la seule personne sur qui je peux compter pour retrouver mon amie.

— Et pourquoi devrais-je savoir où elle traîne? Je ne l'ai vue qu'une fois. Si vraiment elle est votre meilleure amie, vous devriez savoir où la dénicher!

Kathy ne peut réprimer un sourire. Pour une dame âgée, son interlocutrice a le sens de la répartie. La discussion s'annonce intéressante.

— Je ne sais vraiment pas où se trouve mon amie, poursuit Kathy, mais je sais avec qui elle est partie. C'est pour cette raison que vous pouvez m'aider.

— Elle n'est pas ici, réitère la vieille.

— Je sais que ma copine n'est pas ici, madame Caron. Elle est partie avec lui.

Kathy montre un autre portrait à la vieille. La photographie est un peu plus petite, et la Caron, qui a visiblement des problèmes avec ses yeux, penche la tête tantôt à droite, tantôt à gauche, pour essayer de mieux voir. N'y parvenant pas, elle plisse les yeux. Comme la vieille ne semble toujours pas voir la photographie, Kathy la roule un peu pour la passer à travers le grillage de la clôture. La vieille prend la photographie dans sa main rugueuse.

— Ah! c'est M. Paul! Je le connais, c'est un ami de mon frère. Il est gentil M. Paul!

Kathy n'ose pas se retourner vers Frank, mais elle imagine la réaction que ces mots empreints d'admiration pour Paul ont pu provoquer chez lui. Elle se dépêche de reprendre la parole avant qu'il intervienne dans la conversation et y mette son grain de sel.

— Madame Caron, pouvons-nous entrer?

— Pourquoi? Qu'est-ce que vous désirez?

— Nous souhaitons seulement vous parler, répond Kathy, mais ce que nous avons à vous dire est assez long. Il va bientôt pleuvoir et il serait dommage que vous preniez froid à cause de nous. Vous n'avez rien à craindre, madame Caron.

— Ça je le sais. Vous me regardez de travers et mes loups vous dévorent.

— Se soyez pas inquiète madame Caron. Je vous l'ai dit, nous voulons seulement vous parler, insiste Kathy.

La vieille regarde encore une fois la photographie de Maureen et, après une légère hésitation, ouvre la porte. Elle les laisse pénétrer sur le terrain, s'empresse de refermer et remet le cadenas.

— Venez! dit-elle.

Ils la suivent en silence. Caché derrière un bosquet, un loup se tient aux aguets. Kathy le voit, mais ne dit rien à ses amis. Trois autres loups s'avancent lentement vers eux. Kathy qui est sur ses gardes, en remarque un autre couché près de la maison. Elle se rapproche de Frank. Elle a peur. Elle lui prend le bras et le serre très fort. Frank les a aperçus, il lui fait un clin d'oeil complice. Combien y en a-t-il encore qu'ils n'ont pas repérés?

Le loup couché près de la maison se lève et vient à leur rencontre. La vieille le caresse un peu et lui dit d'attendre près de la porte. Kathy n'en croit pas ses yeux. Ce loup monte la garde. Il reste près de la porte et les guette. Pour pénétrer dans la maison, ils doivent passer devant lui. Il observe chacun de leurs gestes. Au moindre signe de sa maîtresse, il peut attaquer.

Une fois à l'intérieur, Kathy se sent à l'abri de tout danger. Ce sentiment de sécurité la quitte vite, quand elle voit que la Caron fait venir son gardien. La bête s'assoit près de l'entrée et les surveille.

La propreté des lieux surprend Kathy. Vue de l'extérieur, cette vieille cabane délabrée laisse supposer que l'intérieur est dans le même état. Au contraire, tout reluit dans cette maison. Les planchers et les murs sont propres, de beaux rideaux de dentelle décorent les fenêtres; tout est impeccable.

La vieille les fait asseoir autour d'une table en bois. Un bouquet de fleurs séchées trône au centre de la table. La vaisselle est rangée dans un beau vaisselier. Une horloge grand-père attire l'attention de Kathy qui a toujours rêvé d'en posséder une.

— Et maintenant, si on parlait! Qu'est-ce que vous voulez? demande la Caron d'un ton sec.

D'abord surprise et irritée par l'intonation de la vieille, Kathy reprend vite son sang-froid. Elle doit rester calme. Il ne faut surtout pas que la conversation s'envenime si elle veut apprendre quelque chose. Elle doit amadouer la Caron, et pour ce faire, elle doit user de tact et de diplomatie.

— Je vous l'ai dit, madame Caron, je cherche mon amie.

Elle présente une photographie de Wolf à la vieille.

— Vous connaissez cet homme?

La vieille femme examine attentivement la photo. Rien dans sa physionomie ne laisse deviner ses sentiments. Pas un trait de son visage ne bouge, même ses yeux semblent fixes. Un battement de paupières les surprend tous. La Caron relève enfin la tête et dévisage Kathy.

— Qu'est-ce que vous lui voulez?

— Vous le connaissez? insiste Kathy.

— Qu'est-ce que ça peut vous faire? répond la vieille.

— Il est possible que ce type sache où se trouve mon amie.

— Alors allez lui demander à lui, où elle se cache votre amie.

— Je ne peux pas parler avec cet homme, répond piteusement Kathy.

— Pourquoi?

Kathy regarde ses deux amis. Que doit-elle dire au juste? Jusqu'où peut-elle aller avec ses explications? De toute façon, ils n'ont pas le choix, ils ont besoin de l'aide de cette femme. Frank lui fait signe de parler. Kathy raconte alors toute l'histoire à Mme Caron. Elle lui décrit comment Maureen a été poursuivie par ce Wolf, comment Frank a été blessé par lui et comment Wolf essayait de s'introduire chez Mike lors de son arrestation. La vieille écoute sans réagir. Kathy lui dit qu'ils croient avoir trouvé un lien entre son frère et Wolf, à cause des loups. Ils sont également plusieurs à avoir vu un double de ce Wolf. Elle ajoute que Paul connaît son frère et que Maureen était avec son mari lorsqu'elle a disparu. Kathy arrête de parler. Elle regarde la vieille dans les yeux.

La Caron ne bronche pas, elle demeure imperturbable. Décidément, rien ne semble l'émouvoir.

— S'il vous plaît, madame Caron, aidez-nous, supplie Kathy, vous êtes la seule à pouvoir le faire. Vous connaissez cet homme?

La vieille regarde encore une fois la photographie de Wolf.

— Oui je le connais, avoue-t-elle enfin, mais je peux vous dire que si cet homme a fait des bêtises, mon frère n'y est pour rien.

— Ne vous en faites pas, madame Caron, nous n'avons rien contre votre frère. Tout ce que nous voulons, c'est retrouver Maureen.

— Je vais vous dire ce que je sais, mais je ne pense pas que cela puisse vous aider. Dans le fond, je ne sais pas grand-chose. Il est vrai que mon frère connaît cet homme. D'ailleurs, moi aussi je le connais. Il est déjà venu ici. Il avait entendu parler de mes loups et il voulait absolument en avoir un. J'ai refusé. J'aime mes loups, ce sont mes seuls amis. Malheureusement, mon frère lui devait beaucoup d'argent. Je n'avais pas le choix, j'ai dû en vendre un. J'ai appris par M. Paul que la police avait abattu mon loup, cela m'a fait beaucoup de peine.

La vieille s'adosse à sa chaise. Elle replace ses cheveux d'une main habile. Ces gens de la ville semblent suspendus à ses lèvres et elle en éprouve une certaine gêne. Elle se sent piégée. Elle fouille dans ses poches et en sort un biscuit qu'elle lance à son loup. Il s'agit en fait d'une tactique de dissuasion, au cas où l'un de ces citadins s'aviserait de vouloir trop insister. Elle leur rappelle, à sa manière, la présence de son gardien.

— Madame Caron. Quel rapport y a-t-il entre Paul et Wolf? demande Kathy.

— Il n'y en a pas, ma belle. Tous les deux connaissent mon frère, mais je ne crois pas que M. Paul connaisse Wolf.

— Mais, madame Caron, depuis quelque temps, nous sommes plusieurs à avoir vu un double de Wolf. Quelqu'un l'a même vu près d'ici, vous savez qui c'est?

— C'est le frère jumeau de Wolf.

— Quoi?

— C'est le jumeau de Wolf. Il est venu ici pour me donner des nouvelles. Il voulait me dire que mon frère était sorti de l'hôpital et qu'il était parti se reposer aux États-Unis.

— Donc le jumeau de Wolf connaît votre frère?

— Oui, ils jouaient souvent aux cartes tous les trois. Si mon frère devait tant d'argent à Wolf, c'était à cause des cartes. Heureusement, le jumeau n'est pas comme Wolf. Je l'ai trouvé vraiment gentil.

— Et ce jumeau, il connaît Paul? s'informe Kathy.

— Oui, confirme la vieille, M. Paul était ici quand le jumeau est venu. Ils sont même repartis ensemble.

Frank, Mike et Kathy se regardent. Ils sont inquiets. Que fait le frère de la Caron aux États-Unis? Il sera difficile à retrouver celui-là. Est-ce que Maureen est avec lui? La belle Kathy reprend la parole.

— Madame Caron, le jumeau a peut-être enlevé Maureen pour venger son frère. Vous savez où nous pouvons le trouver?

— Non, je ne sais pas. Mais comme je vous l'ai dit, il me paraît gentil. Je ne crois pas qu'il soit méchant comme son frère.

— Madame Caron, le jumeau a-t-il un loup? demande Kathy.

— Non. En tout cas, pas un des miens.

Kathy reprend la photo de Wolf et la met dans son sac à main. Elle est très contente que Mike ait pensé d'apporter cette photographie avec lui. Cela leur a permis d'en apprendre un peu plus. Kathy sait que la vieille la regarde, elle se retourne vers elle et lui sourit.

— Madame Caron, je vous remercie beaucoup de nous avoir reçus chez vous, et d'avoir répondu à nos questions, dit-elle poliment.

— Comme je vous l'avais dit tantôt, je ne sais pas grand-chose, s'excuse la vieille.

— Madame Caron, j'ai vu que vous n'aviez pas de voiture, et vous êtes loin du village. Aimeriez-vous que nous vous rapportions quelque chose, je ne sais pas, du lait, des oeufs ou quoi que ce soit qui puisse vous rendre service?

— Non ma belle. J'ai tout ce qu'il me faut, le jumeau s'en est occupé. Je vous l'ai dit, il est bien gentil.

Frank, Mike et Kathy se lèvent en même temps. Ils sont prêts à partir. Frank regarde la vieille droit dans les yeux. Elle lui rend son regard. Le loup vient se placer à côté de sa maîtresse. Frank parle d'un ton qu'il s'efforce de rendre aimable.

— Madame Caron, vous avez dit que votre frère était parti aux États-Unis.

— Oui.

— Vous avez son adresse?

— Non.

Frank soupire. Comme il aimerait pouvoir la secouer un peu. Cette vieille greluche ne leur dit pas tout, il le sent. Puisqu'il n'y a pas moyen de faire autrement, il essaie de la prendre par les sentiments, quoiqu'il doute qu'elle puisse en avoir.

— S'il vous plaît, madame Caron, la vie d'une jeune femme est en danger. Je ne dis pas que c'est votre frère qui la menace. Je ne sais pas pourquoi, mais j'ai l'impression qu'il pourrait nous aider à la retrouver. Il connaît Wolf et peut-être des amis de Wolf qui, eux, pourraient être impliqués dans cette affaire.

— Je n'ai pas son adresse. Je ne sais pas où il est.

Mike tend la main vers la poignée de la porte. D'un ton brusque la vieille lui dit de ne pas ouvrir. Surpris, il la regarde. Il ne comprend pas. Elle ne veut tout de même pas les garder de force! L'expression de Mike la fait sourire.

— Soyez sans crainte, vous n'êtes pas mon prisonnier. Je voulais seulement vous éviter d'être dévoré par mes loups. Avec moi vous êtes en sécurité, par contre, si vous sortez sans moi, ils vont attaquer.

Mike, qui a beaucoup d'imagination, se figure aisément la scène. Il en a des frissons d'horreur. Il s'éloigne un peu de la porte, mais pas trop cependant, car juste derrière lui, il sent la présence du loup qui est resté à l'intérieur.

— Je vous remercie de m'avoir prévenu, dit Mike. Si vous n'y voyez pas d'inconvénient, je vais vous laisser sortir la première. Madame Caron, les loups sont des animaux sauvages. Vous n'avez pas peur qu'un jour leur nature reprenne le dessus, et qu'ils vous attaquent?

— Ne vous inquiétez pas, jeune homme, mes loups et moi, on s'entend à merveille.

La vieille les reconduit jusqu'à la petite porte cadenassée, les laisse sortir et remet le cadenas. Elle pivote sur elle-même et retourne vers son domicile, visiblement heureuse de se retrouver enfin seule avec ses animaux.

Frank va reconduire Kathy à son chalet où Jean-Pierre l'attend. Il retourne ensuite chez lui avec Mike. Il est déçu. Il aurait aimé en apprendre davantage. La vieille n'avait pas dit grand-chose.

Ils n'ont encore rien mangé et Mike commence à avoir faim. En fouillant dans le réfrigérateur, il trouve les beaux petits plats que son père avait préparés avec tant d'amour pour Maureen.

— Oh! que c'est appétissant! Je peux?

— Pourquoi pas? De toute façon, je ne pense pas que Maureen revienne aujourd'hui.

— Tu en veux, Frank?

— Non, je n'ai pas faim.

— C'est ça. Ne dors pas, ne mange pas, alors quand Maureen reviendra, toi, tu seras malade.

— Je n'ai pas faim, Mike. Je mangerai plus tard, c'est promis.

Mike s'assoit et bouffe avec gloutonnerie. Il fait honneur à la cuisine de son père. Il se sent un peu coupable, mais dans le fond, pourquoi laisser perdre cette bonne nourriture? Il retourne au réfrigérateur, au cas où il y aurait un petit quelque chose de spécial qu'il n'aurait pas vu. Il revient avec un dessert.

— Écoute, Frank, je vais retourner à Québec. Je dois travailler, je n'ai pas le choix.

— Mike, Jean-Marc m'a dit que son épouse et lui iraient à Québec cette semaine. Je lui ai demandé de passer chez toi pour prendre mon camion. Tu n'as pas d'objection?

— Pas du tout, au contraire, je serai heureux de les revoir. Frank, je vais essayer d'avoir des informations sur le jumeau. Si j'apprends quoi que ce soit, je t'appelle.

— Essaie donc de te renseigner sur Caron. Je trouve étrange qu'un gars qui doit tant d'argent ait les moyens d'aller se reposer aux États-Unis.

— Il en profite peut-être parce qu'il sait que celui à qui il en doit, ne peut plus rien contre lui.

— Ou pour payer ses dettes justement.

* * *

Mike est reparti pour Québec. Frank n'aime pas rester inactif. Il voudrait faire quelque chose pour retrouver Maureen, mais quoi? Il n'a aucun indice. Il décide d'aller marcher dans le bois pour se calmer un peu.

— Tu viens, Whisky? On va se promener.

Le chien connaît cette phrase. Il s'élance vers la porte en remuant la queue. Comme ils allaient sortir, Jean-Pierre arrive.

— Je peux entrer?

— Oui, bien sûr.

Le chien regarde Frank avec de grands yeux tristes. Quoi qu'il ressente, Whisky arrive toujours à passer le message.

Frank le caresse un peu. Il n'en revient pas que ce chien puisse exprimer autant de sentiments différents, seulement avec son regard.

— Ne sois pas triste, le chien. Nous sortirons un peu plus tard.

Déçu, Whisky retourne se coucher. La tête appuyée sur ses pattes, il attend patiemment.

Jean-Pierre n'aime pas se mêler des affaires des autres, mais l'amitié qui s'est développée entre Maureen et lui, le pousse à intervenir. Il affectionne beaucoup cette femme, et de la savoir en danger, le bouleverse. Il se risque alors à donner son opinion.

— Écoute Frank, Kathy m'a raconté votre visite chez la vieille. Pourquoi tu n'appelles pas la police?

— Pour leur dire quoi, Jean-Pierre?

— La vérité.

— Ils vont me répondre que Maureen est partie d'ici parce qu'elle était fatiguée de m'attendre.

Jean-Pierre doit avouer que Frank a raison sur ce point.

— Je n'insiste pas, Frank. Tu es un grand garçon, tu sais ce que tu as à faire. Vous alliez où, ton chien et toi?

— Marcher.

— Je peux me joindre à vous? hasarde Jean-Pierre.

— Bien sûr.

Frank aurait préféré partir seul avec Whisky, mais il ne veut pas décevoir Jean-Pierre. Le pauvre homme est plein de bonne volonté. Il veut aider, mais lui non plus ne sait pas quoi faire. Il offre ce qu'il a à donner, son support moral.

12

Le nouveau voisin

Les jours passent, et Frank est toujours sans nouvelles de Maureen. Il se défoule en coupant du bois ou en parcourant les sentiers avec Whisky. Une semaine après sa rencontre avec la vieille Caron, il reçoit la visite du jumeau. La stupéfaction l'empêche de parler. L'homme lui tend amicalement la main.

— Bonjour, je suis votre nouveau voisin.

Frank le regarde fixement, sans rien dire. Le fait que Frank refuse de lui donner la main, ne semble pas du tout décontenancer le jumeau.

— J'arrive de chez Mme Caron, dit-il. Elle m'a dit que ma présence dans le coin inquiétait beaucoup de gens. J'imagine que c'est de vous qu'elle parlait, car, à part la petite dame de l'autre chalet, je n'ai encore rencontré personne. J'ai pensé qu'il serait préférable que je vienne me présenter.

— Qui vous dit que c'est moi qui a été voir la vieille? Où prenez-vous vos informations? Le visiteur de Mme Caron pourrait être n'importe qui.

— Quand Mme Caron m'a décrit la petite dame, je ne pouvais pas me tromper, affirme le jumeau.

Frank repense à ce que lui avait raconté Kathy. De savoir que ce type à l'allure louche était entré chez elle et l'avait déshabillée, le met en colère. Le sourire narquois du jumeau le rend encore plus agressif. Il se retient pour ne pas le frapper.

— Que faites-vous dans le coin? demande-t-il d'un ton sec. Qu'est-ce que vous voulez?

— Je vous l'ai dit, claironne le jumeau, je suis votre nouveau voisin. J'ai acheté le chalet des Dupont.

— Quoi? hurle Frank.

— J'ai acheté le chalet des Dupont, répète fièrement le jumeau.

Frank encaisse mal le coup. Cette nouvelle l'ébranle énormément. Il a l'impression de se débattre dans des sables mouvants. La situation semble se compliquer encore un peu plus. Comment se fait-il qu'il n'arrive pas à rassembler les pièces du puzzle? Il veut savoir, il veut comprendre.

— Comment saviez-vous que ce chalet était à vendre? questionne-t-il.

— Un ami à moi me l'avait dit, répond le jumeau. Il vous connaît d'ailleurs.

— De qui parlez-vous?

— De Paul, déclare le jumeau. Je l'ai rencontré chez Mme Caron. Je lui ai dit que j'aimais beaucoup le coin, et il m'a informé qu'il y avait un chalet à vendre ici.

— Espèce de salopard! Tu as fait peur à mon amie l'autre nuit! Qu'est-ce que tu faisais derrière mon chalet?

— Je ne voulais surtout pas l'effrayer. J'ai un chien, c'est un berger allemand. Ce soir-là, avant de me coucher, je l'avais laissé sortir. Comme il ne revenait pas, je me suis inquiété et je suis sorti pour le chercher. Je l'entendais hurler. Je l'ai finalement retrouvé derrière chez vous. Il avait une patte coincée entre deux pierres. Je me suis précipité pour l'aider. Lorsque je me suis relevé, votre dame était à la fenêtre. Je ne voulais pas l'affoler, alors je suis parti immédiatement. J'espère qu'elle n'a pas été trop bouleversée.

— Avec ce que lui a fait subir ton frère, c'est certain qu'elle a eu peur! tempête Frank.

— Elle est ici? Je voudrais m'excuser.

— Non, elle n'est pas ici, et si quelqu'un sait où elle se trouve, c'est toi!

— Ah! C'est elle, la jeune femme disparue dont Mme Caron m'a parlé?

Frank le prend à la gorge et le pousse contre le mur.

— Espèce de gibier de potence! Tu vas me dire ce que tu sais ou je t'assure que tu ne diras plus jamais rien.

Le jumeau essaie de se dégager, mais il n'y arrive pas. Frank est beaucoup plus fort que lui.

— Parle!

— Je ne sais rien, balbutie le jumeau.

Frank ne peut plus contenir sa colère. Il lui donne un coup de poing en pleine figure, puis un deuxième et un troisième. Heureusement pour le jumeau, Jean-Pierre et Kathy arrivent sur ces entrefaites. Jean-Pierre réussit à les séparer.

— Qu'est-ce qui se passe ici? demande-t-il.

Le jumeau saigne abondamment du nez. Un étourdissement le force à s'appuyer contre le mur. Il ferme les yeux et se laisse glisser sur le sol. Kathy se précipite vers lui pour l'aider.

Frank s'adresse à elle avec brusquerie.

— Laisse-le crever, Kathy, ça va faire un salaud de moins.

Le jumeau se relève avec peine. Il a l'impression qu'un bulldozer lui a passé sur le corps. Kathy lui donne une serviette mouillée et le fait asseoir.

Jean-Pierre n'en revient pas. Il savait que Frank avait un mauvais caractère, mais il ne l'avait jamais vu ainsi.

— Frank, tu peux m'expliquer ce qui se passe ici? demande-t-il une fois de plus.

— Ce vaurien ne veut pas me dire où est Maureen.

Jean-Pierre n'en croit pas ses oreilles.

— Il ne sait peut-être pas où elle est, Frank, dit-il d'une voix paternelle.

— Oui il le sait! hurle Frank. C'est le frère de Wolf et il sait où est Maureen. Tu peux être certain qu'il ne sortira pas d'ici avant d'avoir parlé.

Le jumeau qui saignait un peu moins abondamment, reprend la parole.

— Je ne sais pas où est la jeune dame. Je ressemble physiquement à mon frère, mais je ne suis pas comme lui. Toute ma vie durant, je me suis efforcé de réparer le mal qu'il faisait. Expliquez-moi calmement de quoi il s'agit cette fois. Je ferai de mon mieux pour vous aider.

Frank lui répond froidement.

— Tu sais de quoi il s'agit, ne fais pas l'innocent.

— Comment voulez-vous que je le sache? se défend le jumeau.

— Si Mme Caron t'a parlé de la femme disparue, elle t'a sûrement parlé de ton frère et de ce qu'il nous a fait, riposte Frank.

— Oui, mais comment voulez-vous que mon frère, qui est en prison, ait pu enlever votre amie?

— Avec ton aide. Tu n'as pas acheté le chalet des Dupont par hasard.

— Oui, comme je vous l'ai dit, Paul m'a parlé du chalet, et je suis venu le voir.

— Et comment Paul aurait-il su que le chalet était à vendre, puisqu'il n'était jamais venu ici? s'emporte Frank.

Cette fois, c'est Kathy qui répond. Elle n'aime pas beaucoup prendre la défense du jumeau, mais elle n'a pas le choix.

— Frank, c'est moi qui avais parlé du chalet à Paul.

Le jumeau reprend.

— Je n'ai pas kidnappé votre amie.

Frank serre les poings. Il s'avance vers le jumeau. Il ne s'arrête qu'à quelques pouces de lui et le dévisage. Il se méfie de ce type, il n'a aucune confiance en lui.

— Tu sais où Caron se cache?

— Il ne se cache pas, affirme le jumeau. Caron a eu un grave accident. Il avait besoin de repos. Il est parti en voyage.

— Où est-il? tempête Frank.

— Je ne sais pas.

— Tu as dit à Mme Caron qu'il était aux États-Unis.

— Oui c'est vrai, mais je ne sais pas où. Vous ne croyez tout de même pas que Caron a enlevé votre amie. Il a de la difficulté à marcher. Il n'aurait pas pu venir ici et l'amener de force.

— Non, pas lui, concède Frank, mais Paul aurait pu le faire, et toi aussi. Vous l'enlevez, vous revenez ici pour avoir un alibi et pendant ce temps, Caron la retient aux États-Unis.

— Pourquoi nous aurions fait ça? demande innocemment le jumeau.

— Pour venger ton frère.

— Mon frère a ce qu'il mérite. Je n'ai pas l'intention de le venger.

— De tous les fumiers que j'ai rencontrés, tu es le plus abject! Tu es lâche et hypocrite! hurle Frank.

Ils sont tous là à se fixer sans rien dire, lorsque la sonnerie du téléphone retentit. Cet appel les surprend tous. Leur univers s'était rétréci à la grandeur du chalet de Frank.

Jean-Pierre est le premier à réagir, il sort de sa torpeur et va répondre. Il écoute attentivement ce que lui dit son interlocuteur et se retourne vers Frank.

— Frank, c'est Mike!

— Dis-lui que je vais le rappeler plus tard, Jean-Pierre.

— Je crois qu'il serait préférable que tu lui parles, Frank. Il dit qu'il a eu des nouvelles de Maureen.

Frank se précipite vers l'appareil. Il arrache le récepteur des mains de Jean-Pierre. Il est tellement énervé, qu'il ne s'aperçoit pas de sa brusquerie.

— Mike! C'est moi! Tu as des nouvelles de Maureen?

— Oui. Un message sur mon répondeur.

— Qu'est-ce qu'elle dit, Mike? Elle va bien? Tu sais où elle est?

— Le message qu'elle m'a laissé n'est pas long. Elle voulait juste savoir si tu étais revenu des États-Unis.

— C'est tout?

— Oui.

Frank se passe la main dans les cheveux.

— Mike, si Maureen te rappelle, dis-lui de me téléphoner et que je l'attends ici.

— D'accord.

Frank raccroche. Il se passe encore une fois la main dans les cheveux. Il est pensif.

L'attitude de Frank inquiète Kathy. Il devrait normalement sauter en l'air, puisqu'il a eu des nouvelles de Maureen. S'il n'en fait rien, c'est mauvais signe. Kathy n'en peut plus, elle veut savoir à quoi s'en tenir.

— Frank, tu as eu de mauvaises nouvelles?

— Non. Mike dit que Maureen a téléphoné chez lui. Elle a laissé un message sur le répondeur. Elle voulait savoir si j'étais revenu des États-Unis.

— Tu vois, on s'inquiétait pour rien. Je crois que tu dois des excuses à notre voisin, déclare Kathy.

Frank ne partage pas la joie de Kathy, il y a quelque chose qui ne tourne pas rond.

— Kathy, qui te dit qu'elle l'a laissé volontairement, ce message?

— Voyons, Frank, tu deviens paranoïaque.

— Non, pas du tout. Penses-y, Kathy, ce message, c'est le parfait alibi pour ce monsieur ici présent. Ce coup de téléphone tombe juste à point, tu ne trouves pas?

— Voyons, Frank.

— Kathy, ils veulent ralentir nos recherches. En faisant intervenir Maureen, ils gagnent du temps.

Cette fois, c'est Jean-Pierre qui prend la parole.

— Frank, mon jeune ami, je crois que Kathy a raison. Jusqu'à maintenant, tu avais certaines raisons de croire que Maureen n'était pas partie volontairement. Mais à présent, tu as la preuve du contraire. Ne cherche pas le trouble où il n'est pas. Essaie de te reposer un peu et oublie toute cette histoire. Sois heureux, Maureen t'aime toujours et elle va te revenir. Essaie de profiter de ton bonheur au lieu de te chercher des histoires. Te connaissant, je sais qu'il est inutile de te demander de présenter tes excuses à ce pauvre homme que tu viens de tabasser. J'espère seulement que lorsque tu te seras un peu calmé, tu auras le bon sens d'aller t'excuser. Nous te laissons seul, essaie de te reposer un peu, tu en as grand besoin.

Jean-Pierre, Kathy et le jumeau sortent du chalet, laissant Frank seul avec son angoisse. Il se sent tellement désemparé. Il n'a personne à qui se confier. Comment se fait-il que personne ne voit ce qui se passe? Il sait qu'il y a quelque chose qui cloche, mais quoi? Il n'est pas fou. Il a toujours eu beaucoup d'instinct. Il sait que Maureen est en danger mais ne peut l'expliquer, il le ressent au plus profond de son coeur.

* * *

Le lendemain matin, Kathy et Jean-Pierre se pointent chez Frank pendant qu'il prend son petit déjeuner. Ils sont venus lui dire bonjour avant de retourner à Québec. Frank est presque heureux de les voir repartir. Il les trouve stupides, surtout Kathy. Elle connaît Maureen depuis si longtemps, plus que n'importe qui, elle devrait se rendre compte qu'il y a quelque chose d'anormal dans le comportement de son amie. Si Maureen n'est pas encore revenue au chalet, c'est parce qu'il lui est impossible de le faire. Il pousse un gros soupir de soulagement lorsqu'ils quittent enfin son chalet.

Il retourne à la cuisine, se prépare un bon café, prend une feuille de papier et un crayon. Il a assez perdu de temps, il doit agir maintenant. Il a décidé de procéder par élimination pour trouver qui a enlevé Maureen. Il divise la feuille en trois colonnes. Dans la première colonne il écrit le mot *suspects*, dans la deuxième le mot *motifs*, et dans la troisième les mots *danger pour la vie de Maureen*. Il commence ensuite sa liste.

Suspect: *Paul*. Motif: reprendre sa vie de couple avec Maureen, ou association avec le jumeau.
Danger pour la vie de Maureen: <u>moyen</u>.

Suspect: *Philippe*. Motif: amour.
Danger pour la vie de Maureen: <u>aucun</u>.

Suspect: *Caron*. Motif: payer ses dettes à Wolf.
Danger pour la vie de Maureen: <u>moyen</u> tant que Wolf reste en prison.

Suspect: *le jumeau*. Motif: venger son frère.
Danger pour la vie de Maureen: <u>très grand</u>.

Frank regarde sa feuille attentivement et encercle le nom du jumeau avec un crayon rouge. Il sait maintenant où il doit commencer ses recherches. Il va surveiller ce faux jeton. Il ne le quittera pas des yeux. Dès l'instant où le jumeau s'éloignera de son chalet, il a la ferme intention d'aller y jeter un coup d'oeil. Il a un avantage sur ce type, il connaît les alentours. Il a déjà vu, près du chalet des Dupont, un endroit où il pourra se cacher pour faire le guet. Par contre, il y a un gros problème qu'il ne doit pas négliger, le berger allemand.

Frank va dans sa chambre, fouille dans un des tiroirs de sa commode et prend ses jumelles. Cela pourra lui être utile. Sous la commode, il avait caché un gros couteau, il le prend, en examine la lame avec satisfaction. Il choisit ensuite des vêtements chauds et retourne dans la cuisine pour se préparer un lunch. Il a l'intention de surveiller le jumeau le temps nécessaire. Il ne quittera pas sa planque, tant et aussi longtemps que le jumeau ne quittera pas son chalet.

— Whisky, je ne peux pas t'amener avec moi. Avec tes jappements, tu me ferais repérer. C'est pour ta protection. Contre ce berger allemand, tu n'aurais aucune chance.

Au moment où Frank se prépare à sortir, la sonnerie téléphonique retentit. Il hésite. Doit-il répondre ou non? C'est peut-être important. Il dépose son sac près de la porte et va répondre.

— Oui!

— Toujours ton humeur du matin, Frank? Comment vas-tu?

— Ah! c'est toi, Mike!

— Tu as l'air déçu.

— Je sais que c'est idiot, mais j'espérais encore que ce soit Maureen.

— Ce n'est pas idiot, Frank. Je sais qu'elle va t'appeler.

Frank s'assoit sur le bras du fauteuil. Il y voit une croûte de pain et soupire. Il grondera Whisky plus tard, pour le moment, il a d'autres préoccupations.

— Mike, je me posais une question ce matin. Tu ne trouves pas étrange, que lorsque Maureen appelle chez toi, tu es toujours absent?

— Non, tu sais que je sors beaucoup.

— Mike, y a-t-il quelqu'un qui te téléphone plus souvent qu'avant?

— Il y a Philippe, mais étant donné les circonstances, je le comprends. Il est comme nous, il s'inquiète. Pourquoi veux-tu savoir ça, Frank?

— Laisse tomber, ce n'est pas grave.

— Qu'est-ce qui se passe, Frank?

— Ne t'en fais pas, Mike. J'essaie seulement de trouver une explication au fait que Maureen laisse toujours un message sur ton répondeur. Ce n'est pas normal qu'elle n'arrive jamais à parler avec toi.

— Je te l'ai dit, Frank, je sors beaucoup.

Ce que Frank s'apprête à dire va provoquer des vagues, mais il n'a pas le choix. Pour résoudre le problème auquel il fait face, il doit poser des questions.

— Mike, d'après toi, Philippe aurait-il pu kidnapper Maureen? Comme alibi, il téléphone chez toi. Quand tu es là, il te parle. Lorsque tu n'y es pas, pour nous ralentir dans nos recherches, il la fait parler sur le répondeur.

— Frank, tu m'inquiètes. Je ne sais pas ce que tu as, mais tu m'inquiètes vraiment. Rassure-toi Maureen va bien. Elle va très bien. Par contre, toi, tu m'as l'air mal en point. Frank, tu as fait le con. Tu es parti aux États-Unis trop longtemps et Maureen était fatiguée de t'attendre. Elle s'est fâchée contre toi et elle est partie. Et veux-tu connaître mon opinion? Elle avait raison de se fâcher. Maintenant, tout ce que tu as à faire, c'est d'attendre son retour comme un grand garçon.

— Mike. Tu m'as fait revenir en me disant qu'elle était en danger.

— À ce moment-là, je le croyais. Maintenant, je reconnais mon erreur, je m'étais énervé inutilement. Je m'en excuse. Si j'avais seulement pu imaginer à quel point cette histoire te troublerait, je ne t'aurais jamais appelé.

Frank change le sujet de conversation. Il réalise que Mike est du même avis que Kathy et Jean-Pierre, et il n'insiste pas. Il constate avec regret qu'il sera vraiment seul pour faire ses recherches. Ils parlent de tout et de rien. Frank rassure Mike du mieux qu'il peut, et après ce qu'il considère un temps précieux perdu en propos inutiles, il trouve un prétexte quelconque pour raccrocher.

Frank regarde Whisky. Pauvre chien, il attend patiemment près de la porte d'entrée. Il semble plein d'espoir. Frank va le retrouver.

— Je te l'ai dit, Whisky, je ne peux pas t'amener.

Encore une fois, le téléphone sonne. Frank jette un coup d'oeil sur sa montre. Merde! Il y a déjà trois heures que Kathy et Jean-Pierre sont partis, et il n'est toujours pas à son poste de garde. Il va quand même répondre.

— Oui!

— Frank! Heureusement tu es là! Ça fait trois fois que j'essaie de t'appeler, c'était toujours occupé.

— Je sais, Kathy. Je parlais avec Mike. Qu'est-ce qu'il y a, tu t'ennuies déjà de moi?

— Tu avais raison, Frank. Maintenant, je sais que tu avais raison. Je venais juste d'arriver chez moi, quand on a frappé à la porte. Je pensais que c'était Jean-Pierre qui revenait pour me dire quelque chose, mais c'était Paul. Il est ici présentement.

Frank serre les lèvres à s'en faire mal. Il ne dit rien.

— Frank, tu es toujours là?

— Oui.

— Frank, Paul est seul. Maureen n'est pas avec lui. Elle ne l'a pas accompagné à Montréal comme elle était supposée le faire. En partant du chalet elle avait décidé d'y aller, mais rendue près de Québec, elle a changé d'idée. Elle ne voulait pas détruire les chances qu'elle avait de te retrouver, elle voulait que tu puisses la rejoindre dès ton retour. Paul a donc été la reconduire chez elle. Il ne l'a pas revue depuis. Tu avais raison, Frank. Tu la connais mieux que nous.

Frank ne dit toujours rien.

— Frank, tu m'écoutes?

— Oui.

— Frank, Paul est passé chez Maureen avant de venir ici. Elle n'y était pas. Pour vérifier, j'ai essayé d'appeler, mais personne n'a répondu. Je suis inquiète, Frank. Qu'est-ce qu'on va faire?

— J'ai déjà ma petite idée là-dessus. Je te rappellerai plus tard.

13

La trappe

Frank n'a plus de temps à perdre. Il ramasse son sac, caresse un peu Whisky pour le consoler et sort dehors. Le grand air le vivifie. Il s'achemine vers le sentier du lac. Il y a déjà douze jours que Maureen est disparue. Il aurait dû agir avant. Pourvu qu'il ne soit pas trop tard. Il marche rapidement. L'exercice est salutaire. Il se détend peu à peu. Il arrive enfin à l'emplacement qu'il avait choisi pour faire le guet. Il dépose ses affaires par terre et regarde un peu partout autour de lui. L'endroit lui semble sûr. Il sort les jumelles de son sac et observe les alentours. Rien d'anormal, tout semble calme, trop calme peut-être.

Frank est à son poste depuis à peine trente minutes, lorsque le jumeau sort du chalet suivi de son chien. Le jumeau ouvre la portière arrière de sa voiture et pousse l'animal à l'intérieur. Il se penche, ramasse quelque chose sur le sol et prend le volant. Frank n'en revient pas. Avoir autant de chance est incroyable. Il voit le véhicule s'avancer lentement sur le chemin du lac. C'est le moment idéal. Il prend son couteau et fonce vers l'objectif.

Toujours abrité par les arbres de la forêt, Frank examine attentivement les environs avant de se risquer à découvert. Toujours personne en vue. Il progresse rapidement vers le chalet qu'il contourne ensuite très prudemment, en vérifiant souvent vers la route au cas où le jumeau reviendrait. Il se faufile le long de la galerie et monte les marches en silence. Il n'en croit pas ses yeux, ce n'est même pas verrouillé. Décidément, ce jumeau est très négligent. Peut-être un peu trop sûr de lui maintenant, Frank ouvre la porte, sans se rendre compte que quelqu'un l'attend caché derrière cette porte. Avant qu'il ait le temps de réaliser quoi que ce soit, il reçoit un grand coup sur la tête et tombe inconscient sur le sol.

* * *

— Frank! Mon Frank! Réveille-toi, Frank.

Frank a l'impression d'entendre la voix de Maureen, cette voix lui semble loin, très loin. Où est-elle? Il l'entend à peine.

— Frank!

Il a tellement mal à la tête.

— Frank?

Quelqu'un lui touche le front, c'est froid, ça fait du bien.

— Frank! Regarde-moi!

Frank ouvre les yeux. Il croit voir Maureen penchée au-dessus de lui, mais il n'est pas certain que ce soit elle. Il referme les yeux.

— Frank! C'est moi!

Cette fois il n'y a pas de doute, c'est la voix de Maureen. Il ouvre à nouveau les yeux. Il la regarde. Elle est là devant lui et bien vivante.

— Frank, ça va Frank?

— Non, et toi?

— Tu n'es pas drôle, Frank.

Il essaie de se relever, mais il en est incapable. L'effort qu'il fait semble inutile. Il a la sensation d'être cloué au sol. La douleur le fait grimacer.

— Maureen, c'est toi qui m'a assommé?

— Non ce n'est pas moi. Quand ils t'ont emmené ici, je croyais que tu étais mort. J'ai eu tellement peur.

Maureen commence à pleurer. Elle verse toutes les larmes qu'elle a retenues depuis qu'elle est prisonnière. Jusqu'ici, elle a été brave parce qu'elle savait que Frank viendrait la délivrer, mais maintenant qu'il est en danger, elle ne peut plus se contenir. Elle a peur pour lui. Ces hommes sont capables de tout et Frank est si faible.

Ils sont dans un endroit froid et humide et il fait très sombre.

— Où sommes-nous, Maureen?

— Dans la cave de la vieille Caron.

Maureen reprend son linge mouillé et le replace sur le front de son amant. Elle aimerait lui apporter des soins plus adéquats, mais elle n'a rien d'autre que cette guenille et un peu d'eau.

— S'il te plaît, Maureen, aide-moi à me relever.

— Reste couché encore un peu. De toute façon, on ne peut pas sortir d'ici.

— Maureen, que s'est-il passé? J'étais inquiet pour toi. C'est Paul qui t'a amenée ici?

— Non, Paul n'y est pour rien. Il est venu me voir au chalet et m'a offert de l'accompagner à Montréal. Si j'avais seulement pu imaginer tout ce qui m'arriverait après son départ, tu peux être certain que j'aurais accepté son offre, mais je ne pouvais pas deviner. Je lui ai demandé de me raccompagner chez moi. Le jumeau de Wolf nous avait suivis. Je ne sais pas comment il a fait pour pénétrer chez moi, mais je me suis retrouvée face à face avec lui. J'ai essayé de fuir. Je ne sais pas ce qui s'est passé ensuite. Quand je me suis réveillée, j'étais dans cette cave.

— Qui te dit que nous sommes dans la cave de la vieille?

— Elle me l'a dit elle-même.

— Il y a huit jours, je suis venu ici avec Mike et Kathy. On voulait savoir où tu étais. Nous as-tu vus? Nous as-tu entendus?

— Non, je ne vous ai pas vus, ni entendus. Ici, les murs et les planchers sont très épais.

— Ils t'ont maltraitée?

— Non. La seule personne que je vois c'est Mme Caron, et elle est gentille avec moi. Elle vient ici une fois par jour pour m'apporter à manger.

— Tu veux dire que tu es seule dans cette cave, à manger une fois par jour, depuis douze jours?

— Oui.

— Je le savais, je le sentais. Pauvre Maureen. Je n'aurais jamais dû te laisser. Tout est de ma faute.

— Ne dis pas ça. Ce n'est pas vrai.

Frank essaie encore une fois de se relever. Cette fois, avec l'aide de Maureen, il parvient à s'asseoir. Il est tout étourdi. Les murs dansent la farandole autour de lui. Il se retient au bras de Maureen pour ne pas retomber par terre.

— J'ai mal à la tête, dit-il. Je voudrais comprendre ce qui s'est passé.

— Je peux te renseigner, Frank. Mme Caron m'a tout raconté. D'abord, ils veulent faire évader Wolf.

— Quoi?

— Ce n'est qu'une question de jours maintenant, précise Maureen. Le frère de Mme Caron se cache au chalet du jumeau. Ils disent à tout le monde qu'il est parti aux États-Unis. De cette façon il a un alibi.

— Ah! je comprends. C'est lui qui m'a assommé!

— Oui.

Frank essaie de se mettre debout. Maureen fait de son mieux pour le soutenir. Il tient à peine sur ses jambes. Il fait quelques pas et s'arrête.

— Je suis tout étourdi. Maureen, il faut trouver un moyen de sortir d'ici.

Maureen se blottit contre lui. La faiblesse de Frank l'inquiète, elle ne peut pas oublier le danger qui les guette. Wolf sera sans pitié.

— Je t'aime, Frank.

— Moi aussi, je t'aime.

Frank examine les lieux où ils se trouvent. Il ne voit pas grand-chose, c'est trop sombre.

— Il n'y a pas de lumière ici?

— Seulement celle qui nous éclaire présentement, répond Maureen.

— Tu appelles ça une lumière? Dans cette cave obscure, même un hibou devrait plisser les yeux pour y retrouver sa proie, et peut-être qu'il n'y verrait rien, lui non plus! Une chandelle nous éclairerait mieux que cette ampoule!

Maureen l'embrasse. Elle est contente. Si Frank commence à tempêter, c'est qu'il reprend du poil de la bête.

Il y a une porte quelque part? s'informe Frank.

— Non.

— Par où sommes-nous entrés, Maureen?

— Il y a une trappe au plafond. Regarde près du mur.

Frank continue d'inspecter les lieux.

— Tu parles d'un bric-à-brac. Maureen, tu ne dors tout de même pas ici?

— Il le faut bien.

— Mais où dors-tu? Je ne vois pas de lit.

— Il y a un vieux matelas dans le coin à ta gauche, mais il y a tellement de bestioles dedans que je préfère coucher directement sur le plancher.

— Ils vont payer ce qu'ils t'ont fait, Maureen. Ils vont le payer, très cher.

— Frank, tout ce que j'espère, c'est qu'on s'en sorte vivants tous les deux, je n'en demande pas plus.

— Écoute, Maureen, la vieille demeure toute seule dans cette maison. Je peux facilement ouvrir la trappe, me faufiler chez elle et la maîtriser.

— Non Frank, tu ne peux pas ouvrir la trappe.

— Et pourquoi?

— Il y a un gros meuble dessus.

— Qu'est-ce que tu en sais, Maureen?

— Frank, si Mme Caron ne vient qu'une fois par jour, c'est parce qu'elle n'est pas capable de bouger le meuble elle-même, c'est le jumeau qui vient le déplacer.

— Donc, si je te comprends... quand la trappe s'ouvre le jumeau est ici?

— Oui. Dans le fond, Mme Caron est sa prisonnière. Elle a peur de lui autant que moi. Il lui a dit qu'il la tuerait si elle ne coopérait pas.

— Son frère est au courant de ce qui se passe ici?

— Il est encore plus crapuleux que les deux autres. Sa soeur décédée, la terre lui reviendrait. Je te le dis, Frank, elle a la frousse autant que moi.

— Dans ce cas, il faut absolument que je trouve un moyen de maîtriser le jumeau. Une fois débarrassée de lui, la vieille nous aidera.

— Tu ne pourras jamais y parvenir. Nous sommes dans ce trou à rat, et lui, il est dans la maison. Je te l'ai dit, Frank, nous n'avons aucun moyen de sortir d'ici. Comment veux-tu monter là-haut?

— Maureen, si je ne peux pas monter là-haut, je trouverai un moyen de le faire descendre.

Maureen n'aime pas beaucoup cette idée. Elle a peur. Le jumeau est perfide et méchant, elle préfère le savoir loin d'eux. Quant à elle, il pourrait rester là où il est présentement, peu importe où il se trouve. Cette dernière pensée en engendre une autre qui s'avère beaucoup moins réconfortante.

— Frank?

— Quoi?

— Il y a quelque chose qui m'inquiète.

— Quoi?

— Imagine qu'il arrive un accident à la vieille ou qu'ils la tuent. Tu crois qu'ils pourraient nous laisser mourir de faim ici?

— Tu penses trop, Maureen. Si je reste absent trop longtemps, Mike viendra à notre recherche.

— Ces trois lascars sont rusés, Frank. Ils peuvent enregistrer ta voix et te faire parler sur un répondeur comme bon leur semble en te faisant dire n'importe quoi. Quand Mike nous trouvera, il sera peut-être trop tard.

— Maureen, les messages que tu as laissés sur le répondeur de Mike, c'est de cette façon qu'ils les ont faits? Ils ont enregistré ta voix?

— Oui. Frank, prends-moi dans tes bras, j'ai si peur.

Frank l'enlace tendrement. Il voudrait la rassurer davantage, mais plus il analyse la situation, plus il trouve que leurs chances de s'en tirer vivants sont minces. Pour sortir de cette maison, il devra maîtriser le jumeau. Puis il y a les loups. Combien y en a-t-il sur ce terrain? Sans l'aide de la vieille, ils ne pourront pas s'évader et c'est à ce moment-là, que Caron deviendra dangereux pour eux. Si le jumeau ne retourne pas au chalet des Dupont, Caron comprendra alors qu'il se passe quelque chose d'anormal, et il reviendra ici avec des complices.

* * *

Kathy avait téléphoné chez Mike pour le mettre au courant des derniers événements. Elle connaissait Frank et elle était inquiète. Après avoir essayé en vain de communiquer avec son père, Mike s'était rendu au chalet.

– Salut mon vieux Whisky! Tu es tout seul?

Le chien se précipite à l'extérieur.

Ce n'est pas normal que Frank soit sorti sans le chien. Mike voit une feuille de papier sur la table. Il se dit que c'est probablement une liste d'épicerie. Sans grand espoir, il va la chercher. Il la déplie distraitement tout en regardant ailleurs. Quelque chose attire soudain son attention. Il y a un objet brillant sur le divan. Mike remet la feuille sur la table et va voir ce que c'est. Il s'agit d'une cuillère. Frank avait dû la laisser là par distraction.

Mike retourne à la cuisine pour se faire un café. Par curiosité, en attendant que son café soit prêt, il reprend le papier. Il bondit en voyant ce qu'il y a d'écrit là-dessus. Il a devant les yeux la liste des suspects que Frank avait faite. Il voit le nom du jumeau entouré au crayon rouge. Il devine aisément où est allé Frank. Ce doit être pour cette raison qu'il n'a pas amené le chien, à cause du berger allemand.

Mike réfléchit intensément. Le chien avait pris le sentier du lac. Frank était probablement parti par là. Mike n'hésite plus, il part à la recherche de son père. Si Frank n'est pas encore revenu, c'est qu'il a des problèmes. Le jumeau est probablement aussi dangereux que son frère. Par prudence, Mike évite de marcher dans le sentier. Il reste à l'abri des arbres. Connaissant les lieux aussi bien que son père, il se dirige exactement à l'endroit où Frank s'était caché pour faire le guet.

Whisky avait également trouvé l'endroit. Pauvre Whisky, il attendait là, couché sur le sol, la tête appuyée sur les affaires de Frank.

Mike fouille dans le sac que son père avait laissé là. Il y trouve des vêtements et de la nourriture. Tout indique que Frank avait l'intention de faire le guet assez longtemps. À son tour, Mike observe le chalet des Dupont. Il n'y a pas d'automobile sur le terrain, et il n'y a pas de lumière à l'intérieur. Mike décide d'aller voir de plus près.

— Whisky, reste ici!

Tout comme son père, Mike s'approche du chalet sans difficulté. Tout comme son père, il monte les marches sans faire de bruit. Tout comme son père, il ouvre la porte. Il ne voit personne à l'intérieur. Il entre. Il voit le couteau de Frank sur la table de la cuisine. Il avance prudemment vers la table pour le prendre. Il y a du sang dessus. Est-ce le sang de Frank ou celui d'un autre? Mike est sur ses gardes. Le couteau de son père à la main, il fait le tour du chalet. Il examine les pièces une par une.

Il n'y a vraiment personne ici.

En sortant, il aperçoit du sang sur la galerie. Où est Frank? Que lui est-il arrivé?

Mike retourne trouver Whisky au poste de guet. Le chien n'est plus là. Mike se penche pour ramasser les affaires de Frank.

— Les mains en l'air! Ne bouge pas ou tu es un homme mort!

Mike se relève lentement. Il a été stupide. Il aurait dû être plus prudent. Il lève les mains.

— Ne te retourne pas!

Mike a l'impression de connaître cette voix, il n'est pas certain. Le craquement des branches piétinées lui indique que son assaillant se rapproche. Il le sent tout près de lui. Il n'ose pas bouger.

L'homme derrière lui éclate de rire.

— Ha! Ha! Ha! Là, je t'ai eu! Je te croyais plus combatif que ça.

À la fois soulagé et fâché, Mike se retourne vers Jean-Marc.

— Il me semblait reconnaître cette voix.

— Avoue que je t'ai eu!

— Je te l'accorde, mais pour te dire la vérité, je ne te trouve pas drôle! Si j'avais été armé, j'aurais pu te blesser! Jean-Marc, je vais avoir besoin de ton aide, Frank est en danger.

— Encore! Qu'est-ce que c'est cette fois?

— Toujours la même histoire. Viens, retournons au chalet de mon père, nous serons plus à l'aise et en sécurité pour parler.

Mike prend le sac de Frank. Il regarde encore une fois le chalet des Dupont. Où est Frank? Où est Maureen? Il voudrait bien le savoir. Comment peut-il les aider s'il ne sait même pas où ils sont? Il trouvera peut-être la réponse en étudiant soigneusement la liste des suspects que son père avait faite.

14

L'évasion

Frank examine la cave attentivement. Il ne peut compter que sur lui-même pour sortir de cet endroit. Il sait que Mike fera tout son possible pour les retrouver, mais dès l'instant où Wolf s'évadera de prison, la vie de Maureen et la sienne seront en danger. Maureen avait dit que l'évasion serait dans quelques jours. Mike arrivera peut-être trop tard. Frank n'a pas le choix, il doit agir, mais que peut-il faire? Il tient à peine debout. Soudainement, la petite lumière du plafond s'éteint. Maureen se serre contre lui.

— Ne t'en fais pas, Maureen, l'ampoule doit être brûlée. N'aie pas peur, je suis là.

— Frank, ce n'est pas l'ampoule qui est brûlée, c'est le jumeau qui arrive. Il veut que Mme Caron me laisse dans la noirceur totale. Je te l'ai dit, elle est gentille, elle ne veut pas me faire souffrir inutilement. Pendant l'absence de ce vaurien, elle allume la lumière. À chaque fois qu'elle le voit arriver, elle éteint. Parfois je reste plusieurs heures dans le noir. Quand il ouvre la trappe, il reste là, au-dessus du trou et il me regarde ramper vers la clarté. Ma couardise semble lui procurer un plaisir immense. J'aimerais rester cachée dans le noir juste pour lui enlever cette satisfaction, mais j'en suis incapable, j'ai trop peur. Au début, je refusais de me nourrir, alors il est descendu et il m'a forcée à manger en me disant que si je ne bouffais pas, il te tuerait. Il veut me garder en vie. Il veut que son frère puisse se venger lui-même.

— Maureen, je viens d'avoir une idée. Le jumeau me veut vivant, sinon il m'aurait déjà tué. Je crois que j'ai trouvé un moyen de le faire descendre dans la cave. Je vais m'étendre sur le sol à l'endroit où il m'avait laissé. Aussitôt qu'il ouvrira la trappe, dis-lui que je suis presque mort. Il va sûrement envoyer la vieille Caron pour vérifier. Il se méfiera de nous et il nous surveillera étroitement, mais essaie tout de même de faire un signe à la vieille. Il faut qu'elle lui dise que je suis mourant. Tu crois qu'on peut compter sur elle?

— Je ne sais pas, elle a tellement peur de lui. Tu sais, il est capable de l'enfermer ici avec nous. Mais pourquoi tu veux le faire descendre ici?

— Au moment où il va se pencher sur moi pour vérifier si je suis vraiment mourant, il va avoir la surprise de sa vie.

— Frank, tu ne peux pas te battre avec lui, c'est tout juste si tu peux marcher.

— Je n'ai pas le choix, Maureen. Aujourd'hui, le jumeau sera probablement seul. Si, comme tu dis, il fait évader son frère cette semaine, il reviendra ici avec lui. Caron sera sûrement avec eux. Ils seront armés tous les trois. Je n'aurai aucune chance contre trois hommes armés. Je dois agir maintenant. Ne t'en fais pas, Maureen, tout ira bien, c'est promis. Ramène-moi vite à l'endroit exact où il m'avait laissé.

Frank s'étend sur le sol humide et ferme les yeux. Il se sent tellement fatigué. Si seulement il avait pu récupérer encore un peu.

Maureen se couche près de lui.

— Je t'aime, Frank.

— Moi aussi, je t'aime.

— Embrasse-moi.

— Ce n'est pas le moment, Maureen. Le jumeau peut ouvrir cette trappe d'un instant à l'autre.

— Ne t'en fais pas, Frank, on l'entend quand il bouge le meuble qui est au-dessus de la trappe.

— Dans ce cas...

Frank et Maureen s'embrassent passionnément. Maureen s'accroche désespérément à lui comme si c'était la dernière fois qu'elle pouvait le prendre dans ses bras. Elle passe sa main dans les cheveux de son amoureux.

— Il y a plein de sang dans tes cheveux, Frank. Tu saignes encore un peu.

— Rassure-toi, ce n'est pas grave. Nous serons bientôt sortis d'ici.

La petite lumière se rallume. Frank et Maureen se regardent.

— Ma pauvre Maureen, j'ai l'impression que tu n'auras rien à manger aujourd'hui.

— Toi non plus, Frank.

— Est-ce que c'est la première fois que cela se produit?

— Oui.

— Le jumeau n'est pas fou. Il se méfie de moi. Il n'ouvrira probablement pas cette trappe, sans la présence de Caron ou de son frère.

— Alors, ça veut dire que Wolf va nous tuer?

— Non. Ça veut dire que je devrai trouver une autre idée.

Encore une fois, la petite lumière s'éteint. Frank reprend sa place sur le sol. Maureen s'assoit près de lui et lui prend la main. Depuis qu'il est arrivé dans cette cave, elle s'accroche à lui et éprouve le besoin de lui toucher. Le seul fait de lui tenir le bras ou la main, la sécurise. Elle est incapable de se détacher de lui. La noirceur est totale. Le silence est effrayant. Maureen a l'impression d'entendre ramper les insectes autour d'elle.

— Frank, j'ai peur.

Frank l'attire tout contre lui et la prend dans ses bras. Un bruit de meuble que l'on déplace leur fait deviner que la trappe est sur le point de s'ouvrir. Un carré de lumière apparaît au plafond. Cette fois, Mme Caron ne descend pas. Un panier attaché au bout d'une corde descend lentement. Le jumeau est prudent, il ne prend pas de risques inutiles. Il a mis leur repas dans un panier. Comme il allait refermer la trappe, Maureen s'écrie:

– Madame Caron, venez m'aider. Je crois que mon ami est mourant! Il ne bouge presque plus, il a perdu beaucoup de sang. J'ai peur. Venez m'aider!

Le jumeau s'esclaffe. Son rire tonitruant se répercute dans la cave, il gronde comme un coup de canon et détruit de la même façon. Son roulement se poursuit en écho, puis s'arrête.

– Si ton ami agonise, il n'aura donc pas besoin de s'empiffrer, persifle le jumeau.

Il remonte le panier dans un geste lent et calculé. Il veut leur saper le moral, il veut les détruire. Il enlève un des repas en sifflant. Visiblement, il savoure sa puissance. Il redescend le panier en affichant un air condescendant.

– Bon appétit, ma belle!

– Venez m'aider, je vous en supplie, je vous dis que mon ami se meurt.

– Qu'est-ce que tu veux que ça me fasse? répond le jumeau.

Il referme la trappe. Frank et Maureen se retrouvent encore une fois à la noirceur.

– Le salaud! J'aurais dû le tuer quand j'en avais la chance! s'emporte Frank.

– Qu'est-ce qu'on va faire, Frank?

– Je crois que j'ai une autre idée, Maureen.

– Qu'est-ce que c'est?

— Les murs de cette cave sont faits de pierres entassées les unes sur les autres. Dès que Mme Caron va rallumer l'ampoule électrique, je vais fouiller dans ce bric-à-brac. Avec une barre de fer ou quelque chose dans ce genre-là, j'arriverai peut-être à faire un trou dans le mur, et nous pourrons sortir.

— Tu oublies les loups.

— Merde!

— Tu veux te restaurer, Frank?

Frank a remarqué la maigreur de Maureen. Il ne veut surtout pas lui enlever le peu de nourriture qu'elle vient de recevoir.

— Non merci Maureen, je n'ai vraiment pas faim.

— Frank, si nous ne prenons pas notre repas tout de suite, tantôt il y aura plein d'insectes dedans.

— Alors mange-le.

— Je veux que tu casses la croûte avec moi.

— Non.

— Frank, si tu ne te nourris pas, je ne le ferai pas, moi non plus.

Frank soupire. L'obstination de Maureen l'exaspère. Il n'a pas le choix, il devra lui enlever une portion de sa maigre pitance.

— Qu'est-ce qu'il y a dans ce panier, Maureen?

— Je ne sais pas, je ne vois rien.

Maureen fouille dans le panier. Elle n'y trouve qu'un petit morceau de pain et une bouteille d'eau. Elle divise le pain en deux parties égales. Ils mangent en silence. Maureen appuie sa tête sur l'épaule de Frank.

— Je t'aime.

Frank ne répond pas.

— Frank!

— Excuse-moi, Maureen, je pensais à quelque chose. Tu me parlais?

— Oui. À quoi pensais-tu?

— J'ai une autre idée, Maureen. Dès que la vieille remettra la lumière, je vais entasser des objets les uns sur les autres et construire un échafaudage. Je vais m'arranger pour qu'il arrive juste sous la trappe, mais un peu en retrait. Quand le jumeau ouvrira la trappe, il ne me verra pas, mais lorsqu'il va s'approcher du trou pour nous regarder, je vais lui prendre les deux pieds et le faire tomber dans la cave. Avant qu'il réalise ce qui vient de lui arriver, je vais lui sauter dessus et lui régler son compte.

— Et si Wolf est avec lui?

— Avant qu'il ait eu le temps de descendre, le jumeau sera déjà inconscient. Tu n'auras qu'à te tenir loin du trou au cas où il serait armé.

— Oui, mais si Wolf reste en haut, nous ne serons pas plus avancés, objecte Maureen.

— Oui, nous aurons un otage. Wolf voudra sauver la vie de son frère. Nous pourrons alors négocier.

— Et Caron?

— Il fera ce que Wolf lui dira de faire, affirme Frank.

Mais les heures passent, et il n'y a toujours pas de lumière.

— Frank!

— Oui?

— Parle-moi. J'aime entendre ta voix. Dis-moi n'importe quoi, mais parle-moi. Je me suis tellement ennuyée de toi pendant que tu étais aux États-Unis. J'avais peur que tu ne reviennes pas. J'avais peur de ne plus jamais entendre ta voix.

— Tu veux que je te raconte mon voyage?

— Oui.

Frank possède l'art de raconter les choses. Maureen aime l'écouter parler. Avec lui, les moindres détails deviennent intéressants. La description qu'il fait des gens qu'il a rencontrés et des lieux qu'il a visités est si réelle, qu'elle a l'impression de les voir. Bercée par la voix de son amant, blottie contre lui, la tête appuyée sur son épaule, Maureen commence enfin à se détendre. Si ce n'était pas de cette noirceur, de cette humidité, de cette senteur de cave encombrée de vieilleries, elle oublierait presque l'endroit où ils sont.

Maureen se réveille en sursaut. Combien de temps a-t-elle dormi? Elle ne pourrait pas le dire. Avec cette noirceur, elle a perdu la notion du temps. Elle ne sait plus du tout si c'est le jour ou la nuit. Avec sa main, elle cherche Frank. Il n'est pas là. Elle panique.

— Frank!

Pas de réponse.

— Frank! Où es-tu?

— Ici.

— Où?

— Ici, à côté de toi.

Frank se rapproche de Maureen et la prend dans ses bras. Elle pleure comme une enfant.

— Ne pleure pas. Je suis là.

— Je ne te trouvais pas, je te cherchais avec ma main et tu n'étais pas là.

— J'étais juste un peu plus loin. J'ai dû bouger dans mon sommeil et m'éloigner un peu. Ne pleure pas, Maureen. Ce sera bientôt fini. Nous retournerons au chalet, nous nous marierons et nous serons heureux pour le reste de notre vie. Je ne te quitterai plus jamais. Je serai toujours près de toi. Dis-moi, Maureen, tu veux toujours m'épouser n'est-ce pas?

Maureen n'a pas le temps de répondre. Quelqu'un déplace le meuble au-dessus de la trappe. Tout se passe alors très vite et pas du tout comme Frank l'avait imaginé. Comme à son habitude, le jumeau ouvre la trappe; comme à son habitude, il se place au bord du trou pour contempler ses victimes. La vieille Caron qui se trouve derrière lui, le pousse alors dans le trou. Pris par surprise, il n'arrive pas à se retenir et vient s'écraser aux pieds de Frank et de Maureen. Il n'a même pas la chance de se relever. Frank lui saute dessus, et ils commencent à se battre. Le combat est féroce. Ce n'est pas un jeu, ils luttent pour sauver leur vie. Frank est affaibli parce qu'il a perdu beaucoup de sang, parce qu'il souffre de la faim, et parce qu'il n'a presque pas dormi, mais la haine qu'il ressent pour cet homme lui redonne des forces. Tout en se battant, il pense à tout ce que Maureen a enduré à cause de cet homme, il pense à toutes ces heures d'angoisse qu'elle a passées dans le noir, seule et affamée. L'heure de la vengeance est arrivée. Contre Frank, le jumeau n'a aucune chance. Quand il cesse de le frapper, le jumeau s'écroule sur le sol.

Maureen s'approche de Frank. Elle tremble de la tête aux pieds.

— Il est mort? demande-t-elle.

— Non, seulement inconscient.

Mme Caron, qui avait assisté à la scène du haut de son perchoir, leur parle d'une voix mal assurée.

— Dépêchez-vous de monter, car mon frère s'en vient avec Wolf. Quand mon frère verra ce que je viens de faire, il est capable de nous tuer tous les trois.

Maureen et Frank se hâtent de grimper dans l'échelle que Mme Caron leur avait fournie. Frank retire l'échelle et s'adresse à la vieille.

— Madame Caron, je vous confie Maureen, partez d'ici toutes les deux. Moi, je vais rester.

Maureen s'accroche à lui.

— Je ne partirai pas sans toi, Frank. Je ne veux pas que tu te sacrifies pour me donner le temps de fuir. Il n'est pas question que tu attendes ces criminels. Ils vont te tuer. Ils seront trois, et tu es tout seul.

— Ne t'en fais pas pour moi, Maureen. Le jumeau est hors de combat. Il ne reste que Wolf et le frère de Mme Caron à mâter. Tout ira bien. Sauve-toi maintenant. Philippe ne reste pas loin d'ici, allez chez lui.

Mme Caron tire Maureen par le bras.

— Viens, ma belle, mon frère sera ici d'une minute à l'autre, nous n'avons pas de temps à perdre.

Maureen continue de s'agripper à Frank. Elle ne veut pas le quitter.

Frank la repousse gentiment, mais fermement.Mme Caron a raison, le temps presse. Frank jette un coup d'oeil à l'extérieur. Il est inquiet. Il se retourne vers la vieille.

— Madame Caron, dit-il, passez par le bois. Si vous prenez la route, vous allez tomber sur Wolf et votre frère.

La vieille s'apprête à ouvrir la porte pour sortir de chez elle, lorsqu'elle voit son frère et Wolf qui arrivent.

— Ils sont là! s'écrie-t-elle.

Frank fait sortir les deux femmes par une fenêtre. Sans hésiter, la vieille se dirige vers un bosquet. Maureen la suit, la Caron semble savoir où elle va. Derrière ce groupe d'arbres, Maureen aperçoit une porte dans la clôture barbelée.

— C'est par là que je passe pour aller dans le bois avec mes loups, dit la vieille.

— Où sont-ils présentement? s'informe Maureen.

— Ils doivent être devant la maison avec mon frère. Viens, ma belle! Il faut partir d'ici au plus vite!

Elles s'éloignent rapidement.

En entrant dans la maison, Wolf et Caron ne se doutent pas de ce qui vient de se passer. Caché derrière une porte, Frank les observe. Il attend le bon moment pour attaquer. Wolf voit la trappe ouverte.

— Où est ta soeur? demande-t-il.

— La trappe est ouverte, elle a dû descendre nourrir nos invités, répond Caron.

— Où est mon frère? s'inquiète Wolf.

— Il a dû descendre avec elle.

— Ils n'auraient pas dû y aller tous les deux, ce n'est pas prudent! s'impatiente Wolf.

— Il n'y a aucun danger, le rassure Caron. Le gars est presque mort et la fille est sans défense.

— On ne sait jamais! Dis-leur de monter.

Caron s'approche de l'ouverture pour appeler sa soeur. À ce moment précis, Frank bondit sur lui et le pousse dans le trou. Wolf, qui se tient un peu plus loin, n'a pas le temps de réagir pour aider son ami. Frank se retourne vers lui et lui fait signe d'approcher.

— À nous deux maintenant. Il y a longtemps que j'attendais ce moment, Wolf.

— Moi aussi.

— Oui je sais, à trois contre un. Tu n'es qu'un lâche, affirme Frank.

Wolf pointe alors son revolver sur Frank.

— Je vais te trouer la peau, dit-il.

— C'est ce que je disais, Wolf, tu n'es qu'un lâche. Laisse ton revolver et viens te battre comme un homme. Nous verrons qui est le meilleur.

Wolf hésite un peu. Il observe son adversaire. Frank a plein de sang séché sur lui, il est pâle et il a l'air fatigué. Convaincu qu'il vaincra facilement cet homme, Wolf sourit méchamment.

— Comme tu veux, bonhomme! Tu veux te battre, tu veux souffrir encore plus, c'est ton choix. Je t'offrais une mort rapide et facile. Si tu préfères la souffrance, tant pis pour toi.

Frank jette un coup d'oeil rapide dans la cave, Caron semble s'être blessé à une jambe. Il n'y a donc pas de crainte qu'il remonte.

Wolf dépose son arme sur une chaise. Les deux hommes se fixent, prêts à se battre. Ils avancent lentement l'un vers l'autre. Le combat commence. Un combat terrible et cruel où tout est permis, un combat sans règlements. Un seul d'entre eux survivra à cet affrontement, et ils le savent.

* * *

Pendant que Frank se bat avec Wolf, Maureen et Mme Caron marchent dans la forêt. Elles se dirigent vers la ferme de Philippe. Mme Caron ouvre la marche d'un pas assuré, elle semble très à l'aise. La vieille se retourne souvent, elle s'inquiète pour Maureen. À la lumière du jour, la jeune femme lui paraît encore plus pâle et plus maigre que dans la cave. Elle semble si faible. Elle est restée enfermée trop longtemps dans cette cave. Elle n'a pas eu assez de nourriture non plus. Le jumeau vérifiait et diminuait toujours la quantité des victuailles qu'elle recevait. Il voulait que Maureen survive, pas plus. Connaissant la fatigue extrême de Maureen, la vieille aimerait ralentir la marche, mais elle a peur que son frère les rattrape. Maureen n'en peut plus, mais elles n'ont pas le choix, elles doivent continuer. Les obstacles sont nombreux. Il y a des ruisseaux à traverser, des côtes à monter, des branches à tasser, à certains endroits où la forêt est plus dense, le passage est difficile, il faut se plier, grimper. Quand finalement, elles arrivent chez Philippe, Maureen est exténuée.

Philippe qui se trouve à l'extérieur les voit arriver. Il est bouleversé de voir celle qu'il aime dans cet état. Elle s'avance vers lui et semble marcher au ralenti, comme si chacun de ses pas lui demandait un effort incroyable. Elle est pâle, sale et son beau visage est tout égratigné. Il court vers elle.

— Maureen! Mais que s'est-il passé? Où étais-tu, j'étais tellement inquiet pour toi?

— Philippe, appelle la police! Vite! Dépêche-toi! Frank est en danger!

— Où est-il?

— Chez Mme Caron. Dépêche-toi Philippe, ils vont le tuer! Wolf est là, il s'est évadé de prison. Son jumeau et le frère de Mme Caron sont avec lui. Grouille-toi, Philippe! Va téléphoner!

Philippe se précipite chez lui. Maureen et Mme Caron le suivent. Maureen est si fatiguée que Mme Caron doit la soutenir. Au moment où elles entrent dans la maison, Philippe est toujours au téléphone. Il regarde la vieille dame.

— Madame Caron, donnez-moi votre adresse.

La vieille donne son adresse à contrecoeur. Elle se tracasse pour ses loups. Lorsque les policiers vont arriver chez elle, ils devront tuer ses bêtes avant de s'engager sur le terrain. Elle n'a pas le choix, la vie d'un homme est en danger.

Après avoir appelé la police, Philippe retourne auprès de Maureen. Elle fait vraiment pitié. Elle semble si triste, si inquiète.

— Philippe, tu sais où se trouve Mike? demande Maureen d'une voix brisée par l'émotion.

— Il est au chalet de son père.

— Appelle-le.

— D'accord.

Seul au chalet, car Jean-Marc est retourné chez lui, Mike commence à se décourager. Il voudrait faire quelque chose pour aider son père, mais il ne sait pas par où commencer. À part la liste de noms et le couteau taché de sang, il ne possède aucun indice. La sonnerie du téléphone le fait sursauter. Il espère avoir des nouvelles de Frank.

— Allo!

— Mike, c'est Philippe!

— Écoute, mon vieux, tu pourrais me rappeler un peu plus tard? J'attends un appel important.

— C'est important, Mike. Maureen est ici, elle veut te parler.

— Quoi?

Maureen prend le récepteur.

— Mike!

— Maureen, comment vas-tu? Où étais-tu?

— Mike, ton père est en danger, il...

Maureen éclate en sanglots. De parler à Mike, d'entendre sa voix, c'est trop pour elle. Elle n'arrive pas à s'exprimer et pleure sans arrêt. Philippe reprend le récepteur.

— Mike, viens ici tout de suite, ça presse!

— Où est mon père?

— Chez Mme Caron, répond Philippe.

— Je vais le retrouver là.

— Ne fais pas ça, Mike, Wolf est là avec deux autres hommes.

— Frank n'a aucune chance à trois contre un, j'y vais.

Mike raccroche, il n'a pas une minute à perdre. Il va dans la chambre de son père, prend un fusil et sort du chalet.

* * *

Le combat entre Wolf et Frank est terminé. Quand les policiers surgissent dans la maison, ils trouvent Frank assis par terre, appuyé contre le mur. Frank s'adresse à eux, en leur montrant la trappe.

— Il y a un cadeau pour vous dans cette cave.

Un des policiers ouvre la trappe. Wolf, le jumeau et Caron sont là tous les trois. Ils sont blessés, mais vivants, pas très forts cependant. Frank s'était défoulé. Maureen était vengée.

Mike entre chez Mme Caron et il voit son père assis par terre. Inquiet il va le retrouver et s'accroupit près de lui.

— Frank, ça va? Tu n'es pas blessé?

— Moi je vais bien, mais j'en connais trois qui ne peuvent pas en dire autant.

Mike va retrouver les policiers qui regardent dans la cave. En voyant le trio, il s'exclame:

— Ah! ça c'est un scoop! Mon patron sera vraiment content!

Mike court jusqu'à son automobile et revient avec sa caméra vidéo. Il se fait un plaisir de filmer Wolf, le jumeau et Caron qui sortent de cette cave escortés par des policiers.

Frank se demande où sont passés les loups. En voyant arriver les policiers, il s'était posé des questions. Comment ont-ils fait pour se rendre jusqu'à la maison sans se faire dévorer?

En sortant de chez Mme Caron, il se repose la même question.

Où sont-ils?

Il regarde un peu partout sur le terrain, aucune trace des loups.

Mike observe son père en souriant.

— Je suis fier de toi, Frank. Pour un vieux comme toi, tu te débrouilles bien!

— Comment, pour un vieux? Tu n'es pas gêné!

Mike éclate de rire, il aime taquiner son père.

— Viens, le vieux, allons retrouver Maureen. Elle t'attend chez Philippe.

— Je sais.

Quand Frank et Mike arrivent chez Philippe, ils voient une scène touchante. Mme Caron est dehors, entourée de ses loups. Ils étaient sortis du terrain par la porte cachée derrière le bosquet. Mme Caron l'avait intentionnellement laissée entrouverte pour leur donner une chance de se sauver dans la forêt. Ses protégés étaient venus la retrouver. Ils avaient suivi ses traces dans le bois. Elle regarde Frank. Elle n'a pas besoin de parler, il sait ce qu'elle pense.

— Ne soyez pas inquiète, madame Caron, je n'ai pas tué votre frère. Je n'ai tué personne. La police vient de les arrêter. Ils seront à l'ombre pour un bon bout de temps.

— Vous croyez que je peux retourner chez moi? demande la vieille.

— Si vous le voulez, répond Frank, mais il serait préférable que vous attendiez un peu. Wolf et moi avons un peu déplacé les meubles. Donnez-moi quelques heures pour souffler et j'irai tout remettre en place.

— Ce ne sera pas nécessaire, je vais le faire moi-même, déclare la vieille. Vous, occupez-vous de votre petite dame.

Mme Caron se dirige vers la forêt, le seul endroit où elle se sent bien. Mike va la retrouver.

— Attendez, madame Caron, dit-il, je vais aller vous reconduire.

— Ne vous donnez pas cette peine, jeune homme. J'apprécie beaucoup votre offre, mais je préfère marcher dans la forêt avec mes loups, ne vous inquiétez pas pour moi.

La vieille s'en va, suivie de ses fidèles compagnons. Mike la regarde aller le regard rempli d'admiration. Elle a du cran. Il trouve dommage que les gens du village la méprisent et s'en méfient. Elle ne mérite pas sa mauvaise réputation.

Maureen, restée à l'intérieur avec Philippe, avait cru entendre une automobile. Le coeur plein d'espoir elle va voir à la fenêtre. Elle reconnaît l'automobile de Mike. Frank est là, il parle avec son fils. Maureen se précipite à l'extérieur.

— Frank! Tu es vivant!

Maureen s'accroche à lui. Elle le serre très fort dans ses bras. Elle avait eu si peur de le perdre.

— Je t'aime, Frank.

— Moi aussi, je t'aime.

Ils s'embrassent avec fougue. Ils ne semblent même pas s'apercevoir de la présence de Mike. Il toussote.

— Frank, je m'excuse de te déranger, mais tu sais, je dois absolument retourner à Québec. Ça te dérangerait beaucoup si je vous ramenais au chalet tout de suite?

Frank lui fait un sourire complice.

— Pas du tout, au contraire.

Philippe par discrétion, se tient un peu en retrait. Frank va le trouver et lui tend la main.

— Philippe, je te remercie d'avoir pris soin de Maureen. C'est la deuxième fois que tu nous viens en aide, je l'apprécie beaucoup.

— Tu n'as pas à me remercier, Frank, je l'ai fait avec plaisir.

ÉPILOGUE

Frank et Maureen sont enfin de retour dans leur petit nid d'amour. Frank prend Maureen dans ses bras et l'embrasse avec passion. Il est tellement heureux de l'avoir enfin retrouvée, il ne la quittera plus jamais.

— Maureen, tu n'as pas répondu à ma question.

— Quelle question?

— Rappelle-toi, dans la cave de Mme Caron, avant que le jumeau ouvre la trappe, je t'avais demandé si tu voulais toujours m'épouser. J'attends ta réponse.

— Frank, la réponse est oui. Je t'aime. Je rêve de vivre avec toi pour le reste de ma vie. Je ne veux plus jamais te quitter. Toi, Frank, désires-tu toujours te marier avec moi?

— Oui.

Encore une fois, ils s'embrassent passionnément.

— Frank, tu ne m'as pas encore dit ce qui s'était passé chez Mme Caron quand tu es resté seul avec son frère, Wolf et le jumeau. J'étais terriblement inquiète pour toi.

— Je te raconterai mes exploits un peu plus tard, pour le moment j'ai quelque chose de plus important à faire.

— Quoi?

— Si on allait s'étendre un peu et...

Tout doucement, ils se dirigent vers la chambre et referment la porte derrière eux. Whisky, qui se sent un peu délaissé, va se coucher près de la porte d'entrée. Il fait le guet tout en mâchouillant une des pantoufles de Frank.

TABLE DES MATIÈRES

Achevé d'imprimer en mai 2000 chez

VEILLEUX
IMPRESSION À DEMANDE INC.

à Longueuil, Québec